iHuman

成
为
更
好
的
人

幸福双响

A Double Shot of Happiness

从自闭症孩子到知名艺术家

[澳] 朱迪·夏普 著　张希 译

GUANGXI NORMAL UNIVERSITY PRESS
广西师范大学出版社
·桂林·

幸福双响：从自闭症孩子到知名艺术家
XINGFU SHUANGXIANG: CONG ZIBIZHENG HAIZI DAO ZHIMING YISHUJIA

图书在版编目（CIP）数据

幸福双响：从自闭症孩子到知名艺术家 /（澳）朱迪·夏普著；张希译．—桂林：广西师范大学出版社，2019.12
书名原文: A Double Shot of Happiness
ISBN 978-7-5598-2545-2

Ⅰ．①幸… Ⅱ．①朱…②张… Ⅲ．①传记文学—澳大利亚—现代 Ⅳ．①I611.55

中国版本图书馆 CIP 数据核字（2019）第 295639 号

广西师范大学出版社出版发行
（广西桂林市五里店路 9 号　邮政编码：541004
网址：http://www.bbtpress.com）
出版人：黄轩庄
全国新华书店经销
湖南省众鑫印务有限公司印刷
（长沙县榔梨街道保家村　邮政编码：410000）
开本：880 mm × 1 240 mm　1/32
印张：10.5　插页：14　字数：190 千字
2019 年 12 月第 1 版　2019 年 12 月第 1 次印刷
定价：58.00 元

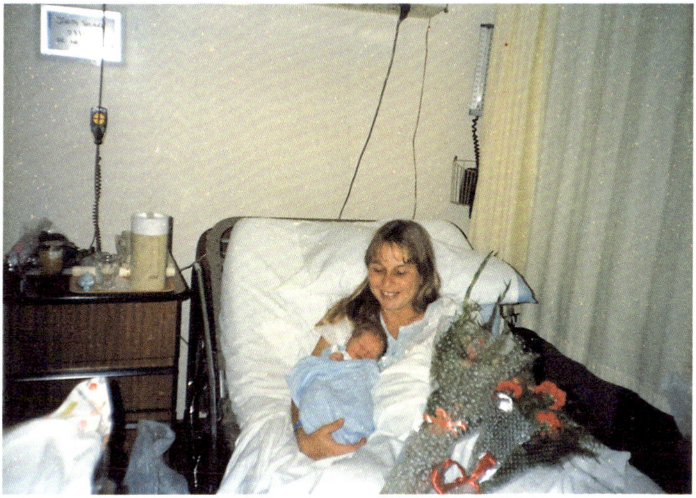

1988 年 5 月 9 日，蒂姆出生。我从未体验过这样的幸福。

蒂姆 9 个月大的时候，牵着我的手学走路。

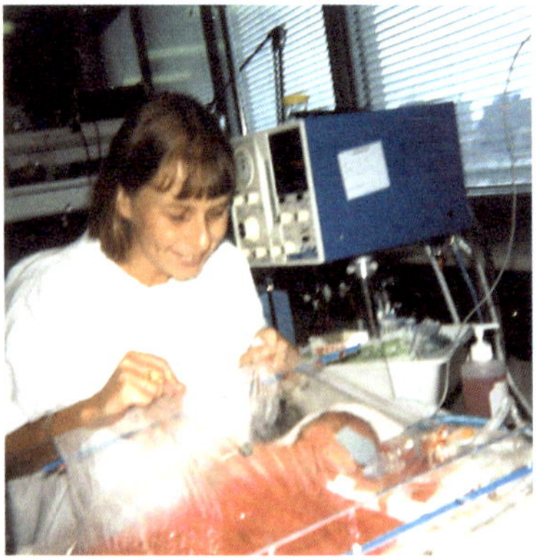

我第一次见萨姆是在 1990 年 4 月 5 日，那时他刚出生两天。

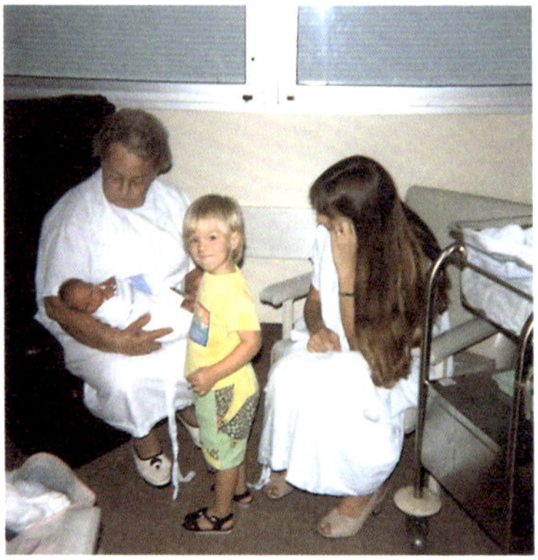

蒂姆爱上了他的小弟弟。萨姆在我妈妈的怀里，他已经出生 20 天了，但还在医院里。

和孩子们一起玩耍。我们的狗雷泽·夏普一直陪在身边。

努力带三岁的蒂姆出门。让他出门总是很困难。

蒂姆跑向照相机——他不喜欢别人给他拍照——而萨姆在蒂姆那排得整整齐齐的玩具卡车后面。

这是蒂姆三岁生日那天，他对自己的玩具警用摩托车非常满意。这也是他被诊断出自闭症的前一天。

孩子们在等待卡通片的播出。

1992 年 11 月，和恰曼（穿着白衬衫）在特殊教育学校。萨姆(穿着白色背心，背对着镜头)和蒂姆的四人小组一起吃午饭。

1993 年 8 月，蒂姆与麦克唐纳医生进行声音干预训练。

1995 年 1 月 31 日，蒂姆在圣布兰登小学的第一天。

蒂姆和他的老师妮可 · 沃尔斯一起参加了学校的体育嘉年华。

2002 年 7 月，蒂姆、萨姆和沃塔在一起。

2003 年，我们最后一次离开位于温纳姆西的粉色房子。

2005 年，蒂姆骄傲地炫耀他的高中毕业证。

蒂姆和他的朋友乔伊丝在他们高中的毕业舞会上。

2004 年 6 月，在华盛顿特区肯尼迪表演艺术中心举行的超特艺术节开幕式上，蒂姆举着澳大利亚国旗。

在华盛顿的白宫外，蒂姆穿着印有激光嘴超人的 T 恤。

蒂姆在华盛顿联合车站的展览上观看他自己的作品。这个展览是超特艺术节的一部分。

2005 年，昆廷·布赖斯女士在布里斯班南岸为蒂姆的第一个艺术展揭幕，并且切下激光嘴超人蛋糕，作为庆祝活动的一部分。

蒂姆·夏普：《水果飞》，42 厘米 ×29 厘米，蜡笔、钢笔、图画纸，2004 年。

蒂姆·夏普：《棒呆了》，84 厘米 ×59 厘米，蜡笔、钢笔、图画纸，2005 年。

献给蒂姆和萨姆

你们就像纯洁的月光

而我是永远守护在你们身后的月亮

目　录

引　言

我的儿子蒂姆今年二十六岁。他喜欢和别人聊天。他很开朗，言谈举止彬彬有礼，并且总是兴高采烈。如果我们去商店购物，他会径直走到柜台旁和那些导购员聊起来。

“你好啊，”他热情地打着招呼，“你今天过得好吗？”

还没等人家回答，蒂姆就会接着说：“我今天过得也不错。”他一边说，一边开心地笑起来。

“你今天心情好吗？”蒂姆又问道。同样没等别人回答，蒂姆就又说他的心情棒极了。

我并没有打断他们的谈话，而是退到一旁，让蒂姆自由地交谈。我观察到对方的神情似乎若有所思。蒂姆跟其他人不太一样。他说话时似乎都是一个声调，并且某些单词的发音特别重，而本该重读的音节却没有重读。就像他已经练习发音很久了，但并没有完全掌握正确的技巧。

通常情况下，与蒂姆对话的人会温和地对他微笑，然后尽量用最简单的语句同他交流，以免他理解不了。不过大部分人仍然会被蒂姆的热情所感染，继续和他聊下去。

“你去过美国吗？”蒂姆问道。他所期待的并不是别人的回答，而是与大家分享他的旅行经历。“我去过美国四次。”他说道，语气中带着些许兴奋。他一边说话，一边踮着脚尖跳来跳去，双手背在身后轻轻地击掌，并且每半分钟就用左手扯一下衬衫。如果对方仔细观察，就会发现蒂姆虽然看向自己，但并不注视自己的眼睛。

“我去过纽约、洛杉矶、华盛顿、芝加哥、纳什维尔、得克萨斯州的奥斯汀，还去过孟菲斯和佛罗里达。”蒂姆接着说，“我去过洛杉矶的迪士尼乐园。”

大多数人都会感到惊讶，因为蒂姆竟然去过这么多的地方，并且旅行让他感到愉悦。有时我能看出他们并不相信蒂姆的话，只是出于礼貌没有提出来。不过我要告诉你的是，蒂姆说的一切都是真的。我们之所以做到了，是因为只要我们觉得旅行对蒂姆有好处，我们就继续下去。

“我是一个世界著名的艺术家。”蒂姆说道。

每当看到人们脸上惊讶的表情时，我都会感到很自豪。他们一定很想知道，一个患有自闭症的人是如何成为艺术家的呢？其实，如果我没有经历过这一切，我也很难相信。

第一章
小蒂姆

在去医院检查之前，我就已经知道自己怀孕了。我的身体悄悄地发生着变化，虽然这种变化非常细微，但我仍然感觉到了。一件奇妙的事情正在发生。同时，我也逐渐体会到了一种责任感。我见过很多的小孩子，但这个孩子不一样，因为他是属于我的。照顾他、保护他，这是我余生的责任。

和其他准妈妈一样，我也常常为肚子里的宝宝担忧。我很担心怀孕的过程中出现意外，因为我的母亲曾经有过几次意外流产。直到安全度过怀孕的前十二周，我才大大松了一口气。但这时，我又开始担心起别的问题。我很怕我的宝宝发育不健全或是有什么疾病。我很担心宝宝会患上唐氏综合征，却又没有勇气去做检查。因为我实在不敢想象，万一查出来宝宝患唐氏综合征的概率很高，我该如何面对。我是宁死也不会把我肚子里的宝宝打掉的。但同时，我又觉得自己无法承担养育一个残疾或身患重病孩子的责任。对那时的我而言，这种付出实在是不可能作出的牺牲。

最终，我只好双手交叉祈祷，希望一切平安。尽管我的身体不断发生着改变，我的肚子也越来越大，但这个宝宝对我而言似乎并不真实。我也觉得宝宝可能会有什么问题的想法不太真实。

※

我的儿子出生于1988年5月9日。这一天正好是坐落于堪培拉的澳大利亚联邦议会大厦落成的日子。英国女王也来到这儿为落成仪式剪彩。电视上每个频道都在播放庆典活动，评论员们谈论着女王的帽子。为了纪念这一历史性的时刻，政府发行了五澳元的纪念币。为了纪念宝宝的生日，我也在他身边放了一枚这样的纪念币。毕竟，今天是澳大利亚举国欢庆的日子。

分娩过程无疑是我所经历过的最痛苦的事。但是，同其他人比起来，我所承受的疼痛还算是轻的。那天早晨我的羊水就破了，但是接下来没有任何其他反应。直到下午，我才感觉到肚子里面有动静，然后产房的护士就开始忙碌起来。我还没来得及思考接下来会发生什么，宝宝就生出来了。大约到了吃晚饭的时候，宝宝就已经躺在我怀里了。

我觉得我的孩子简直是世界上最可爱的宝宝。我爱他那玫瑰花蕾般娇嫩的小嘴，微微上翘的小鼻子，还有洁白无瑕的皮肤。他是我见到过最完美的宝贝了。我高兴得哭了起来，还一直不停地嘟囔着："快看啊，快看啊！我有孩子啦！他简直太完美了！"我当时一定像个快乐的疯子，甚至连医生告诉我他是个男孩，我都没有听到。产房的护士们把宝宝抱去称体重、量身高，还在他的脚跟上取了一点血用于检查。在这之后，一切都恢复了平静。医生说，我的宝宝身体很健康，他的手也很漂亮。他刚刚从我的肚子里出来的时候，就把手伸向了为他接生的医生，并且抓住了医生的大拇指。

"他将来会成为一个天才的钢琴演奏家。"医生微笑着说道。

我很高兴生了一个男孩。假如我要生六个孩子，我希望六个都是男孩。不管别人怎么看，我觉得生活对女孩而言太艰难了。我希望我的孩子能够尽情地享受生活，至少比我过得好。我的宝宝是个漂亮的男孩，有着一双完美的小手。他的未来正等着他去创造。

※

我整整两天什么也没做，就是盯着我的孩子看。我根本睡不着，不是给孩子喂奶，就是坐在床上看着他，摸摸他小小的脚指头，看着他的小胸脯随着呼吸一起一落。护士提醒我休息一下，并给了我一些有助于睡眠的药。但我告诉她们，我身体很好，只是不想错过与孩子共处的每一分每一秒。

他是个安静的宝宝，不怎么爱哭。事实上，他好像从来都没有哭过，只是一直安静地睡觉。如果我要给他喂奶，就必须先把他弄醒。他甚至会边吃奶边靠在我的胸口睡过去。我一直担心他吃不饱。“这种事情很常见，”护士说，“一般产后第三天就会有适合喂养的奶，到时他一定会活跃起来。”护士们告诉我，我的孩子可能会有一段时间没精神，因为他生出来的过程太快了，还需要一些时间来适应。我很担心他，但还是相信护士们的话。我想，即使他没有力气吃母乳，我还可以喂他一些奶粉。

在孩子出生之后，我的婆婆来看望我和孩子。婆婆直接叫孩子蒂莫斯，这让我很意外。“噢，这就是蒂莫斯·威廉姆！”她一边说，一边把孩子抱起来。在孩子出生之前，我和丈夫一起列了一个用于给我们的孩子取名的名单。我想先看到孩子再取名，就没有定下来用哪个名字，而且，直到孩子出生我们都没能达成一致。很显然，我丈夫没有征得我的同意就擅自做出了决定。我感到受到了极大的伤害，却对此无能为力。作为孩子的母亲，我是最后知道孩子姓名的人，这让我无法接受。我觉得蒂莫斯这个名字真是糟透了，所以我暗暗决定叫他蒂姆。小蒂姆·夏普是我的第一个孩子。

孩子出生后，我丈夫感到十分满意。不过，他并没有欣喜若狂，因为他和前妻已经有了三个孩子。多生一个孩子对他而言并不是什么新鲜事。我感到很兴奋，他却觉得没什么好大惊小怪的。当然,他赚钱养家的本事还是挺大的。他总是在工作，为我们提供各种生活所需。他和之前的三个孩子都相处得不错，我想他应该也能做我们孩子的好父亲。大部分时候，他都让我来照顾孩子。他是那种传统的男人，认为照顾孩子就该是女人做的事。他每天在医院待上半个小时就找个理由离开了。即使是待在医院的时候，他也总是在房间走来走去，似乎有很多事情要思索。他通常把孩子抱起来一两分钟就放下了。不过我并不介意这一点，因为这意味着我可以有更多时间抱着孩子。当然，我的确感到有些孤单。医院里其他新生儿的父母都是一起学习怎么照顾宝宝，一起分享初为父母的兴奋与喜悦。其他产妇似乎不断有人来探望，而我几乎没有访客。我开始慢慢体会到作为母亲的滋味，孤单就是其中之一。这可跟我之前想象的大不一样。

※

我在医院待了几天，蒂姆也在慢慢地适应这个世界。他吃奶仍然存在着问题，护士们已经开始密切关注他了。新生儿在出生后往往会体重减轻，不过很快就会恢复，并且迅速增重。蒂姆出生后体重没怎么减轻，但也没有增重，而且他似乎一直都在睡。我觉得他安静得有些过头了。有一次，护士们把他抱到育儿室，让我好休息休息。当我去育儿室接他的时候，简直不能相信我的眼睛——一屋子大哭大闹的婴儿中，蒂姆一个人安静地躺着，并且睡得很沉。

护士们时刻关注着蒂姆，儿科医生也让我别担心，他说蒂姆一切正常。“每个孩子都会按照自己的步伐发育成长，”他说道，“给他一些时间，他一定会跟上大家的步伐的。”

几天之后，蒂姆果然出现了一些变化。在我们走出医院的那一刻，也就是小蒂姆出生三天之后，他从一个安静的小天使变成了一个哭闹不休的小淘气。我丈夫把车开过来打开门，我把小蒂姆放进车上的安全座椅里。就在我把安全搭扣扣上的一瞬间，蒂姆张开小嘴开始大哭起来。他的哭声不是婴儿那种软绵绵的啼哭，而是尖锐的哭叫，听起来就像是他被吓坏了。这件事真是怪极了，简直就像有人用医院里嗓门最大的孩子换走了我那安静的小宝贝。他的哭声听上去就像刺耳的警报。到底是什么让蒂姆不高兴了？他饿了还是累了，还是他不喜欢汽车引擎的声音？或者阳光让他觉得不舒服？在这之前，我几乎没听到他哭过一声。我不知道到底哪里出了问题。

我们开车回家用了二十分钟。蒂姆一路上都哭个不停。“你能再开快点儿吗？”我跟丈夫说道，“我得尽快把他从车子里抱出来。”

我想如果我们到家后，那些让蒂姆不舒服的因素都会消失，他也就不会再哭了。但到家之后，无论我怎么安抚他，他还是哭闹不止。我给他喂奶，他在哭。我给他换尿布，他在哭。我把他抱起来轻轻地摇晃，他还是在哭。我对他简直束手无策。

※

蒂姆一旦开始哭就很难停下来。第二天的情况比第一天更糟。接下来，情况一天比一天差。我当然知道小孩子都会哭，初为人母的新手妈妈们都会被折腾得疲惫不堪。那些过来人说，你以后就别想好好睡个安稳觉了。我生孩子前也和住在附近的妈妈们聊过，她们告诉我有了孩子之后的生活会是什么样的。但没有人告诉过我会像现在这样令人无法忍受。我预计的情况是，宝宝如果饿了，他就会哭，我给他喂奶，他就会停下来。但实际情况是，蒂姆一旦哭起来就很难停下来。他整夜整夜地哭，而我根本搞不清楚他到底怎么了。也许当我站在医院的育儿室门口，看到我那安静的小宝贝时，太过骄傲，以至于现在受到这种报应。蒂姆把他刚出生那几天没流的眼泪都补齐了。那个时候，医院的护士把他看护得很好，但我才是他的妈妈，我却没办法好好安抚他。我觉得他不需要我，他不喜欢我。

孩子不睡，我也没办法睡。我偶尔能眯个二十分钟，但从来没完整地睡过一个小时。蒂姆越来越累并且烦躁不安，我也跟着越来越焦虑，人也疲劳得不得了。这种状况还不知道要持续到什么时候。蒂姆不喜欢他的摇篮，也不喜欢他的婴儿车，所以我不得不一直把他抱着。晚上，我得抱着他走来走去好几个小时，轻拍哄他入睡，而蒂姆的父亲就睡在隔壁房间。早晨，我还要做早餐。蒂姆哭的时候，我只好一只手抱着他摇晃，另一只手忙活家务。我还得做饭、洗衣服、熨衣服。基本上，我都是一只手做家务，另一只手抱着哇哇大哭的孩子。蒂姆哭的时候并不是像小孩子闹脾气那样闹一会儿就好了，他哭起来似乎整个人极度紧张。这让我有些害怕。我感觉自己都快崩溃了，但是没有人来帮我，甚至连蒂姆的父亲也不以为然。他是那种传统的男人，绝对不会把孩子接过去让妻子好好吃顿饭，好好睡几个小时。如果半夜里蒂姆的哭声把他吵醒，他就会大发脾气。

生了蒂姆之后，我感染了严重的炎症，盆腔一直到大腿都瘙痒刺痛，而缺乏睡眠让病情进一步恶化。我只能忍着病痛抱着蒂姆来回走动。因为要抱孩子，我没有办法坐下来用刀叉吃饭，只能吃饼干或者其他可以快速塞进嘴的东西。蒂姆吃奶的情况仍然不太好。我总是担心他没吃饱，但喂奶也像其他事情一样惹他不高兴。

带孩子的日子十分孤独。我不太愿意和邻居们谈论孩子的事。附近有五户邻居家里新添了宝宝，但没有谁家的孩子像蒂姆那样爱哭闹。我发现自己处理这些问题更简单，也会尽量避免她们的疑问，免得显得太过突兀。和她们待在一起的时候，只要蒂姆哭得厉害我就开始紧张，想赶快回家，躲避她们的议论和同情。我也不喜欢朋友们来家里，因为那样会让我觉得自己的生活被曝光了。他们会发现蒂姆哭得太频繁了。他们一定会认为那是我的过错。

“他是饿了吗？”他们会问。

“他是不是在回奶？”

“他是不是在出牙？”

“他是不是想睡觉了在闹瞌睡？”——他从来就没有想睡过，我默默地想。

“你应该把他放下，不能总是抱着他，”他们这样跟我说，

“你这是在给自己找罪受。”——那么你来试试吧，我忍不住在心里抱怨，那样只会让他哭得更厉害。

我已经很累了，并且总是为自己没带好孩子而自责，而那些想帮助我的人却让我觉得更难受。每次有人告诉我该这样做，该那样做的时候，我都觉得像是在指责我：你根本不知道怎么带孩子，你没有尽自己的全力去做好一个母亲该做的事。我感到很生气，同时又很迷茫。我担心他们所说的都是真的。

有一天，妈妈来看望我。那时我的情绪已经到了崩溃的边缘。我努力不让自己在她面前哭出来，但她还是看出了一些不对劲的地方。“怎么了？”她问道。我告诉她我没办法让蒂姆睡觉。于是，她把蒂姆抱在怀里，蒂姆不到五分钟就安静下来了。我感到自己从未像那一刻那么渺小。我是个不称职的妈妈，蒂姆哭闹不止都是因为我。

我没有时间静静地看着睡着的蒂姆。我不能坐在那儿守着他，因为我得抓紧时间自己睡一会儿，或者赶紧把该做的家务都做了。在医院的那段时间是我静静欣赏这个来到我生命里的小宝贝的唯一机会。那样的好时光已经一去不复返了。蒂姆出生后的前几个星期，是我有生以来经历过的最辛苦的日子，并且完全看不到情况好转的迹象。每天早晨，我瞪着镜子中的自己，就像是一个苍白的僵尸，眼睛下挂着大大的黑眼圈，思考着宝宝究竟怎么了。我觉得这不正常。这样下去，我会精疲力竭而死的。我已经快要撑不住了。

然而，尽管备受打击，我仍然深爱着我的孩子。蒂姆总是不开心的一部分原因，确实是我总爱把他抱在怀里，不像其他妈妈那样让孩子躺下睡觉。因为我实在太珍惜蒂姆生命中的每分每秒了。孩子们长得很快，尤其是在刚出生的那几个月。能够亲眼见证他们的成长真是一种奇妙的经历。我已经完全被蒂姆迷住了，正是这种迷恋支撑着我。在那段日子里，有时候我感到自己抱着他已经累得一步也走不动了，但当我低头看到他在我怀里轻轻呼吸，我就又有了力量，抬起脚继续走下去。蒂姆需要我这一事实也鼓励着我。我相信他和我之间有一种特殊的联系。我为我们之间的这种联系感到很自豪，尽管我已经快累垮了。虽然蒂姆整天哭闹不止，虽然我被弄得精疲力竭，但我仍然认为蒂姆是完美的。他是完美无缺的，所以现在这种糟糕的状况完全是我造成的。

我很清楚地记得他第一次对我微笑的样子。对所有母亲而言，孩子的第一次微笑都是值得纪念的。但对我来说，蒂姆的第一次微笑不仅值得纪念，更意味着他终于在此时此刻变得开心了。他注视着我，小脸格外生动。这说明他并不讨厌我。他对我笑了。我想，他一定是喜欢我的，即使只有一点点喜欢。

※

我们定时去母婴健康中心做体检。每次去，我都告诉那儿的护士蒂姆在家的各种情况。护士们认为一切都很正常。

“小孩子都会哭闹。你慢慢就会知道该如何处理的，”他们说，“你只是需要时间去适应。”

蒂姆六个月大的时候，我已经快抓狂了。

“他就是无法入睡，”我绝望地告诉医生，“哪怕持续睡上半个小时都不行。”

医生很关心这件事，他让我们去睡眠专科医院咨询专家。“那儿的专家会帮你们让蒂姆形成良好的睡眠习惯，”他说，“他需要学会自己入睡。”

在我看来，这个提议实在有些荒唐。蒂姆哭是因为他不舒服，如果我让他自己一个人待着，他只会更伤心的。他不会哭累了就睡，因为他哭起来根本不会累。更何况他还那么小，我怎么能在他伤心难过的时候，丢下他一个人呢？不过，我不想让蒂姆去那儿的最主要原因是我感到十分羞愧。每个女人应该天生就会照顾孩子，可我却没把孩子照顾好。我觉得，如果我们带蒂姆去睡眠专科医院，就是承认了这件事，就是向全世界宣告我是一个失败的母亲。同时，我也担心蒂姆的父亲是否会接受这个提议。他不希望别人知道我们的私事。如果我带蒂姆去看睡眠专家，他一定会很生气的。我们必须自己搞定这件事。

※

大家总是让我再耐心一些。他们说孩子长大些就好了。但是随着蒂姆越来越大，他讨厌的东西越来越多。很多情况下，他都像是受到了惊吓而烦躁不安。

蒂姆三个月大的时候，我曾经试着给他穿一件婴儿连体服。那件婴儿服是一个朋友亲手为他织的。衣服是天蓝色的，用柔软的羊毛线织成，大小正适合蒂姆。那件衣服实在是太漂亮了，蒂姆穿上它一定像个可爱的小天使，我想让蒂姆穿着它拍张照。但是我刚把衣服套在他的腿上，他就使劲地蹬起腿来。我见他哭得这么厉害，还以为他被尿布上的别针扎到了。我连忙把他的衣服脱下来，看看是怎么回事。结果一切正常。难道是衣服上有虫子咬了他？但我检查了半天，并没有发现什么不对头的地方。

在我检查的时候，蒂姆停止了哭泣。转眼间，他就从号啕大哭变得异常安静。这让我感到很奇怪。一秒钟之前他还哭得满脸通红呢。于是我又开始给他穿衣服。但当我刚把婴儿服给他穿上，他就哭起来。我只好再次把他的衣服脱掉，检查尿布。

这次，我把整件婴儿服都脱了下来。衣服刚刚脱下，蒂姆就安静了下来。当我第三次尝试给他穿衣服时，蒂姆又大哭起来，甚至发出痛楚的叫声，像是被什么东西弄疼了似的。蒂姆的行为让我十分困扰。我不知道他究竟怎么了。我怀疑他的身体内部出了问题，得了肉眼无法看到的病症。于是，我拿来另一件衣服给他穿上，然后把他抱起来。很久之后我才意识到，让他哭闹不止的正是那件婴儿服。那件婴儿服是羊毛线织成的，可能是羊毛刺激了蒂姆的皮肤。

我开始关注影响蒂姆情绪的其他东西。我慢慢发现这些东西会让蒂姆情绪崩溃。从我们将他从医院带回家的那天，我就发现他非常不喜欢坐在汽车里面。他一听到汽车引擎的声音就开始哭闹。车子开多久，他就在车里哭闹多久。他不喜欢安全座椅上的尼龙搭扣。虽然他还小，还不能自己坐起来，但当我把尼龙搭扣解开时，我感觉他像是急切地往我怀里扑过来一样，并且大声恸哭起来。对我们而言，靠近汽车成了一种痛苦的折磨。因此，除了特殊情况，我尽量避免使用汽车。

汽车问题仅仅只是个开始。我可以不使用汽车，但一周一次的购物是我没办法避免的。不知是什么原因，蒂姆不能忍受硬币撞击的声音。我把他抱在怀里购物时，他似乎一切正常。但当我打开钱包付款时，我感觉到他小小的身体一下子绷紧了，然后开始哭喊起来。一开始我以为是金属相互撞击的声音让他不安，但当我拉动装满餐具的抽屉，刀叉相互撞击发出响声时，他并没有异常反应。似乎只有硬币撞击的声音才会对他产生影响。开启啤酒罐的声音也会对蒂姆产生类似的影响。蒂姆的父亲经常喝啤酒，每次听到易拉罐开启声和啤酒冒泡的“嗞嗞”声，蒂姆就好像被吓了一大跳。我发现这件事后做了一个实验：我抱着蒂姆站在后院车库前，让蒂姆的父亲站在前院开易拉罐。我们之间有大约三十米的距离。我甚至根本没有听到开易拉罐的声音，而蒂姆却被吓得一抖，立刻大哭起来。我简直无法相信眼前发生的一切。

对蒂姆产生影响的事物实在是太普通，太不引人注意了，我花了相当长的时间才把它们相互联系起来。但是当我把它们联系起来时，我立即发现了它们具有一个明显的共性。对蒂姆产生影响的事物每次都会让他情绪不佳，就像是发条装置一样。他并不能逐渐适应这些事物。如果说蒂姆听到了一种新的声音而感到害怕，我可以理解，但他每次听到同样的声音都像是受到了惊吓一样，这就让人无法理解了。蒂姆不能适应和接受那些引起他哭闹的事物，我觉得他并不是因为感到不舒服而情绪不佳。那件毛呢材质的婴儿服就是一个例子。蒂姆穿着那件婴儿服时哭起来的样子就像身受极大的痛楚。

※

我一直为我的孩子担心。从他出生到他一岁的那一年中，我的眼泪都快流尽了，尤其是当我独自待在家里的时候。作为母亲，对蒂姆的照顾和担忧占据了我的整个生活。我觉得这种糟糕的状况不会再好起来了，但同时我也决心与之对抗。好吧，我们现在遇到了困难，虽然目前还没有办法解决，但我们会继续努力的。

蒂姆也确实在慢慢进步。随着时间的推移，蒂姆可以在他的小兔毛毯上平静地待上五分钟。我把他抱出澡盆时，他也不再大哭大闹了。我还可以把他放进儿童推车里，尽管实际上我们哪儿都去不了，因为只要离开屋子，他就开始哭。经过了一年时间，他终于可以一次睡一个小时，并且一天中只有一半的时间在哭闹。虽然困难仍然存在，但我从蒂姆的进步中获得了力量。至少哭闹半天总比哭闹一整天好，而且我认为他还会继续进步的。

蒂姆的医生为他的成长感到十分高兴，因为蒂姆发育的速度跟医学标准完全一致：他在该学会笑的时候会笑，在该会坐的时候学会坐，在该会走路的时候会走路。蒂姆完全跳过了学爬的阶段，他学会坐之后，就用他的小手抓住我的大拇指学习走路了。我常常弯下腰扶着他练习走路，一走就是几个小时。

他是个漂亮的孩子，我也开始发现他喜欢的东西。他喜欢水，而且我发现他喜欢玩泥巴，但他不愿意和我一起玩。他不会递给我一把铲子，让我和他一起挖。他只是自己专注地做着手上的事。但如果我走开，蒂姆就会跟着我走。这让我备受鼓舞，因为这意味着我的孩子希望我和他待在一起。他不和我一起玩，也不在我叫他的时候回答我，但他似乎希望我待在他旁边。

蒂姆有时会用双手搂住我的脖子，或者站在我身边，靠在我的腿上，而且他经常亲我，还会拍拍我的胳膊。他的眼睛如此迷人，但在我看来，他眼里常带着悲伤的神情。我经常盯着蒂姆的眼睛看，想从他的眼里了解他究竟在想些什么。我想知道怎样才能让他开心起来。

第二章
萨　姆

蒂姆十五个月大的时候，我的医生建议我去看心理医生。那时，我的状况很糟，大家都能从我脸上看出来。我一直都在为自己和孩子寻求帮助，但医生们只会给我开抗抑郁的药。我告诉医生，我并不感到沮丧。我爱我的孩子，拥有自己的孩子我很高兴。我告诉医生，我只是太累了，但他并不这么认为。我没有吃那些药。1980 年代对抗抑郁药物的控制并不像现在这么严格，那时对抗抑郁药如何作用于身体也没有很多研究。在我当时累得只能维持基本生活的状况下，最不需要做的就是用药物麻醉自己。

另一位和我父母住在同一个教区的医生告诉我，我应该切除子宫，以免再生孩子。

“有些人就是忍不住，不断地生孩子。”他说。

他的话重重地击中了我。我不敢相信还有人说这样的话。这个世界上，我最想要做的就是再生一个孩子。我实在太爱我的孩子了——我也很乐意成为一位母亲——以至于我一直考虑再生一个。我会产生这样的想法确实很奇怪，我也无法解释。蒂姆已经让人很头疼了，你会觉得我再也不想听到孩子的哭声，再也没有精力去养育另一个孩子了。但事实恰恰相反。我最为确定的就是成为母亲是我做过的最棒的事。我从未感觉到自己如此被另一个人所需要，也从不知道自己会对另一个人产生如此多的爱。我知道，我身体中还蕴藏着更多的母爱。

事实证实了我的想法是对的。尽管我还没有发现，我已经怀上了我的第二个孩子。直到我怀孕四个月，我才意识到我的身体发生了变化。当时我因为缺乏睡眠而精疲力竭，并且时常恶心呕吐，所以根本没有发现怀孕的迹象。当我发现自己怀孕时，简直欣喜若狂。我很担心这个孩子也出现像蒂姆一样的问题。我暗暗祈祷一切正常。当然了，即使这个孩子也有问题，即使照顾两个孩子很艰难，我也能够挺过去。母爱会赐予我无穷的力量。

我们又一次来到曾经照顾过我和蒂姆的产科医生那儿。他是一个和蔼可亲的医生，来自南非，说起话来悦耳动听，脾气也很温和。他恭喜我怀孕，但提醒我这次怀孕的过程可能会比较艰辛，因为超声波检测出我有胎盘前置的情况。这对我和孩子而言都很危险。在怀孕早期，胎盘形成的时候，它会附着于子宫壁上。前置性胎盘意味着胎盘的位置不太好，过于靠近子宫颈，这种情况出现的概率还不到百分之一。前置性胎盘往往会导致孕期持续性出血。根据严重程度，前置性胎盘可以分为四个等级。我属于第四级，最严重的情况，也就是说胎盘直接覆盖在子宫颈上。胎儿长大的过程中，会把胎盘挤出来。胎盘连着人的主动脉，我身上所有的血液都会流经胎盘，从而给胎儿提供营养。如果胎盘被挤出，我就会因为大出血而死。

这实在是糟透了，不过医生让我不要担心。他很会安慰人，他说胎儿出生前，胎盘还会移动的，并且他会一直检测我的情况，直到孩子出生。我十分感激医生对我的安慰。

这个孩子在我肚子里动得很少，我很担心会流产——很多人都出现流产的情况。但实际上，我的情况比流产严重多了。怀孕二十八周的时候，我就开始出血，丈夫带我去了医院。幸运的是，医生很快就给我止住了血。他说我的情况很危险，必须留院监护，且至少要待到胎儿三十二周大，可以实施剖宫产的时候。因为剖宫产对胎儿最有利，如果等我顺产，胎儿和我都会有生命危险。

我不想待在医院里。蒂姆才二十二个月大，还不到两岁，他需要我的照顾。这种分离让我很痛苦，并且蒂姆的成长也止步不前。当蒂姆的父亲带他来看我时，他大叫大闹，像是发狂了。

我却没办法让他安静下来，他不愿意让我接近他。蒂姆离开的时候，我整个人都崩溃了。护士们不得不给我服用镇静剂，以免引起更严重的出血。我歇斯底里地哭喊着，简直像疯了一样。我很害怕这次分离会给蒂姆造成心理创伤，那样的话，之前的一切努力都白费了。蒂姆的父亲无法理解蒂姆的需求，我也担心他能否把蒂姆照顾好。我一边为腹中的孩子日夜担忧，一边想赶快回家。医生曾经很严肃地告诉我，如果不好好待在医院，一旦出现突发情况，后果会很严重。我当时并没有意识到问题的严重性。对蒂姆的担心也让我变得勇敢无畏，我认为那些可怕的情况不会发生在我身上，我请求医生让我回家。医生虽然认为待在医院对我更好，但他还是同意了。

出院之前，医生给我列了一个长长的注意事项清单。如果我非得待在家里，那我就必须一直躺在床上，必须让专业的医师每天过去检查，给我开药，必须有人二十四小时看护我。如果我要去洗手间，除了不锁门，还得随身携带一个铃铛，并且要有人坐在门口，以防意外发生。医院的救护车也随时待命。一旦我开始出血，就必须尽快送往医院。生死关头，分秒必争。

我能从医生的脸上看出他对我的担忧，但我仍然为能够回家而高兴。我只想和蒂姆待在一起。

※

蒂姆的父亲对医生列出的注意事项十分认真，他叫来了亲朋好友帮助我。如果说蒂姆出生后他对我有些忽视，那么这次我从医院回到家，他一直都在努力照顾我。同时，他也在尽自己最大的努力照顾好蒂姆。我很高兴能够待在家里。虽然我只能躺在床上，但蒂姆可以和我待在一起，他的情况也逐渐好起来。他不是挨着我坐在床上，就是在床边的地上玩。他的情绪已经稳定多了。

我在家待了一段时间，一直严格地遵守着医生的指示。四月一日愚人节到了，我很高兴平安地度过了这一天，没有任何意外情况出现。要不然，别人也许会以为我是在开愚人节玩笑呢。到了四月三日，我对自己的身体状况越来越有信心，一切都很正常。我肚子里的宝宝就要满三十二周了——毕竟，过了三十二周的宝宝就不算是早产了。

那天晚上，我和丈夫一起吃着晚餐，蒂姆在一旁一本正经地说着话。突然，没有任何预兆的情况下，我的羊水破了。既不疼，也没有刺痛，我甚至连一点感觉都没有。就像有人打开了水龙头，血就从我的身体里面喷出来。我感到身子下面湿了，于是往下看。眼前的景象让我目瞪口呆。地上到处都是血，并且血正源源不断地从我身体里迅速地往外流。

“一旦你开始出血，就必须立即赶往医院，耽误一秒都会有生命危险！”医生曾经这样提醒过我。在我身体里的血流尽之前，我得花二十分钟赶到医院。看到血哗哗地往外流，我才明白，他那么说并非夸张。

在我们等待救护车的时候，我的血仍不停往外渗，在地板上淌得到处都是。我的丈夫急坏了，不断打着电话，找人赶快过来。蒂姆已经吓得不知所措，他很害怕地上流淌着的红色液体。我们完全没有办法止血。我丈夫拿来了所有的毛巾垫到我身体下面，但不到一分钟毛巾就湿透了。我把头搁在饭桌上，因为我实在没有力气了。我可以感觉到生命力正在一点一滴地从我身体里面流淌出去。我感到很绝望，认为一切都已经晚了。

我很害怕死亡。但从目前的情况看，死亡似乎是不可避免的了，我的生命已经走到了尽头。我感到很悲伤，因为我不能再和蒂姆待在一起并且保护他直到他长大成人了。同时，我也对自己很生气，居然让肚子里的孩子遭受生命危险。我怎么能这么自私、这么傻呢？我不停地祈祷着，祈祷着，祈祷我的孩子能够得救。

※

大家都认为我活下去的可能性很小。医生告诉过我很多类似的案例，出现这种大出血的产妇一般都没能活下来，除非她们待在医院里，能够立即得到治疗。我们住的地方离医院有三十分钟的路程。救护车鸣着警笛闪着警灯来了，我被迅速抬上了车。我的丈夫站在门口的草坪上，怀里抱着蒂姆。在医护人员关上车门之前，我匆匆扫了一眼蒂姆。我确信这是我生命中最后一次看到蒂姆了。我的心都碎了。我从来不知道我会爱他爱得这么深。

我以为我会死在救护车的车厢里，周围都是我不认识的陌生人。坐在我旁边的随车护士很和蔼，但他一直忙着给我进行急救。我知道他很着急。他不停地说着“不、不”，并且催促司机再开快点儿。在医院门口，急救队正等着我们。我们一到达医院，医生护士们就忙了起来。我甚至还没被抬出救护车，他们就在我的胳膊上扎上了静脉注射的针头开始输液。我已经神志不清了，但仍能听到他们焦虑的语气。我还有意识，但什么也做不了，我已经没有力气和死神抗争了。我的生命就交给医生护士们了。

他们把我推到急救室，我听到有人大喊着“再拿些血！看在上帝的分上，再拿些血来！”接着，当天值班的外科医生走进了急救室。他告诉我这儿有儿科医生，还有很多专家，一旦实施剖宫产，他们会负责救护孩子的。我的孩子提前了十周出生，他们认为在这种情况下，孩子不太可能存活，但他们会尽全力的。

“我负责救护你。”外科医生轻柔地说道。他握着我的手。我用尽全身的力气对他说：“救孩子，我救不活就算了，请一定把孩子救活！”

※

接下来我看到的就是一束白光。我不仅仅看到这束白光，还感到自己飞速地向着它冲过去，速度快得好像骨头上的肉都要被冲掉了一样。但我内心仍然很平静，并且觉得很安全。我在黑暗中向着光亮移动。那道圆圆的光圈，似乎就在黑暗隧道的尽头。

突然，一切都停止了，我也停止了移动。这时我听到了一个低沉而威严的男声：“你做了什么？”

我吓得不敢说话。我也不知道该说什么。我不知道正确的答案是什么。我想和肚子里的孩子还有蒂姆待在一起。我很遗憾自己的生命就这样结束了。我做了什么？我思考着。我浪费了自己的生命。

接着，我发现自己飘在手术台上方，看着医生们飞快地传递着血包和手术器械。我一点感觉都没有。然后一切又回到了黑暗之中。

※

我醒来的时候，发现自己躺在重症监护室的病床上，身上插着各种管子，还连着监护仪器，旁边有一个护士正在检查各个监护仪器的数据是否正常。我从未有过如此糟糕的感觉。我感到自己十分虚弱，动弹不了，身上到处都疼，甚至连叫护士问问现在是什么情况的力气都没有。过了一会儿，护士终于瞟了过来，发现我已经醒了。她一定是看到了我脸上绝望的表情，所以马上跟我说了孩子的情况。

“你的孩子很好，”她说道，“是个男孩。”

我虚弱得说不出话来，却高兴得流出了眼泪。孩子出生以后，大家用拍立得给孩子照了一张照片。护士把照片拿起来让我看。孩子躺在新生儿监护室的温箱里，身上连着各种仪器。一想到他独自一人待在温箱里，我的心都碎了。当然，我相信护士们把他照顾得很好，但他需要的是爱他的人。要想见到我的孩子，我必须尽快好起来。

※

萨姆提前了十周出生，他很瘦，只有 1873 克重，也就是四磅两盎司。他努力地尝试着自己呼吸。蒂姆出生的时候十分健壮，但萨姆却跟他哥哥不一样，当我得知萨姆有可能活不下来的时候，简直吓坏了。我不敢再往下想，只能每天祈祷着萨姆能撑过去。他的小脚跟又黑又肿，因为护士们得从他的脚跟取血做各种检查。他的胳膊瘦得完全没有肉，无法下针。小小的身体上遍布了管子，胸前和背后是连接着心脏监护仪的贴片。为了保护他的视力不被保温箱的灯光伤害，医生们把他的眼睛蒙上了。为了给他保暖，医生们把他的小床用塑料布盖了起来。由于长期的鼻饲管喂食，萨姆得了疝气，小腹处起了高尔夫球那么大的几个肿块，医生不得不给他动手术消肿。

然而，就算这个小小的身体插着各种管子，连接着各种仪器，我仍然能感觉到他是一个非常完美的小男孩。就像我对蒂姆一样，我深深地为他着迷了。我很难过不能把他抱在怀里，但他第一次听到我的声音的时候，他的眼睛眨了眨。我知道他一定认识这是妈妈的声音。他出生后的第十三天，我才抱到了他。那天正好是我的生日。我第一次把萨姆抱在怀里，这真是我收到过的最棒的生日礼物。

萨姆在布里斯班妇幼医院的特护病房住了六周。我手术后一周就出院了。出院后，我每天都带着蒂姆和他们的父亲看望萨姆，至少一天两次。我那时还很虚弱，没有恢复元气。去看望温箱里的萨姆是很耗费精力的，但我仍然感到十分幸运。我在新生儿科看到了好几个可怜的小东西——那些只在妈妈肚子里待了六个月就出生的孩子，要么有严重残疾，要么失去了视力，要么极度瘦弱，不到一磅重，最终没能活下来。而萨姆，至少活了下来。

在我住院期间，蒂姆又一次行为失常了，比之前那次更严重。他不想和我一起做任何事，也无法安静下来。特护病房的护士和医生常常问我蒂姆的情况。蒂姆一直试图从医院的病房里逃出去，并且哭个不停。但他确实很喜欢萨姆。当蒂姆看到他弟弟的时候，他的眼睛里闪动着神奇的光芒。“呐姆！”他对萨姆说道——这是他知道的唯一一个单词。

※

当我们带萨姆回家的时候，他已经长到快五磅重了，并且一切正常。医生说他可能会有问题，也许会发育迟缓，或者听力或视觉有障碍。但我并不担心这些事，只要我的孩子活着就足够了。

经过这一切，我的身体极度虚弱。医生告诉我，在手术台上他们差点救不活我。当然，我早就知道这一点了。我没跟任何人提起过濒死的体验，但它给我留下了深刻的印象。我有了第二次生命，我不想浪费它。我感到世界好像变得美好了。这次濒死的体验让我更容易满足,更容易快乐。我听到的那句“你做了什么”仍然留在我的脑海里。我觉得它并不是一个任务，要求我去完成什么大事，而是提醒我要好好与我的孩子们度过每一天。生命很珍贵。

如果我有了空闲时间，就会和蒂姆、萨姆一起坐在后院里，悠闲地看着树林。我的身体很疲惫，而且还得照顾两个孩子，但在那样的时刻，我真的感觉到了内心的宁静与欢愉。

第三章
自闭症

我的孩子都很漂亮。蒂姆看起来就像电视广告里的小童星，看到他的人都赞不绝口。他的腿胖乎乎的，就像健壮肥美的羊腿。但是萨姆没有那么胖，实际上，萨姆身上简直没什么肉。他连圆圆的屁股蛋都没有！萨姆的头发是土黄色的，比蒂姆的头发长。萨姆看上去又瘦小又纤弱，但他仍然是个棒极了的小男孩。

我对目前的家庭情况十分满意。通常情况下，当家里有小宝宝出生，大一点的孩子就会表示不满。但我们家没有这种问题。蒂姆十分喜爱这个宝宝，他懂得有时必须让弟弟优先得到照顾。如果说有什么让蒂姆不高兴的事，那绝对不会是萨姆。然而不幸的是，随着蒂姆的成长，他的问题也逐渐变得严重。

蒂姆十分依赖身边事物的规律性，在特定的时间，必须做特定的事。他要电视整天都开着，调到 7 频道，不管他看不看。到了下午，我就得把电视换到 9 频道，因为他要看《兔八哥》——那是他最喜欢的节目。但我得不停地猜他想要的到底是什么。别的孩子可能会哭，并且指着电视，或者说“兔八哥”，这样你多少能得到一些提示。而蒂姆则是站在电视房的中间大声尖叫，我只有疯狂地查找到底出现了什么让蒂姆不高兴的事。

我觉得电视可以帮助蒂姆建立时间的概念。早餐的时候，他会看《托马斯火车》；当电视上出现脱口秀节目，就到了吃午饭的时间；而播新闻的时候，我们就会吃晚餐。蒂姆知道什么时候该看兔八哥，如果到了那个时候电视没有播放兔八哥的节目，他就会觉得很困扰。这让他的整个世界失去了秩序。但他无法跟我解释他的困扰，我也没有办法安抚他。我既不能向他保证一切会正常，也不能让他得到安慰。他似乎记不住我告诉他的任何事。

我找不出蒂姆行为失常的规律，因为有太多事困扰他了。有时，即使我知道他为什么不高兴也不能由着他。穿鞋的问题就是一个例子。1990 年代早期，对艾滋病的公共宣传十分火热。有个海报，上面画着可怕的死神拿着一个保龄球，把人们像球瓶那样击倒。艾滋病什么时候会发作，你永远也不知道！我们很害怕藏在草地里的废弃针头会传染艾滋病，所以，我不能让蒂姆光着脚到处跑。不巧的是，蒂姆很讨厌穿鞋。我必须紧紧把他抱住，然后把鞋套在他的脚上。蒂姆每次都会大声尖叫，就像我是用烙铁烫他的脚一样。穿鞋这件事搞得我们两个人都很痛苦。

即使光着脚，蒂姆也很不情愿离开家。他会从我们出门一直哭到回家。他好像十分恐惧外面的世界。蒂姆越长大，这种痛苦的症状越明显——外面的世界让他感到焦虑。在外面，我不能把萨姆放下来。如果我试着放下萨姆，他就会把萨姆推回我的怀里。如果我打算坐下，他就会拉我的手，直到我站起来。我也不能把包放下，因为那就意味着我们得在外面待一段时间而不是立即回家。如果我们去医院，或是和其他人有约，坐在一个陌生的房间里，蒂姆无法忍受关闭着的门；他会够着门把手使劲地扭，想要逃出去，就像是被困在房间里面一样焦虑。他歇斯底里地哭喊着，如果我不理他，他就会变本加厉，愈演愈烈。

对我而言，出门实在是一种折磨，所以我尽量待在家里。可是这样也解决不了问题。就像不喜欢出门一样，蒂姆也不喜欢有人来访。他不喜欢访客。如果有人来访，他就会发疯一般地在家里边哭边跑，不停地说着“再见，再见，再见，再见”，催着客人离开，把他们往门口推。有时候，客人一来他就倒下，就像是被打晕了一样。一开始，他会尖叫，然后就倒在地上，蜷缩成一团晕过去。一旦我把客人送出门，他就会立刻醒过来。

蒂姆的这种行为实在是古怪。

我一方面需要帮助，另一方面又不希望别人知道蒂姆的情况，真是进退两难。蒂姆越长越大，他的行为举止也越来越怪异，比如说他不喜欢和其他小孩一起玩。我们家附近有很多小孩子，但蒂姆从来不跟他们玩，总是一个人玩自己的。他不会骑三轮脚踏车或者自行车，也不像其他孩子那样喜欢玩玩具。他只对特定的东西感兴趣，任何试图转移他兴趣的努力都是徒劳的。他做的所有事都遵循着特殊的规则。我知道他有自己的规则，但是只有他自己清楚这个规则。

蒂姆快三岁的时候，还不会自己大小便。他不能一觉到天亮，也还没学会说话，给他喂饭简直是噩梦般的差事。蒂姆很早就开始吃固体食物了。他出生后，出现了所有新生儿可能会遇到的各种消化不良问题，并且常常伴随着呕吐或腹泻。我担心他营养不良，就让他尽早适应固体食物。两岁半的时候，蒂姆的食谱上只有巧克力、面包和鸡肉，我想给他增加些别的东西，像是蔬菜、意面或水果，而他却大声尖叫，都快把房子叫塌了。并不是说蒂姆挑食，或者我惯着他，而是这些食物似乎让蒂姆感到害怕或抑郁。例如，他从来不接近棒棒糖。他也不喜欢果汁、冰激凌或者牛奶。似乎并不是这些东西的触感，而是它们的颜色对蒂姆产生了影响。你可以很清楚地看到蒂姆脸上厌恶的表情。由于某种原因，蒂姆特别害怕红色的食物。我推测也许是萨姆出生的那一晚他看到太多血造成的。

从医院回家后，萨姆就健康地成长起来，他的体重很快就增加了，并且各项发育指标也都达标了。由于差点失去他，我对他的一切格外关心。在最初的几个月里，我一直为他担忧。但我的担忧并没有必要，因为在他一岁的时候，他就完全赶上了同龄的孩子，并且再也没有落后过。他开始牙牙学语，嬉笑打闹。大多数情况下，他都是一个快乐的、容易满足的小家伙。他也同样十分惹人爱。我很喜欢我的儿子，我喜欢紧紧地拥抱他们。

对蒂姆而言，目前最大的问题就是他不会说话。我们隔壁有一个叫莎拉的小姑娘，她很小就开始学说话了。她只比蒂姆大六周，但她现在已经能说出许多完整的句子了。跟蒂姆相比，她简直就像一本小百科全书。“生日快乐，朱迪！”她彬彬有礼地对我说，“祝您今天好心情！”

而蒂姆几乎连一个单词都说不出来。他会用“呐姆”表示萨姆，用“叭”表示想喝水。他的确发出过一些表示不高兴的音节，但我却理解不了。我竭尽全力去理解蒂姆。我知道，只要蒂姆学会说话，情况就会好很多。那样的话，我就可以不用再像侦探破案那样去猜测他到底想要什么了。如果他能够开口告诉我他的想法，照顾他该变得多容易啊。

我们家养了一条红色的牧牛犬，名叫雷泽·布雷德·夏普。

每当它跑过的时候，蒂姆就会笑个不停。他到底在笑什么呢？我完全不知道。为什么蒂姆前一天还好好地坐在浴缸里洗澡，玩得很开心，而第二天就大哭大闹，不愿意坐进去？为什么他前一天可以吃满满一大盘烤羊肉，而第二天却尝都不尝一口？为什么他每天都会感到心情不好？我尝试着把冰箱里所有的食物递给他，把所有餐柜的柜门打开。我把新维特麦片、香脆米、饼干、薯片一一拿到他面前，可是他无法告诉我他想要什么，只是更大声地尖叫。我只得站在水龙头旁边——“你想喝点水吗？”他没有任何反应。他既不用手指出来，也不用其他方式表达他想要什么。他不会告诉我，是不是噪音让他感到烦躁。我也不知道他是不是哪里疼，或者身体不舒服。我完全不明白他尖叫的原因。我能体会到，他内心该是多么绝望啊。

这样的情况实在是太奇怪了，也让人十分烦恼。我知道蒂姆并不是想伤害我，或者不喜欢我，他一定有他自己的原因，只是我们都无法理解。他一定努力尝试着摆脱那样的行为，只是无法做到。看着蒂姆这么痛苦，我更痛苦。他还是个那么小的孩子，他的生活不该如此复杂，如此令人沮丧。我多么希望如果他想要薯片，只需简单地说“薯片”就行了。每一天，看到他必须经历如此的折磨来得到自己想要的东西，我实在是很难过。

好的方面是，有时我能感到自己和他十分亲近。从某一方面讲，我很自豪自己是唯一偶尔能理解蒂姆的人，因为我是唯一充分了解他行为模式的人。我为自己偶尔能在他伤心的时候安慰他，使他高兴起来而感到骄傲。但是，大多数情况下我还是会猜错他的需求，并且把自己搞得筋疲力尽。

※

大家觉得蒂姆是个难带的孩子，但我明白他们只是认为蒂姆脾气不好，或者我这个妈妈不尽责。我心里很清楚蒂姆是个乖孩子，所以我只能责怪自己。要不还能怪谁呢？我不停地带蒂姆去附近的医院，想知道他到底怎么了。

“他不会说话。”我跟医生说，但他们认为那很正常，应该等到他三岁再看。“我觉得他的身体有问题。”我说，但医生们给蒂姆做了检查，没有发现任何异常。“我想知道他的视力有没有问题，他似乎看不到我指的东西。”我跟医生强调，医生给蒂姆做了视力测试，也没有问题。“他无法入睡。”我更大声地说道，但医生解释说许多孩子都难以入睡，也许我们需要咨询睡眠问题专家。

我们去了好多次医院，我猜接待我们的医生都已经快受不了了。他们一定在想，那个讨厌的妈妈又带着她哭哭啼啼的孩子来了。蒂姆来医院的时候总是很烦躁，他总是想逃离医院。

我想，医生们也一定认为我是疯了，他们肯定在猜我这次又想抱怨孩子的什么异常情况，又打算寻求什么办法解决一个我自己也说不清的问题。我想寻求医生的帮助，可是他们告诉我蒂姆一切正常，我只需要学着去适应。我的确在适应，但我不知道还可以做些什么。

直到我带萨姆去接种他的第一轮疫苗，才有一个医生提醒我，也许蒂姆的情况很严重。我们去了附近的诊室给萨姆打针，常接待我们的医生正好不在，只有一个我们不太熟悉的老医生在那儿，他碰巧看到了蒂姆最糟糕的表现。我的鞋带散了，蒂姆的鞋带也散了，这让蒂姆的心情十分烦躁。我不得不放下包，然后抱着萨姆以便医生扎针。诊室的门关着，蒂姆跑到门那儿把门打开，然后跑到我身边把鞋带扯起来，拎起包，不停地推萨姆，推我，同时还一直放声哭喊着。我尝试着安慰他，却没有什么效果。接着，萨姆也哭起来，蒂姆就闹得更厉害了。这是我和蒂姆最糟糕的经历之一。别人看到一定以为我们都疯了。那个医生想帮我们，却让情况变得更糟。

“这种情况多久发生一次？”他问我。

听到他的话，我都快哭出来了。“每天，”我告诉他，“我也不明白是怎么回事”。

那个医生很严肃地看着我。“你们不能这样下去了，”他说，“我从来没见过这种情况。那个孩子会把你折腾得没命的。”

他立即坐下来，为蒂姆写了一封推荐信，让更专业的儿科医生对他进行检查。他没有责备我不称职，他知道我们该去哪儿寻求帮助。他相信我们可以做一些事情来改变目前的状况。我终于松了一口气，因为终于有人理解我了。我一只胳膊夹着一个孩子，离开了诊室。我一回到家，就把蒂姆的鞋脱掉，把电视打开，蒂姆立即安静下来。这一天过得真辛苦。

我们去看的专业医生是位和蔼可亲的男士，很有绅士风度，也很关心我们。他的桌子上有个托马斯火车的玩具，蒂姆很喜欢去那儿，还会站在医生的旁边玩那个玩具。医生学着托马斯小火车的声音对他说“你好，蒂姆”时，蒂姆把手中的玩具递给医生，并朝他微笑。

我很高兴医生看到的蒂姆是我所了解的那个有着美丽笑容的可爱孩子。蒂姆和其他小男孩一样，他只是还没学会说话。

跟蒂姆说了会话，观察他玩玩具后，医生询问了我一些蒂姆的异常情况。他很仔细地听着。我说完后，他列举了一些可能会影响儿童行为的原因。他提到了“自闭症”，但很快就否定了。“我认为不太可能，”他说，“蒂姆看起来能理解我说的话，也能同我交流，而且，他看起来非常快乐。”

我曾经目睹一个患有自闭症的青年人发病的症状。尽管我并不清楚他的具体情况，但他给我留下了深刻的印象。在那之前，我从未听说过自闭症这种病。那个青年人的妈妈哭得撕心裂肺，而他却跑到室外的草坪上躺着。他不断发出焦虑的、旁人无法理解的声音，还把自己的头揪住往地上撞，看起来非常痛苦。他发作的时候把他们家的房子都毁了。他的母亲受了伤，婚姻也受到了影响。但是他们不知道该到哪儿寻求帮助。这种病太罕见了，没人知道该怎么办。

不知道为什么，我清晰地记得那件事。我那时一定在想，如果这种不幸发生在我身上,我该怎么办。所以当医生说出“自闭症”这个词的时候，我吓了一大跳，接着又放心了。幸好医生认为蒂姆不是自闭症，而是发育迟缓。蒂姆发育得很慢，这种情况时有发生。医生建议我们等到蒂姆三岁的时候，再看他的语言能力是否发展起来。如果到那时他还不会说话，我们就该去听听另外一位专家的建议。

“他会没事的。”医生亲切地说道。

看完医生，我感到很开心，也松了一口气。但随着时间的流逝，我越来越清楚地意识到蒂姆并没有任何进步，他绝对不可能在三岁生日那天奇迹般地说出话来。

※

我知道蒂姆还是很聪明的。他三个月大的时候就很喜欢看书。他喜欢看书上的图片。他会一连几个小时坐在那儿，盯着书本上的图片看，沉浸在他所看到的一切。但他不愿意或者不会跟我交流他看到了什么。那是只小兔子吗？那是个火车头吗？我问他问题，但他没有任何反应，甚至哼都不哼一声，看都不看我一眼。他不会用手指着图片或者跟我分享他看到的东西。他完全把我排除在外。他只喜欢自己一个人坐着，盯着那些图片看。

我给蒂姆做过听觉测试，因为我担心他有听觉障碍。他从来不理会我的声音，或者我的手势。我叫他的名字，他也没有反应。我想找出这究竟是什么原因。听觉障碍似乎能解释他的这些行为，但经过测试，我们发现蒂姆的听觉完全正常。他只是沉浸在他自己的世界里。

我尝试着找出一些蒂姆感兴趣的东西，并且重复它们的名称。“鸟，”我对蒂姆说，“天空。”我知道蒂姆喜欢兔八哥，所以给他买了兔八哥的书，希望能激发他交流的欲望，但还是没有任何效果。我试着拒绝递给他任何东西，除非他说出“请”。我试着让他用语言表达自己的需求，而不是站在屋子中间大声号叫。在他大哭大叫的时候，我试着跟他说话，希望他能够听懂。我从未放弃过同他交流，那一定让蒂姆很气恼。我的方法并没有奏效，他还是不肯说话。我不知道他到底在想些什么，不知道他有着怎样的感受，不知道他的小脑袋瓜里到底装着什么。这一切都快把我逼疯了。

但有时我又能看到一线希望。蒂姆的房间里有一个风铃，上面吊着一些海洋动物。如果你让他去摸，他会准确地摸到你说的那个动物。“章鱼在哪儿，蒂姆？小鱼在哪儿？”

有时，他似乎完全能够理解他身边发生的事和我说的话。我对他说“我们要去游泳，蒂姆”，他就会去拿一条毛巾。如果他的爸爸正在修理汽车，他就会递给爸爸一把螺丝刀。我可以看到他确实在学习，但他学到了单词却并不表达出来，就好像这些单词一旦进入他的脑袋就困在里面出不来了。

我一直认为这是因为蒂姆太内向了。他比别的孩子需要更多的时间来鼓起勇气，需要更多的鼓励和更亲切的态度。但我始终相信蒂姆一定会开口说话的。他的举止行为和与人交流的情况都有进步，只不过进步并不大。我想，如果找专家帮助我们，蒂姆一定会进步得更快。

为了得到那位专家的指导，我们足足等了六周。但我最后还是成功地预约上了，预定的时间是 1991 年 5 月 10 日，蒂姆三岁生日的第二天。我想，我们越早去看专家，就能越早解决问题。我想赶快知道问题的答案。我一点也不紧张。事实上，因为我们终于可以得到专业人士的帮助，我很是松了一口气。

蒂姆的生日非常有趣。他没办法告诉我他想要什么生日礼物，但是我们每次去玩具店的时候，他都会坐在一个玩具警用摩托车的前面，直到我们离开。那个摩托车的车灯可以亮，警笛也会响，还可以转动它的车头让它转弯。当蒂姆拆开礼物的时候，他高兴得跳起来了。我们没有举办生日派对，因为之前的经验告诉我们派对只会让蒂姆更烦躁。我给蒂姆做了一个巧克力蛋糕，然后一整天都给他播放兔八哥的卡通片，并且保证这一天都不强迫他做任何事。这一天，蒂姆真的很开心。

第二天，我们就去了那个专门治疗语言障碍和发育迟缓的诊所。我们预约的专家是一位儿童心理学家，是我们之前看的医生推荐的。他是当地最好的儿童心理专家了。我们那时的情况和现在不同——你不可能像现在这样自由挑选合适的医生。那时候的专家就像上帝一样权威，似乎无所不知无所不能。人们不会去质疑他们的经验或者他们的动机，你只能认真仔细地听他们的意见，他们叫你做什么你就去做什么。

那是个寒冷的早晨，我们是最早到的：我丈夫、萨姆、蒂姆，还有我。那个诊所是栋老旧的房子，周围种着几棵黄檀树。诊所的中间是接待室，两边都有门。这栋房子的设计并不符合小孩子的喜好，但蒂姆还是很开心。我们等待医生期间，他安静地坐着，玩着昨天生日收到的玩具。我们似乎等了好一会儿。

一个男人在屋子里走来走去，有时在镜子前停下来，检查自己的仪表。他的头发很茂密，挺着胸脯，穿着漂亮的衬衫和裁剪合体的裤子。他就是那个儿童心理专家；我当时并不知道，以为他只是个普通的工作人员。他看上去太年轻了。

我们足足等了近半个小时，这让我很着急。蒂姆的情绪并不稳定，我不知道他什么时候会发作。我们拖的时间越长，他就越有可能出现异常行为。

那位年轻的专家终于让我们去他的诊室了，可是我的心情并没有因为结束这漫长等待而有所好转。我和医生的谈话从一开始就不顺利。我很热情地跟他打招呼，说着天气真冷，但他的诊室似乎比室外更冷，因为他待人很冷淡。他直接采取公事公办的态度，我怀疑他甚至没有问候过我们一声。

“你们来这儿的目的是什么？”他问道。

我对他冷漠的声音感到有些不舒服，但我仍然直接回答了他的问题：“我的儿子蒂姆现在还不会说话。”

那个专家点点头，问我还有没有其他问题。

我之前看过很多医生，每次看医生我都羞于将蒂姆的问题原原本本说出来。但我现在面对的是专家，如果我不对他说实话，就再也没机会治好蒂姆了。于是我告诉他，蒂姆晚上无法入睡。我告诉他，蒂姆吃饭的情况不好。我告诉他，蒂姆讨厌穿鞋，讨厌吸尘器的声音，还讨厌客人来访。我告诉他，蒂姆必须在固定的时间收看固定的电视频道。我告诉他，蒂姆不喜欢和其他孩子一起玩。我告诉他，蒂姆一天到晚哭，但谁也不明白他哭的原因。

在我列举完蒂姆的这些异常行为之后，那位专家从他的桌子里拿出几张纸，然后问了我一些非常具体的问题。

“这个孩子对母亲的声音有反应吗？”

“这个孩子听到自己的名字有反应吗？”

“这个孩子会做出重复的动作，例如摇摆或转圈吗？”

随着专家不停地问问题，我的心不断往下沉。我感觉自己受到了羞辱。他列举的那些行为至少有一半在我看来是很正常的。那是不是意味着蒂姆早就出现了问题，而我却忽视了？蒂姆的确会在我们家后院转圈并且从不觉得头晕，而我觉得他棒极了。他还常常要我把他抱起来转，但我以为那只是个游戏。转圈让他很开心。

“这个孩子能用手势与人沟通吗？”

“这个孩子拒绝眼神交流吗？”

我不知道，我痛苦地思索着。我真的不知道蒂姆是否拒绝眼神交流——如果确实是这样，只能说我忽视了。什么样的妈妈会忽视这么严重的问题啊？

“这个孩子会伤害自己吗？”

“这个孩子会伤害别人吗？”

“这个孩子会因为特定的声音而感到烦躁吗？”

“这个孩子会因为环境的变化而情绪不稳定吗？”

随着专家问的问题越来越多，我感觉到自己深深地陷入了椅子里，变得越来越小。我清楚自己回答了太多的“是的”。

我错了。我的孩子应该在跟我说话时，叫我“妈妈”；他应该用语言表达自己的需求；他应该用眼睛注视我。他不喜欢和别的小孩子玩，特定的声音会吓得他大声尖叫，我知道这些都不正常。但我并没有把这些事联系起来，列成长长的一个清单。专家列出的问题有好几页，当他快要问完的时候，我心中的恐惧已经彻底把我打倒了。“求求你,快停下,”我很想对他说,“难道这还不够明显吗？”

我知道，可怕的事情就要发生了。

那位专家念问题的方式太官方了，冷冰冰的，让我浑身不舒服。他并不跟我们解释为什么要问这些问题，也不抬头看我们。他一次也没有提到蒂姆的名字，而是用“这个孩子”来替代。他越念下去，我心中的怒火越旺。我生气地在心中默默说着：你怎么能这样对待我们？你觉得你是谁？他的语气就像石头一样生硬，一点怜悯都没有。看看蒂姆，他多么乖巧啊，我在心中对他说道。但那位专家只是把头埋在纸堆里，蒂姆在他眼中不是个有血有肉的孩子，而是个没有任何情感的病例。他这是想将我完美的孩子塞进一个丑陋的破盒子里。

蒂姆和萨姆一起坐在我的脚边，异常安静。我弯下腰，摸着他金黄的头发，拼命忍住不哭。你不该被这样对待，我们真不该来这儿。我真希望蒂姆刚刚没有听我们谈话，我不想让他听到那么多对他的负面评价。我想把蒂姆的耳朵捂起来，不让他听到那个专家的声音。我真想把那个专家问的所有问题一个不漏地塞回他的嘴巴里。

那位专家问完了问题，站起来走到桌子前。这是他第一次打量蒂姆。

“蒂莫斯。”他说道，然后等了一会儿又说道，“蒂莫斯。”

蒂姆没有任何反应。

“他出生以来从来没有人那样叫过他，”我竭力解释说，“你能叫他蒂姆吗？”

那位专家根本不理我，他继续说道：“蒂莫斯，你能双脚跳吗？”

蒂姆没有听他说话，既不看他，也不吱声。

我以前怎么就没想到教他双脚跳呢？我十分后悔。他会在泳池里踢水、溅水，会在蹦床上弹跳，会爬树屋，会奔跑；但我从来没教过他双脚跳，我根本没想到这个。我很清楚蒂姆不会双脚跳。这简直就是给蒂姆盖棺定论了。完全是我的原因造成了蒂姆在这整个测试中没有一项合格。

那位专家走回他的座位，开始写诊断意见。这时，蒂姆走向他的桌子，把他的小胳膊搁在桌沿上，悄悄地看着他写字。我在心中大喊：快看，看看蒂姆，他正在集中注意力呢，这难道不是个良好的反应吗？但是蒂姆的动作太小，而且现在也太迟了，那位专家根本就不感兴趣。这对我来说是非常有意义的，但对专家而言则完全没有价值。

那位专家把笔放下，看着我们说 :“蒂莫斯得了自闭症。”

蒂莫斯得了自闭症。

那位专家停顿了一会儿，似乎在等待我们作出反应，但我们没有作声。“如果说他现在还不会说话，那么他以后也不会再说话了，”他继续说道，“他学会的一些词，也会逐渐忘掉。”

那位专家一点儿也没有对我们表示同情，或者试图放缓语气，他甚至没有停下来问我们是否有问题。他也没有解释自闭症是什么，如何治疗。他说，蒂姆的大脑出现了问题。蒂姆无法学习，他也不可能去上学。蒂姆的生活不能自理，因为他学不会最基本的生活技能。

我只是想寻求一些帮助，好让蒂姆开口说话。我以为他只是需要一些语言方面的治疗。而现在的情况就像是，我本来只是因为大拇指痛去看医生，而医生却切掉了我的整只胳膊。这种痛苦实在让人难以忍受。这太不可理喻了。“他才三岁！”我真想大声地叫出来，“你怎么知道他将来不会说话？”

我当时一定很震惊。我们没有说话，所以那位专家继续说了下去。蒂姆的那些异常举止都是因为自闭症，他解释道。自闭症的症状就是那样，也不会得到改善。他说，蒂姆没办法与人交流，所以不可能交朋友，只是将别人当作满足自己需求和欲望的工具。他的一生都将成为别人的负担，迟早要住到精神病院里。那位专家让我放弃蒂姆，忘记蒂姆，因为没有任何希望治好他。

“得了自闭症的孩子不会爱别人。”

我从来没有指望我的孩子喜欢我，我没那么天真。孩子们有他们自己看待世界的方式，但我相信母子之间存在着不可撼动的亲情。我从来没有像爱我的孩子们那样爱过任何人。那种爱是我仅有的宝贝，也是我唯一想要的东西。然而，医生的几句话就把它撕碎了。他就像在我的心口上插了一把刀，我的内心痛苦不堪。也许蒂姆讨厌我，也许那就是为什么他总是哭。

※

那位专家没有给出任何治疗方案。他还告诉我，排队等待接受语言治疗的人很多，而且语言治疗对蒂姆没有任何帮助。言下之意就是给蒂姆做语言治疗是在浪费公共资源。“治不治没什么区别。”他说道。

蒂姆的父亲告诉他，我们可以花钱请私人医生做治疗，并且坚持要他推荐。那位专家只好给我们写了推荐信。他试图安慰我们，实际上却让我们更绝望。他没有给我的孩子任何建议，因为我那三岁大的孩子是个没有希望的废物。

“也许他只是有点轻微的自闭症。”我带着最后一点希望问道。

“自闭症就是自闭症，”那位专家回答道，“不存在轻微或严重的区别。”

我简直气坏了。我觉得他就是在故意伤害我的家人。现在回想起来，那次经历简直就像是一场灾难。那位专家对病人的态度太恶劣了，一点儿同情心也没有。他对我说了一些专业医生不该说的话，或者至少不应该是像他那样的说话方式。他太早下结论了，并且说得太直接了。他告诉我的一些观点最终被证明是完全错误的，更不用说他说那些话的时候完全没有一点感情。

我下定决心不在他的诊室里哭出来，但刚踏出大门，我就忍不住了。我把蒂姆抱在怀里痛哭流涕，哭得气都喘不过来。我没有停下脚步，但是悲伤、痛苦、绝望像潮水一般向我涌来。虽然蒂姆就在我的怀里，但我就像他已经死掉了那样伤心。我对他的一切期望都化为了泡影。

我不希望我的孩子带着罪责或羞耻度过一生，也不希望他活在恐惧中。我希望他活得自由自在，能够拥有我没法拥有的各种机会。我希望他一生平安，勇敢自信。我希望他身体健康强壮。我一直以为蒂姆的生活会充满欢乐，会丰富多彩。我一直梦想着，当他长大了，我们会坐在一起谈论政治、艺术或体育。我一直以为他爱我。我也曾幻想着，他有一天会恋爱结婚，会有自己的孩子。而现在，这一切都化为乌有了。

第四章
治　疗

现在，孩子十八个月大的时候就可以诊断是否患有自闭症了。医生会先给患儿做测试。一般认为，对自闭症患儿进行早期医学干预很重要，可以帮助患儿充分发挥潜力。

在1990年代早期，也就是蒂姆被诊断为自闭症的年代，自闭症发生的概率是万分之一。据说现在自闭症发生的概率是七十分之一，这种增长很大程度上是因为人们对自闭症的定义发生了变化。对我而言，每个人在圣诞节期间都像是得了自闭症——当然这是不可能的。不管怎么说，自闭症现在已经很常见了，但在当时，自闭症还是一种很罕见的病。

我独自在家里的沙发上蜷缩了一整天，思考着到底发生了什么。一夜之间，我对蒂姆未来的期望就化为乌有了，我们即将面对的是可怕的、未知的未来。蒂姆不可能成长为我期待的那样了，他不可能享受他应该享受的生活。他永远不会成为我想要的那个儿子。我永远都不能跟他交流，他的生活将会充满孤独和痛苦。我周身都疼痛了起来，就像从头到脚挨了一顿打。我的心像被掏空了一样，甚至连哭都哭不出来。

然而孩子们好像感觉到了我的悲伤。他们一整天都没有跟我提任何要求。他们的父亲出门上班了，我和孩子们坐在门外的廊下。萨姆坐在我腿上，蒂姆靠在我身边，我们的狗雷泽，趴在我脚旁。我感受着自己的伤痛，为失去了的孩子而痛苦。我对未来产生了恐惧。我很怀疑自己是否有足够的力量和智慧给蒂姆提供帮助。我看着蒂姆小小的身体，抚摸着他柔软的金黄色的头发，摩挲着他光滑的皮肤。我的心又一次撕扯般疼痛。蒂姆不该过我所听到的那种生活。那不公平，对他太残忍了。我不忍心让蒂姆受到这样的对待。

我越看蒂姆，就越感到困惑——一种气愤的、不由自主的困惑。那位专家所说的——没有任何希望——对我而言没有任何意义。我知道蒂姆是会学习的，因为他已经学会了很多东西，并且一直在进步。他会走路，他会自己吃饭，他认识很多东西。他并没有与这个世界隔绝开来。他对很多东西感兴趣，只不过他所感兴趣的东西跟其他小孩不同而已。他并不冷漠无情，他爱他弟弟。如果你了解他，你会发现他的性格很好。我知道他爱我，真的是这样。当我从那位专家的诊所出来，把蒂姆放进车上的安全座椅时，他伸手擦去了我脸上的泪水。

随着日头西斜，我也渐渐下定了决心。我愿意为蒂姆做任何事。我是绝对不会同意那位专家对蒂姆的看法的。我们一定能够找到办法治好蒂姆。

※

在蒂姆被诊断出自闭症的第二天，我感到十分恐慌和绝望，就径自去了邻居阿丽森家寻求安慰。她是我唯一可以倾诉的人。我实在是太需要别人给我一些建议了。

“什么是自闭症？”她问我。

我耸耸肩，不知道该如何回答，于是我说道：“我也搞不清楚。”

“那么我觉得你还是先弄清楚自闭症到底是怎么回事。”

隔天，我带着萨姆和蒂姆去了图书馆。我把孩子们安顿好，就开始去卡片柜里翻卡片——那时还没有计算机系统帮助读者查询资料，只有按字母顺序排列的写着主题和作者姓名的卡片。我直接从字母 A 开始找起，试图找到写着“Autism（自闭症）”的卡片，却一无所获。

一个工作人员看到我在书架间来回穿梭，不时跑回去看看孩子们怎么样了，然后又去书架上无望地搜索着，她非常好心地过来问我是否需要帮助。我告诉她,我需要关于自闭症的书。她先问我“自闭症”怎么拼写，然后就和我一起找。

最终，我们找到了一本医学词典，上面记载着各种病症和简要的症状描述。这本书上面写道:自闭症，来自拉丁词词源，意思是“封闭在自我的世界中”。虽然这本书关于自闭症的描述十分简短，却几乎和那位专家的解释完全一致。这种病意味着蒂姆封闭了自我，与周围的世界隔绝了。我得去找到他，把他带到这个世界中。

※

蒂姆从早到晚都在发出特定的声音。他会一整天喃喃自语，如果心情烦躁，音调就会变高。如果他的声音变高了或者降低了，我就知道他遇到问题了。对我而言，这种声音就是蒂姆的语言。既然他能够使用声音与我交流,那么他一定能学会说话。我确信语言治疗可以帮助他，所以我要想尽一切办法让蒂姆接受治疗。我打算忘记那位心理专家的话，集中精力帮助蒂姆。

有一位给萨姆看病的儿科医生叫大卫·莫尔。他脾气很好，性格温和，待人热情，我很信任他。萨姆出生以来一直都在他那儿做体检，他对我们养育萨姆提供了很好的指导。他为我们考虑得很周到，所以每次从他那儿回来我都感到很放心。谢天谢地，萨姆没有任何早产儿可能会遇到的问题，例如近视等等。他茁壮地成长着。

我打电话到诊所，预约了大卫医生。同时，我也在儿童医院预约了一次诊疗。在找到有效的医疗方案之前，我是不会放弃任何机会的。

大卫是一位谨慎的人，他花了很长时间来安慰我，开导我。他说，孩子在被确诊为自闭症之前，需要经过一段时间的观察和测试，他会帮助我们安排这些的。我告诉他，我害怕蒂姆会被送往精神病院。他安慰我说，不会有人把蒂姆带走的，也没人打算这样做。那是旧时代的做法，现在早就禁止这样做了。

大卫跟我解释说，自闭症会影响一个人的交际能力和社会关系，那不是一种可以在显微镜下看到的病毒，而是一系列因素综合造成的一种症状。但我们得解决所有的因素，而不是其中的一两个。

我也怀疑对蒂姆的诊断是否正确。他在社交方面的表现确实符合自闭症的症状，但在其他方面却并不符合。他没有任何极端行为或者暴力行为。我之前听到专家们提起自闭症时都曾描述过这一点。同时，据我观察，蒂姆是能够学习的。我对大卫说，我关心的不是自闭症，而是怎样帮助蒂姆学会说话。我愿意让蒂姆做任何测试，但同时我希望蒂姆能够得到治疗。大卫也很赞同。他给我们推荐了一位语言治疗专家和一位专业治疗师。她们在同一所机构工作，并且都享有很高的声誉。大卫也给我们安排了一系列的测试，以排除可能造成蒂姆异常行为的其他因素。我暗暗地希望他能够找到其他因素。我多么想证明那位心理专家是错的啊。

大卫可能早就知道蒂姆是自闭症患儿，但他很谨慎，不想太早下结论。他从心理上给了我很大的安慰。如果我们看的第二个医生也直接告诉我蒂姆得了自闭症，我一定会崩溃的。我需要心理上的支持给予我力量，帮助我与蒂姆的病做斗争。

※

我们与语言治疗专家和专业治疗师的第一次见面简直是场灾难。蒂姆一整天都不开心，他一直想从诊室逃出去。他不停地制造噪音,我完全控制不了他。治疗专家们想和我单独聊聊。她们问我蒂姆能不能在接待处旁的儿童游戏区玩一会儿。萨姆正在那儿快乐地玩耍。但是这不太现实，因为蒂姆一旦发现我打算离开他，他就变得极度焦虑。可当我把他带进诊室，他又疯狂地尖叫，用手指抓门，并且想拧开门把手逃出去。我无法使他平静下来。治疗专家们试着跟他交流，但是蒂姆好像根本听不到她们的话，也根本看不到她们。蒂姆没有做专家们让他做的任何事，所以他无法接受测试。

我担心极了。他在那位心理专家面前表现得那么好，结果还被诊断为自闭症；这次，蒂姆简直把最糟糕的一面表现了出来，那些治疗专家们会怎么看待他呢？在面前的这两位女专家的脸上，我看到了怜悯和无奈。这种表情我以前见过太多次了。她们脸上的表情好像在说，这是她们见过的最糟糕的患者，她们已经无能为力了。我很想质问她们怎么能这么无情地放弃，但我一定承受不了她们的回答。

治疗专家们说评估蒂姆的病情需要一些时间，于是为我们安排了后续的治疗。她们的方案是进行以星期为周期的治疗，然后再看蒂姆的进展情况。她们说，如果她们能让蒂姆集中精力，也许他能有所反应。这两位专家都很亲切，但是她们似乎认为蒂姆的情况并不乐观。

大卫给蒂姆做了基因测试、染色体测试、血液测试和体能测试。他还非常周到地为蒂姆安排了视力测试和听力测试。他检查了是否细菌、病毒或先天缺陷造成蒂姆的病，还让蒂姆做了 X 射线检查和核磁共振。让蒂姆好好躺在这些机器上实在是太难了，我们必须三个人一起把他按住。但是做完了所有的检查之后，没有发现任何导致蒂姆出现问题的其他原因。

我们还在治疗专家的指导下做了认知功能测试和行为测试，然后就进行语言治疗。在治疗的间歇期，我就在家对蒂姆进行训练，让他练习词汇，并且做一些特定的其他练习。在训练之前，我必须花大量的时间来吸引他的注意力。我不得不一遍又一遍地重复某个单词，以确保他注意到我的发音。

在每周进行的治疗中，蒂姆慢慢开始集中注意力了，但他仍然不能安安静静地坐在那儿。专家们怀疑蒂姆有多动症，但无法确诊。她们说蒂姆的确很好动，但并没有超过极限。两位专家都无法确定蒂姆到底哪儿出了问题。从好的方面看，随着治疗的进行，我们开始看到了效果。在一个月的初步治疗之后，蒂姆能说的单词从他常说的那一两个迅速扩展为十个——整整十个单词！他现在会说“嗒”“哔哔”“叭”和“呐姆”，还有“我”“我愿意”以及“阿泽”，指的是我们家狗的名字“雷泽”。

听到蒂姆开口说话，我十分开心，但我更希望听到他叫我“妈妈”，那是我最想听到的一个单词。他想看卡通片的时候会说“哔哔”（“哔哔”是卡通片《兔八哥》里面的声音，每天都会播放好多遍），却没有一个特定的单词表示我，他的妈妈。这一点让我很沮丧。

有一天，我实在很想教他学会说“妈妈”，于是，我决定除非他说出“妈妈”，否则就不给他看卡通片。蒂姆最喜欢做的事就是看卡通片了，这一定能促使他叫出“妈妈”。所以，在节目开始前，我给了他一些提示。

“哔哔。”蒂姆说道。

“你得先说‘妈妈’，然后我就把‘哔哔’打开。”我告诉他。

“哔哔。”蒂姆坚持叫道。

我不停地重复着刚才的话，可是蒂姆完全没有任何反应，只是不停地叫着“哔哔”。我们一直僵持到五点多，卡通片已经开始了，但我还是没有把电视打开。既然已经开始了，我就必须得坚持下去，这是那两位治疗专家告诉我的。蒂姆已经哭了起来，泪水顺着他的脸颊淌下来。他绝望地叫着他最喜欢看的“哔哔”。看到他伤心的样子，我刚才的决心一下子崩塌了。看卡通片是他一天中最快乐的时刻，我怎么忍心剥夺呢？我觉得自己太自私了。我怎么能这样对待一个孩子？这样做是为了什么？就是听他叫我“妈妈”吗？我为自己感到十分羞愧，自责不已。我帮蒂姆把电视打开，然后自己跑到后院哭了起来。我每时每刻都在想着怎么让蒂姆说话，我们生活的每一天都变成了诊疗的过程。我觉得自己一直强迫蒂姆去说话，为此牺牲他的快乐实在太不值得了。这种行为让我感到既伤心又疲惫，也失去了希望。如果我都为此感到精疲力竭，那么蒂姆又会是什么感受呢？蒂姆的生活已经很艰难了，而我让他过得更难受。

※

那两位治疗专家不仅仅对蒂姆进行语言治疗，她们也帮我纠正蒂姆的一些行为。带蒂姆出门一直都很困难，为此她们给我提了一下建议。她们让我每天都带蒂姆出去走一会儿，即使只走到邻居家院子的栅栏旁也行。蒂姆一开始很抗拒，大声地尖叫，但出乎我意料的是，带蒂姆出门变得越来越容易了。几个星期之后，他能够很开心地走出大门，一直走到草坪边。一个月后，我们走得更远了一些。一年之后，我们可以平静地走完整条街。

蒂姆有很多玩具，但他感兴趣的不多。他不像别的孩子一样玩玩具。他会不停地重复移动或者旋转他手上的玩具，会用手指把沙子从沙坑里挤出来，还会不停地把手推车来回推动。他的游戏好像不带任何的想象，没有任何意义，至少在我看来是这样。他也从不让我和萨姆加入他的游戏，但他并不是想独占玩具。他只是沉浸在自己的世界中，不需要我们的陪伴。他能够很长时间独自玩某样东西，就像我们都不存在一样。他根本注意不到我们想和他一起玩。他不会大叫大嚷让我们走开，他只是深深地沉浸在自己的世界中。

治疗专家建议我尝试通过简单重复的方式和蒂姆互动，把他从自己的世界中带出来。在她们的建议下，我给蒂姆买了一辆玩具车，大约火柴盒牌汽车那么大，车灯可以亮。按压它的引擎盖时，它会发出声音。专家们让我叫蒂姆的名字，吸引他的注意，然后再展示怎么在推车子的时候让车灯亮起。我不得不费很大的劲让他从我手里拿走玩具车，然后把开关打开。专家们告诉我，必须得坚持让蒂姆掌握这一点。有时，在尝试教蒂姆打开开关之前，我得花几个小时让蒂姆安静下来。我甚至叫了他的名字二十多次，然而他还是沉浸在自己的世界中，完全忽视了我的存在。但我一直坚持不懈，因为我不知道任何其他可以帮助蒂姆的方法。我差不多按了五百多次玩具车的引擎盖，我太想和蒂姆互动了。突然有一天，没有任何预兆，蒂姆看着我手里的玩具车，伸出手来拿过去，然后自己按下了引擎盖。我感到自己的心就像被按亮的玩具车灯一样，亮堂堂的。我真为他骄傲。蒂姆对我开心地笑了，他也为自己的成功感到高兴。

※

为了成功的这一刻，我整天想尽各种办法。把蒂姆从他的世界中带出来，尽量让他保持情绪稳定，然后同他交流——要做到这些实在是太辛苦了。直到他拿起玩具车按下引擎盖的那一刻，你才会意识到在这之前得付出多么大的努力。但是对我而言，这一次成功足以鼓励我继续努力下去。我非常想和蒂姆交流，所以他每次对我有所回应的时候，我都会表扬他，鼓励他。

我跟治疗师提到了蒂姆的皮肤不能接触某些织物或纤维。她们说这对自闭症患者而言很正常，她们可以为我们提供帮助。

除了语言训练和外出训练等等，两位治疗师还做了各种实验来解决蒂姆的触觉问题。在治疗期间，她们让蒂姆接触剃须膏和塑料气泡膜。她们还让蒂姆玩面团和包装用的白色泡沫板。同时，两位治疗师还在其他方面帮助蒂姆，例如帮助蒂姆建立起因果逻辑。我们不停地把蜡烛点燃，吹灭，再点燃，再吹灭，直到蜡烛都用完，从而让蒂姆了解到做某件事就会有某个后果发生。这看上去很傻,但对我来说意义重大。我们还会吹泡泡，并且尝试着让蒂姆也吹泡泡。但即使是这么简单的事，蒂姆也很难办到。为了让蒂姆试着做某件事，我们必须得付出常人无法想象的努力。然而对蒂姆而言，要他去做那些事简直就像要他的命。例如，即使他成功地学我们把手放进了剃须膏里，但立即就会把手拿起来，拼命地想擦掉手上沾的剃须膏。当然，有些事他还是愿意做的，例如吹蜡烛。我把蜡烛点燃，他就把蜡烛吹灭，我们点了又吹，吹了又点，可以持续几个小时。这对我来说十分枯燥，但如果蒂姆想要玩这个，我就陪他玩。

引导蒂姆做这些事实在是太累了。我得站在那儿不停重复着指令，直到蒂姆做出反应，哪怕是把他的一根小小的手指放进一点点的剃须膏里面一秒钟。但是专家们说得很清楚，如果我开始了训练，就必须得做完——一旦我要求蒂姆做某件事，就必须得让他做到。同时，我还必须得注意技巧，不要让他做那些会惹恼他的事，也不要做他本来就很喜欢做的事。一旁的萨姆对发生的一切都很感兴趣，跃跃欲试，并且他能轻松地完成所有的事。看到萨姆的举动，我觉得他长大了一定是个聪明的孩子。

※

经过了几个月的测试，那位语言治疗专家和职业治疗师最终确诊，蒂姆患有自闭症。也许她们见到蒂姆的时候就已经知道结果了，但我很感激她们愿意花时间来确认这一点，毫无疑问，她们考虑得非常周到。莫尔医生的检查报告也是同样的结果——蒂姆患有自闭症——但是他把结果告诉我们的同时，非常照顾我们的感受，他说他会尽一切努力帮助我们的。即使这个结果没有改变，但他说话的态度让我们很安心。莫尔医生并没有对蒂姆未来的病情下任何结论，这也让我很感激。

我对这个结果很伤心，但还是接受了。毕竟是第二次听到这个结果，我没有觉得自己受到很大的打击。莫尔医生给我提供了一些信息。许多朋友也来看望我们，他们告诉我，他们某个朋友认识的某人家里也有患了自闭症的孩子。在莫尔医生询问蒂姆症状的时候，我就已经知道结果了，但这次他们的诊断让我知道了蒂姆的病情严重到了什么程度。医生告诉我，蒂姆属于最严重的那一类自闭症，即低能儿。听到这个，我伤心极了。

“这种病为什么会发生在蒂姆身上？”我问道。

“我们也无法弄清楚。”莫尔医生耸耸肩，回答道。他告诉我，关于自闭症病因的理论有很多种。有人认为是环境导致的，有人认为是基因突变造成的，但他们都无法说明致病的机理，所以并不能证实自己的理论。

莫尔医生很直率，但他同时也很善良。我认识到蒂姆的症状无法改变，自闭症就是自闭症，所以我唯一能做的就是把一切精力都放在蒂姆身上帮助他。莫尔医生也同意我的观点，蒂姆得到的帮助越多越好，越早越好。我们要担心的是成功干预的最后时限，也就是蒂姆的四岁生日。莫尔医生告诉我，儿童大脑发育的关键期在四岁之前。所以，如果我们打算最大限度地改善蒂姆的生活，就得抓紧时间了。距离蒂姆的四岁生日只有不到一年时间。我的脑袋里面好像装了一个定时炸弹，我甚至能听到指针在滴滴答答走动。

同时，经过两位治疗专家三个月的努力，蒂姆已经掌握了近一百个单词。他会说“苹果”“洗澡”“杯子”和“蛋糕”，以及“请”“是的”和“天空”。他会说“我”和“月亮”，还会说“书”和“床”。最重要的是，他终于会喊“妈妈”了。在治疗专家的帮助下，他会和我坐在一起读书，而不是像以前那样自己一个人盯着书上的图片，无论我怎么试图跟他交流都没有任何反应。现在如果我让他指出书上的图片或者人物，他都会指给我看。他现在知道了好多东西，并且能识别它们。蒂姆的进步给我留下了深刻的印象。蒂姆虽然还不会说完整的句子，但他可以和人交流。他会学习。最重要的是，这带给了我很大的希望。

※

在确诊自闭症之前，我以为蒂姆是个敏感的小男孩。他常常陷入沉思，感觉到孤独。我担心他过于忧郁，他对很多事物的恐惧也常常让我担忧。他很温柔，总是在沉思，只是非常非常害羞。我回忆起我上学的时候，班上也有这样的孩子，我的亲戚朋友当中，同样有这样的孩子，他们都让我联想起蒂姆。我曾经常常幻想着，蒂姆长大后会成为像大多数人那样性格温顺的人，但是现在我知道，自己的幻想是不切实际的。蒂姆被确诊为自闭症后，我对很多事物的看法都发生了改变。我并不是没那么爱蒂姆了——实际上我对蒂姆的爱更多了——而是我认识到自闭症会在很大程度上影响他的生活。

当萨姆开始吃固体食物的时候，他会弄得到处都是。就像大多数小宝宝那样，沾在萨姆脸上和衣服上的食物比他吃到嘴里的还要多。蒂姆很爱萨姆——他总是喜欢拥抱萨姆，或者试着把萨姆抱着四处走，如果我们去哪儿不带萨姆，他会不高兴。

蒂姆喜欢帮我给萨姆洗澡。不管我给萨姆做点什么，他都喜欢在一旁看着。但是他不能忍受萨姆把食物弄得一团糟。萨姆每往嘴里喂一勺食物，他就会抓起一块餐巾拼命地擦萨姆的嘴巴，直到食物都被擦干净为止。可怜的小萨姆只得老实地坐着，任由哥哥给他擦嘴。

蒂姆需要帮助的地方太多了。他的如厕训练没有任何进展。他仍然不愿意穿某些衣服。给他理发几乎是不可能的，除非有人把他紧紧抱住——蒂姆非常害怕剪刀。如果他手指上扎了根尖刺，或者给他剪指甲，他就会哭得上气不接下气。然后，他就会昏睡过去，就像他的整个身体都被掏空了。

因为不能通过语言交流，我和蒂姆之间始终存在着一些障碍。但从很多方面看，我和蒂姆的关系是我有生以来与他人最紧密的联系了。我们俩关系亲密，他是我的小小伴侣。尽管我们一直在自闭症的阴影下挣扎，但我感到自己和蒂姆之间的关系十分紧密，比我曾梦想的母子关系还棒。我很高兴他教会我与人交流的另一种方式，也很高兴他让我认识到人和人之间的另一种联系。当然，那是非常有挑战性的。我得学会保持安静，停止说话，尽量使用最少的语言去交流。我得学会去观察，去了解他怎么看待周围的世界，了解他对什么感兴趣，了解什么会让他感到不安，寻找那些会刺激他或让他害怕的因素。我必须得保持耐心，忘记自己的需求，把精力集中在蒂姆身上，通过观察和思考去了解他认识世界的方式，尽管这需要我去适应，去调整自己。我必须得学会放弃自己的梦想和需求，学会随时准备着迎接他对世界的初步探索，而那往往需要相当长的时间才会发生。但其实我们常常只是一起静静地坐着，就我们两个，也让人感到很满足。

蒂姆始终陪伴着我，一直在我身边。如果我们准备出门，我回屋里检查一下东西，他也会跟着我，即使我告诉他我马上就出来。我坐下来，他就会坐在我的怀里。我们在外面的时候，他会试着抓我的腿，让我抱着他。大多数时间，他都依偎在我怀里。我会呵他的痒痒，让他大笑。我会用手遮住脸，跟他躲猫猫，他也会咯咯地笑出声来。我会把他举起来转圈，这能让他开心好几个小时。他对我充满感情，会用他的小胳膊搂住我的脖子，在我的脸上印下一个甜蜜的吻。他常常靠在我的身上，用他的小手拉住我的手。

有时，他会跑向我，用手把我的脸捧住，然后用他的鼻子碰我的鼻子。他深深地看着我说，“呐玛呐玛啱”，然后又跑开。虽然他的语言我不懂，但我很确信他说的是他爱我。在这个世界上，没有任何一个人像他那样让我相信爱。这样的时刻常常会让我感动得流泪。这对蒂姆来说是多么诚挚的表达啊。他如此努力地告诉我他内心的想法，这简直意味着全世界。

第五章
父　亲

我对蒂姆和萨姆的感情是至纯至真的。这是我有生以来第一次感受到这种感情。

我并不爱我所嫁的这个男人。我答应嫁给他是因为我觉得没有其他人会娶我。在我和他交往的那些年里，他使我产生了这样的想法。他向我求婚的时候，我的心一点点沉了下去，像是感觉到末日的宿命向我走过来。但我出身乡村，对婚姻并没有很多选择。甚至在他把婚戒套到我的手指上之前，我就已经感觉自己被他困住了。

我知道在这场婚姻中，我会过得很艰辛，会付出很多。我有很多年长的亲戚也是这样。我觉得他们的夫妻关系中并没有多少爱情的成分，所以他们过得并不算幸福。但他们尊重对方，相敬如宾。既然他们能够这样生活，我应该也能做到。娶我的这个男人很会赚钱，家庭责任感也很强。我觉得对一个妻子而言，这就足够了。

我也确信我的丈夫并不爱我，我只是他的财产之一。在我们结婚前，我察觉到他隐约表现出来的嫉妒心和恶劣的脾气，但那并没有引起我的警觉。我那时太年轻、太天真了，根本不知道将来会面对什么。

不稳定的关系很容易形成固定的模式，我的经历证实了这一点。我遇到的首要问题就是完全丧失自尊，接着就是与其他人断绝往来。我的丈夫在外人看来是一个很有魅力的男人。刚开始的时候，我们有很多的朋友，也经常出去玩。但我很不喜欢我丈夫对别人当面一套背后一套的行为，尤其是对女性。他觉得我们认识的每个女人都乱搞，觉得她们会对我产生很坏的影响。在我们结婚后，我就很不愿意再邀请朋友来家里了。他虽然当着客人的面不说什么，但在他们离开后就说他们的坏话。我实在是太反感他的这种做法了，于是就不再邀请别人到家里来，这样也能避免跟他争吵。同时，我也开始找各种理由逃避别人的邀请。渐渐地，我的朋友们都疏远我了。友谊是需要用心经营的，需要你花费时间和精力。对我而言，在婚后继续维持和朋友们的关系是不可能的了。

在我的婚姻中，我感觉自己已经完全被丈夫控制了。所有的决定都必须由他来做出，包括我穿什么衣服他也要管。我可以去采购食物，但我没有多余的钱去买衣服或者鞋子，或者任何我喜欢的东西。结婚之前，我在一家房地产公司上班。但是他不想让自己的妻子为任何人工作，所以婚后我就辞职待在家里，为他做家务，并且没有任何报酬。我常常感到无聊和孤独，但无法外出，因为他会不时打电话回家检查我是否出门。如果我跟他说我回了娘家，他就会打电话到我母亲家确认。我婚后的生活简直就像是被关在监狱里。

我从一开始就对婚姻生活感到绝望和难受，但我想我丈夫一定认为我们过得很幸福。他每周五都为我买一束花，一年五十二周从不间断。这种行为看上去很浪漫，应该会让我感到自己很受重视。但除了送花的这一天他对我很好，其他六天他对我并不好。这种反差让我觉得他很变态。他很自以为是，他一定洋洋得意地想：我是个多么棒的丈夫啊！

“如果我不能娶你，我不会让任何人娶你。”我仍然记得他说过的这句话。虽然这话听起来像是在开玩笑，但我认为这更像是一种威胁，让我感到不寒而栗。他确实每周五都会手捧鲜花送给我，但鲜花掩盖的是他对我的束缚。

※

我们住在一栋老旧的平房里，房子还是战后建的。它没有走廊，只有四个相通的房间，每间房9英尺长9英尺宽[1]，后面多出一个小房间作为洗手间。这栋房子已经旧得快要塌了。它出现了很明显的倾斜，墙基也已经腐烂了。不过，这栋房子所处的位置很好，是这条街上最高的地方。房子很旧，但这个街区环境很好，买下它的确很划算。然而房子太丑了，所以我把它刷成了粉红色。如果它是粉红色的，至少看起来像一座乡间别墅。我觉得给房子刷上美丽的颜色，会让它更有家的感觉。

我们刚搬进这所房子，我就想离开，但一直无法鼓起勇气这样去做。我手里一分钱也没有，也没有地方可去，但我一直梦想着有一天能够离开这儿。我的一个朋友离开她丈夫之后，去了她所能够去的最远的地方。她真的把地图拿出来，在上面找她能去的最远的地方，那是澳大利亚西边的一个海角。这听上去确实不错，如果是我，我可能也会这样做的。我总可以找到一份工作，那样我就可以永远摆脱当前的这种关系。直到现在我也没有这样做，不仅仅是因为我有了孩子，也因为我怀疑自己。结婚以来，我脑海中有个声音一直在对我说，我又软弱又愚蠢，并且害怕面对独自生活。接着，我就有了蒂姆，一切都变了。我被这桩婚姻困住了，因为我觉得自己根本没有能力做到带孩子的同时独立负担生活的开销。我被困在这所房子里，

1　1英尺≈0.305米，此屋面积约7.525平方米。

因为它能为我们遮风挡雨。再多的母爱也不能当饭吃。

我的丈夫因为有了孩子很自豪。他粉刷了婴儿室的墙，还在墙壁顶端贴了一圈印有泰迪熊的墙纸。他让他的姐姐为婴儿室裁剪了漂亮的窗帘，上面也有泰迪熊。房间看起来可爱极了。我们还一起买了婴儿车、摇篮，以及孩子所需的一切物品。这段时间里，他对我体贴了许多，尽管我怀疑这无法持续太久。他不停地说："你要做的事还多着呢，你最好有个心理准备。"

他还对我说了很多类似的话，让我印象深刻，因为他的话在我听来就像是不祥的预兆。"你知道，有些男人不适应家里有个孩子，"他对我说，"因为那意味着他们不再是妻子生活中最重要的人。孩子是第一位，他们必须得往后站。有些人不喜欢那样。"他之前曾经有过一段婚姻，和前妻生了三个孩子。我猜他以前有过这样的体验，所以那些话是对我的警告。他常常说这样的话，让我感到十分烦躁。

我们将蒂姆从医院带回到家里的那一天起，他就让我来照顾孩子。尽管我常常遇到麻烦，并且感到又累又乏，但我从不记得他有哪次把孩子抱过去，让我稍微休息一会儿。我一直都是一边抱着哇哇大哭的孩子，一边做饭、进餐。我在婴儿房整夜抱着蒂姆走来走去，已经疲惫得没有任何知觉，如同行尸走肉一般，而我的丈夫在我们的房间里呼呼大睡。有时，他被蒂姆的哭声吵醒了就会火冒三丈地冲进来，对我大发脾气，责怪我没有照顾好蒂姆。他的话让我觉得自己既自私又愚蠢。然后他又回去继续睡觉，留下我一个人面对哭个不停的孩子。

在我最需要帮助的时候，他却对我越来越挑剔。在客人面前，他会称赞我是个多么好的母亲。一旦客人们离开，他就会责怪我："你把家里搞得乱七八糟，赶紧给我收拾干净！"在我被蒂姆的哭闹折磨时，他在外面工作的时间越来越长。他一回到家里，我就感觉头顶上飘着乌云，随时会有暴风雨。我的神经本就长期紧绷着，而他简直把我逼到了崩溃的边缘。我不知道他什么时候会突然发火。他的脾气非常糟糕，尤其在他喝酒之后。他对我冷酷无情。

然而，没有人相信他会这样。在外面他是个谦谦君子，在家里他就像个暴君。偶尔会有人告诉我，他们似乎看到了他在发脾气，觉得他并不像看起来那么好。他并不需要做什么事或说什么话，大家有时就能感觉到他温和外表下掩藏的怒气。

来我们家为萨姆做回访的助产士或者护士，时常会问我怎么了。我想她们一定是看出来我很害怕我的丈夫。但我假装一切都很好。我实在是太害怕了，不敢告诉任何人我内心的真实想法。我担心一旦被他发现，事情会变得更糟。

※

萨姆出生以后，我感染了很严重的传染病，病情持续了好几周。我和丈夫一起去看医生。医生列举了许多可能的致病原因，包括病毒、过敏、药物副作用等等。在这么多可能的原因中，我丈夫其他原因都没听见，只抓住了其中一条——“性行为传染”。于是，他确信我有了外遇。

他有多怀疑我，我就有多怕他。我并不知道接下来会发生什么。他的怀疑毫无道理。我带着两个孩子，一个才刚出生，另一个有半天时间都在哭闹。这种情况下，我怎么可能溜出家门去约会，或者在他睡觉的时候让情人溜进来呢？他指控我有外遇，这让我觉得自己受到了深深的伤害——我绝对不会做出那样的事。我的确睡在儿童房里，但那是为了避免半夜把他弄醒。而且，我们家的四个房间都是挨在一起的，只隔了一道墙。那墙就像纸一样薄，说什么隔壁房间都能听见。就这样，他还怀疑有人半夜来家里跟我约会。他开始每天睡觉之前，把前门和后门用胶带贴上，第二天一早检查门是否被打开过。

他对我说的话十分恶毒。他对我的辱骂已经成了家常便饭，还不断描述他想象中的我和情人一起做的污秽事，甚至当着孩子的面也这样说。他甚至在半夜摇醒我，跟我说他所怀疑的事，要我告诉他“真相”。他一闹就是几个小时，直到我被折腾得筋疲力尽，头晕眼花。他时常在工作时间突然回到家，检查我在干什么。有时，我能从开着的前门看到他的车在门口的街道上行驶。他不打电话回家，而是开着车绕着我们的房子转悠。

他不在家期间更频繁地往家里打电话。蒂姆渐渐养成了一些坏习惯：他喜欢把钱夹和手表扔到马桶里，还学会了把电话拿起来听听里面有什么声音，听完后他又不把听筒放回去。如果我没发现，电话就会一直占线。如果他爸爸没有打通电话，回来肯定大为光火。

我丈夫认为我们家的食物消耗得太快，一定是我秘密地把食物拿给什么人吃。他以此为借口不给我钱去采购食物。他坚持和我一起去购物，这样他就能够控制食物方面的支出。我名下一分钱也没有。有一次萨姆因为出牙发烧，退烧药还是我找邻居借了五块钱买的。我从来没有感到这么丢脸过。有时，我丈夫又会信誓旦旦地说有人喝光了他的啤酒。他会把垃圾箱翻个底朝天，数那些空瓶子，搜寻家里“金屋藏娇”的线索。

他对我说过的最恶毒的话是关于蒂姆的，他的话深深地伤害了我。在蒂姆被诊断为自闭症之前，他会大嚷大叫几个小时，说他的儿子绝对没有任何问题，是我这个妈妈不会带孩子。他说是我编造了蒂姆的所有症状，蒂姆没有任何问题。他说是我让这个可爱的孩子烦躁不安。蒂姆被诊断出自闭症之后，他气急败坏，说我带着一个残疾孩子四处招摇，不过是为了引人注意出风头。

※

我实在忍受不了他，于是从卧室搬出来，和孩子们睡在一起。他一晚上起来三四次，站在我们的房门口盯着我看。我只好假装睡着了。最后，即便是孩子们睡着了也无法阻挡他，他会直接走进来，要求我回他的床上去。第二天，他又装作若无其事的样子，边吃早餐边跟我讨论再买一栋更大的房子：他可以在房子旁的草场养马，孩子们也可以自由地奔跑。我简直惊呆了。我没想到他竟然还认为我愿意跟他一起做任何事，更不用说住在一个草原上的房子里这样的天方夜谭。但我很怕他，所以一句话也没说。保持沉默总比说错话惹他生气要好。

我每一天都过得战战兢兢。为了避免惹恼他，我得什么事都做在前面，记住他吩咐我做的所有事，并且还不知道能不能让他满意。这样的日子简直就是一种折磨。

※

我家后院的两边围着铁丝网，每天早晨在后院晾衣服时我都会看到邻居。住在我们左边的阿丽森家有小孩，住在我们右边的贝芙家也有小孩。一整条街上，每家人的后院里都撑着伸缩晾衣架，挂满了尿布。一天早晨，阿丽森提着篮子从屋里出来，热情地跟我打招呼："早上好，朱迪。"在她面前，我再也撑不下去了，跪倒在地上哭了起来。阿丽森个子不高，但她一下子就翻过了铁丝网，跑到我身边。她问我到底出了什么事。我把一切都告诉了她，然而她并没有感到很意外。

我实在不能相信我所遇到的这一切，于是我开始记日记。我把我丈夫说过的每句话，做过的每件事都记下来，提醒自己不是在做梦，这一切都是真的。我的日记藏在家里一个秘密的地方，我把它拿给阿丽森，并嘱咐她一定不能泄露出去。

我每天都过得很痛苦，觉得这样的生活对孩子们也不好。我不希望他们以为每个家庭都像我们家这样。我也不希望他们觉得妈妈很坏。同时，我还担心他们也像我一样害怕他们的父亲。等到他们再大一点，他们也会和我一样，每天都生活得如履薄冰。我同样担心，他们长大后会成为像他们父亲那样的人。

※

在蒂姆被诊断出自闭症之后的那个圣诞节，我终于下定决心离开我的丈夫。圣诞节那天，孩子们一起床就很兴奋，他们现在已经足够大了，知道圣诞节意味着什么。他们知道，圣诞老人昨天晚上来给他们送礼物了。蒂姆和萨姆坐在一边拆礼物，他们的父亲递给我一件礼物，那是一件泳衣。“穿上它。”他说道。我很不情愿，但不想惹恼他，于是走进卧室换上这件衣服。

“我觉得这件衣服有点紧。”我说道。我想我们应该去商场换件大一码的。然而我丈夫很生气，好像我故意拒绝他的礼物一样。

“嫌紧？你是打算穿给你那个情人看吗？”他大声咆哮着。我吓得心脏都快跳出来了，这一整天都被他毁了。

在圣诞节这天的早晨，在孩子们面前，他用最恶毒的语言辱骂我，伤害我。我不敢看孩子们，但我知道他们正看着发生的一切。他们停下了手中的玩具，变得十分安静。他们已经学会了在他们的父亲发脾气时保持安静。我再也不能忍下去了，我对自己发誓。

新年之后，我开始制订计划。我打电话给家暴热线，他们建议我去妇女救助中心，那儿的工作人员会给我提供住所。但是这对蒂姆而言有些困难，因为他没办法接受他日常生活的改变，而我也不知道妇女救助中心能不能接收他。别人一定受不了他的哭喊和异常行为，因为就连我的亲戚朋友们都受不了他。

我们接受过一项由政府提供的儿童捐款，钱存在我名下的一个账户里，但平时都是我丈夫管理，因为他管着家里所有的财务。绝望之中，我从这个账户里面取了一些钱带着孩子们去找律师。我想咨询律师有没有办法让我们待在这所房子里而让我丈夫离开，因为这样蒂姆就会比较容易保持情绪稳定。既然我知道了该怎么帮助他，我就要尽量让他感到稳定和安全。毕竟他刚刚被诊断出了颠覆他整个人生的病啊。

蒂姆不停地用手挠门，在整个会面的过程里他都在大嚷大叫。“有人帮你带孩子吗？”律师问道。

“没有。”我摇摇头。

她同情地看着我，但也无法为我提供更多的帮助。我和丈夫分开后，如果我想在目前居住的房子里生活，必须经过我丈夫同意。法律不能让他搬出去。我回到家，和我可爱的孩子们一起来到后院。我推着他们荡秋千，看着他们玩沙子。我感到自己又有了动力，我的孩子们值得过更好的生活。如果不能让我丈夫搬出去，那么我们就搬出去。

我去了福利院，想问问他们如果我打算离开我丈夫，他们能否为我提供帮助。我告诉那儿的工作人员一切他们想了解的情况，他们为我申请了一份单亲家庭补助。我可以在一周内得到这笔钱。我从我们的夫妻共同账户中取了几百块钱，刚刚够付第一个月的房租，然后就给离我家较远的房产中介打电话。

他们帮我找了一所房子，离我们现在住的地方有三十分钟的车程。我当天下午就拿到了钥匙。

剩下的钱，我请了一个搬家公司帮我搬家。我没有钱在新房子里开通电话，也没有钱买食物，但我决定把我能带走的一切东西都带走。我不能提前打包，这样会引起我丈夫的疑心，所以我们必须得在离开的那一天尽量搬走所有的东西。

※

我丈夫每周六上午都会出去一段时间，至少是几个小时。他周末在做一桩生意，得去那儿盯着，所以我确定他周六上午不会突然回家。那就是我们逃离这个家的最佳机会。那天早晨，我竭尽全力表现得跟平时一样。我为他做早餐，但是我的神经绷得紧紧的，就像玻璃一样脆弱。我的心快跳到嗓子眼了。我迫不及待地想让他赶紧出门。

他终于离开以后，我打电话叫来搬家公司。他们一来，我就交给他们一个清单：电视机和录像机是给蒂姆的，冰箱、洗衣机和吊床是给萨姆的。他们开始工作起来，我也赶紧一起搬。我把所有的衣服都塞进原本用来装垃圾的塑料袋里。我清空了一个又一个柜子，抓起所有我认为需要的东西塞进袋子里。

这一幕简直太疯狂了，尤其是对蒂姆而言。他总是在门口摆弄他的玩具卡车和玩具汽车，把它们摆成一排。我不知道他这样做的原因是什么，也不知道他是按什么顺序排列的，但只要我移动这些玩具车，他就会变得歇斯底里。实际上这样很危险，因为如果我要出门，就得跨过这些玩具车。今天我必须把它们收起来，好让搬家公司的人往外搬东西。蒂姆哭哭啼啼的，使劲拉着我，想让我把玩具车放回去。平常我总是想尽办法满足他的需求，尽量让他感到舒服点，但是今天不一样。尽管看着蒂姆哭我很难过，但我必须这样做。我拒绝了蒂姆的要求让他更加生气，他哭得更大声，抓着我的腿和胳膊阻止我，甚至躺在地上打滚。这个家原本是让他感到安全的港湾，但现在发生的一切扰乱了他的生活，他感到很烦躁。我尝试着继续打包东西，但是蒂姆哭哭啼啼地跟着我，试图把我动过的所有东西都放回原位。他的小脸哭得红通通的，眼神中满是恐惧和困惑，我看了十分难过。

我跑出来坐在门口。我到底在想什么？这样做根本没有意义。我们根本没办法养活自己。我没有足够的钱给蒂姆进行治疗，而蒂姆现在最需要的就是治疗。如果我生病了呢？谁来照顾孩子们？我甚至不知道能否拿到足够的钱养活他们。虽然我们勉强得到了单亲家庭补助，但我肯定给不了他们应得的生活。没有任何人能够帮助我。照顾蒂姆需要花费我大量的时间和精力，我已经累得筋疲力尽了。逃离这个家真是个愚蠢的主意。

即使我们逃走了，我相信他们的父亲还是会找到我们的。我不敢想，如果他发现我们逃离了他的掌控会怎么做。

我跟搬家公司的人解释了我家的情况。我不希望他们万一碰到我丈夫，被他大骂一通。“如果我丈夫回来了，你们就尽快离开这儿。不用管这些东西了，我们会收拾的。”他们理解我为什么要搬出去了。就在我坐着擦眼泪的时候，其中一个年轻的工人走了过来，拍了拍我的肩安慰我。他似乎很了解我的感受。

“别担心，”他说，“我妈妈也把我们养大了。她同样是个单亲妈妈。你看我们不是过得很好吗？你也能做到的。”

他的话足够我站起来重新鼓起信心了。有时候，我们需要的就是一个理解你的人和几句鼓励的话。

这是我第一次完全忽视蒂姆的哭声。我继续把所有能够带走的东西往卡车上装。工人们根据我的指示像我一样快速搬着。我们两个小时就收拾好了。我把两个孩子分别抱进车上的安全座椅，看了那所房子最后一眼。我们的牧牛犬雷泽，在大门口对我狂吠不止。可怜的雷泽，对不起。我在心里默默地说道。我们的新房子没有围栏，所以不能带它一起走。况且，我也没有钱养它。

※

1992 年 2 月 1 日，我们离开了位于温纳姆西的家。那天，蒂姆还差三个月就满四岁了，萨姆也快要两岁了。我的银行账户里还剩 37 澳元。我们的房租是两周 280 澳元，单亲家庭补助是每两周 420 澳元。也就是说，我们每两周有 140 澳元，即每个星期有 70 澳元生活费。我们要生活下去的确不容易，但是既然已经决定搬出来，我就得坚持下去。我必须坚持到底，因为我们无路可退。

我们的新房子在莫顿湾的克利夫兰。那是一栋由砖头修砌起来的小房子，所在的街区也很小。说实话，这儿没什么可欣赏的风景，但我仍然很高兴自己能够在这儿生活。拿起钥匙打开门的那一刻，我的心中涌出了一股自豪感。我做到了！我终于逃离了丈夫的控制。这是一种悲喜交加的自豪感，除此之外还有一种轻松的感觉。门打开了，孩子们从我身边冲进去。他们十分兴奋地探索着这个空荡荡的房子。现在对他们而言，这儿像是一个游乐场，但我担心，天黑之后他们还能不能适应在这儿的生活。没有电就意味着我们晚上没有灯光照明，也意味着蒂姆晚上没有电视或录像看了。

在开始的那几天，我带他们在附近转转，去码头边爬爬那儿的大石头，收拾收拾他们的玩具，希望能够转移他们的注意力。每到晚上，我就让蒂姆舒舒服服地泡一个澡，然后借着手电筒的光亮为他读故事，直到他睡着。我们这样平安无事地度过了两天。到了第三天，蒂姆醒来后发现仍然没有电，没有电视看，他就忍耐不住了。

我找朋友借了点钱，给家里通了电。这几天，我用了巨大的努力转移孩子们的注意力，避免因为新房子没有电而让他们烦躁不安。现在有了电，孩子们开始安静地看卡通片《兔八哥》，我终于可以坐下来休息一会儿了。我非常担心搬家会对蒂姆造成影响，但现在看来，他的心情还不错。我尽量地把他熟悉的东西放在他周围。他已经又开始把玩具车放在门口摆成一排了。我觉得蒂姆的病情好转了很多，这次搬家真是做得太对了。很显然，离开那所房子对蒂姆和萨姆都有好处。

漂亮的小萨姆一如既往地快乐和轻松，他在新房子里穿来穿去，完全没有问起过他的父亲。他挨着我坐在沙发上，蒂姆坐在地板上。这两个小家伙真是我最可爱的伙伴。

※

日子一天天过去，我能够明显感到肩上的担子渐渐减轻。我的生活终于重见光明，我的脸上又重展笑颜。我们每天都去游乐场玩，还去附近的小河湾抓蝌蚪。我们玩得开心极了。我一直担心他们的父亲会找到我们。不过即使我们被他找到也没关系，因为我们再也不用跟他生活在一起。

我曾经跟他打过几次电话，让他知道孩子们一切都好。但我尽量长话短说，避免透露我们的信息。尽管他极力恳求我，我还是没有告诉他我们现在的住址。他每天都给我母亲打很多次电话，试图找到我们。他给我母亲施加了巨大的压力，但是我的母亲始终没有透露给他任何信息。我知道自己不可能永远不见他，我只是想让他寻找我们的时间尽可能长一些，这样他再见到我们的时候也许就不会发脾气了。

我们搬家快两周的时候，我同意见他了。法律规定他有权探视孩子，这一点我还是知道的。所以，我安排他和孩子们在附近的小池塘见面，每周日一次。他们玩耍的地点必须是公共场所，并且我必须在场。

我们见面时，氛围还不错。他给萨姆买了棒棒糖，给蒂姆买了巧克力，还带他们玩了很多好玩的游戏。但一旦孩子们跑开听不到我们说话时，他就开始质问我，我们住在哪儿，我们什么时候回家。我很害怕，不敢告诉他我们再也不会回去了。我尽了最大的努力避免回答他的问题。尽管我们是在公共场所，他不会对我怎么样，但我还是不敢明目张胆地反抗他。

我讨厌星期天，因为一到星期天，曾经和他一起生活时的那种无力、脆弱和恐惧就会重新回到我身边纠缠着我。一看到他，我就会恶心反胃，就好像我这一辈子也逃离不了他所在的那个房子。我知道，要保证孩子们的安全，我必须使他们的父亲保持冷静，但对我而言那意味着巨大的牺牲。几个月后，我有一次出门，发现他在我们住处附近转悠。

我不知道他到底怎么找到我们的。那天我一开门，就发现他的车从我们门口驶过。几天之后，他把车开进了我们的院子，装作是来探望孩子们。从那之后，我们每个星期天下午在池塘边的会面就改在我的新房子里。他强迫我答应这个要求。尽量让他开心，尽量让他保持冷静，我在心里不断对自己说。他在休息室和孩子们一起看录像，而我默默地待在厨房里，忍受着对他的反感。再忍一会儿就行了，就一小会儿，他马上就要离开了，我不断地安慰自己。即使他说的话开始让我感到很难受，我也没有足够的力量强迫他离开。幸好他每周只来一次。可是渐渐地，每周一次变成了每周两次。他不仅星期天来，星期六也来，再后来只要是假期他就来。看在孩子的分上我让他进来了。我努力保护着孩子们，不让他们遭受我曾经在他们的父亲那儿受过的伤害。我让他们见面也是为了维系他们和父亲之间的关系。他们的父亲从来没有提出过要带孩子们出去玩，他来见孩子们是为了能够尽量待在我的屋子里，介入我们的生活。这样一来，我就不得不一周又一周地面对他。

这样的情形一直持续了十五年。

第六章
SEDU 和自闭症治疗中心

作为一名带着两个孩子的单亲妈妈，我的经济能力十分有限。这让我们的处境变得困难，蒂姆的问题尤其让我感到十分棘手。他的情况时好时坏，情绪不好的时候，会一连几个小时做出非常强烈和极端的行为。他不停地制造噪音，或者不停地重复某些话、某些动作，或者一直尖叫，甚至出现对抗的行为，简直快把我逼疯了。那段日子真是太难熬了，因为我不知道蒂姆会不会一直这样下去。假如有一天蒂姆真的开始习惯性尖叫或者疯疯癫癫地大笑，假如他的一切异常举止都成了日常行为，我一定会撑不下去的。然而，我的恐惧和焦虑让事情变得更糟。在蒂姆情绪稳定的时候，他像萨姆一样，既温柔又善良。在我眼中，那才是真正的蒂姆。这两个孩子并不完全一样，但他们都拥有一颗美好的心灵。是自闭症让蒂姆的一切都变得困难了。

我下定决心，一定要找到最有效的方法帮助蒂姆。

我的一个邻居说，他朋友的亲戚家有一个小孩得了唐氏综合征。那个孩子的家人把他送到了一个名叫“SEDU”（特殊教育学校）的地方。我只听说过特护学校，但没有听说过SEDU。这所学校是为身有残疾的孩子提供学前教育的地方。太棒了，这所学校的出现对我来说简直就是雪中送炭。打听到这所学校的电话后，我立即给学校的校长——一位名叫恰曼的女士打电话。

“我的孩子得了自闭症，您能帮助我吗？”我问道。

在电话里，我向她哭诉自己的情况。恰曼非常同情我，还极力鼓励我。她尽量让我觉得这事没什么大不了的，不需要担心。“我当然能够提供帮助！”她跟我说道，然后和我约了见面的时间。

SEDU 就在克利夫兰，离我们的新家只有五分钟车程。它的旁边是一个公立小学，还有一所大龄孩子的特护学校。SEDU 跟普通的幼儿园差不多，但它主要招收需要特别照顾的孩子。一眼看去，你根本发现不了它和普通幼儿园有什么区别。这是个非常可爱的地方，室内宽敞明亮，墙壁上画着五彩缤纷的画，空气也十分清新。这些对我来说非常重要。我之前很担心它会像精神病院那样压抑。

一般而言，四岁的孩子才可以到这儿来上学。所以理论上说，蒂姆还不到上学的年龄。但恰曼女士并不是那么死板的人。她常常穿着颜色鲜艳的衣服，声音洪亮，很有感染力。她的个性非常爽朗，我们见面时，她伸出双手欢迎我们，并且直接提起蒂姆的事。她没有把蒂姆当作一个患病的孩子看待。她很自在地与蒂姆交流。

“来吧，孩子。”她一边说，一边牵起蒂姆的手。蒂姆跟着她，前所未有的平静。这真是太不可思议了！我从来没见蒂姆对一个陌生人如此信赖。我立即对恰曼女士产生了极大的信任。

SEDU 里到处都是玩具和小孩。这儿的老师也很多，他们大都坐在地上和孩子们一起玩游戏，一起哈哈大笑。我第一次见到这样的学校，也第一次看到这么多残疾儿童。有些孩子患病的症状很明显，一眼就能看出来，例如基因缺陷或者唐氏综合征。但患有自闭症的孩子看上去和普通孩子没有明显的区别。这儿的孩子都非常快乐，这给我留下了深刻的印象。在这儿，他们把蒂姆真正看作一个孩子，而不是一个患者。

恰曼女士给我引见了一位职业治疗师，治疗师向我们介绍了如何照顾孩子。他们会实施语言矫正疗法、认知行为疗法、职业疗法和游戏疗法。他们所做的每件事都是为了帮助孩子成长。他们尝试着尽量少让孩子哭，帮助孩子建立人际交往，并对他们进行如厕训练。这些都是孩子们上学前必须掌握的基本技能。蒂姆在上学前必须学会如何上厕所、洗手、整理书包和进食午餐。他还得学会对基本的指令作出反应，例如“过来”和“坐下”。同时，他还要学会安静地坐着，和其他同学一起听讲——现在他总爱不时乱跑。SEDU 的老师们会尽他们最大的努力教会蒂姆这些基本技能。

在治疗师向我们介绍的时候，我眼角的余光看到蒂姆走向了一个梯子。

“别到那儿去，蒂姆，快过来。”我说道。他回到了我身边。

“看看他，真听话！”那位治疗师称赞道，“我们有时得花几年来教会一个孩子听懂这样的指令，而蒂姆已经会了。他真是太棒了！”

这儿的整个氛围真是积极而又鼓舞人心，我感觉自己像来到了天堂一样。尽管他们提供的帮助是暂时的，我仍然感到自己很幸运。这所特殊教育学校只能每周给蒂姆上八小时课，政府提供的免费教育只能满足这么长的时间。听到这儿，我感到有些绝望。蒂姆当然得在这儿接受全部课程。明年他就要四岁了，我脑袋里那个定时炸弹还在滴滴答答地响着呢。我认为如果我的孩子需要帮助，他就应该得到尽可能多的帮助。对我而言，这是社会公平问题。如果有方法能帮助他，那么政府就该想尽办法去实现。在我的观念中，对自闭症的治疗跟社会保障医疗没有区别，都应该得到政府的资助。

回想起来，我那时真是太天真了。实际上政府对自闭症患儿的资助简直太微弱了。恰曼女士为此表示抱歉，但她向我保证他们一定会竭尽所能帮助蒂姆的。我对她非常感激，至少她是为我们着想的。

※

蒂姆正式到 SEDU 报道的那天是 1992 年 2 月 10 日，那时我们才搬过来没几天。我对送蒂姆去学校感到很焦虑，因为我们的生活才刚刚发生翻天覆地的变化，蒂姆并不习惯离开我。不过，当那儿的老师牵住蒂姆的手时，他看上去很开心。只是，等到下午我把他接回来时，我看到了一副完全不同的景象。他不停地尖叫，还把头往墙上撞，这还是他第一次这么做。他一边不停地打我，一边甚至还要咬我，这让我无比震惊。那时，我已经知道患有自闭症的孩子会出现暴力行为，但我从没看到蒂姆这样做过。他天性很温和。我为他的这些行为感到非常难受，真不知道我走后发生了什么。我立即给学校打了电话。学校告诉我，他们对此表示费解，蒂姆今天在那儿的确玩得很开心。他们向我保证会好好留意蒂姆，但我还是很担心。我当时就想让蒂姆退学，但我知道我需要他们的帮助。如果连他们都不能信任，我就只能靠自己了。

蒂姆所在的那个组有四个小男孩，其中两个是完全言语障碍，也就是说他们完全不会说话。蒂姆会说一小部分单词，另一个小男孩则完全能够用语言进行交流，表达自己的想法。我不清楚为什么要把蒂姆分在这个小组。我觉得，如果把蒂姆分在那些能够完全用语言交流的小组会对他更有帮助，但是治疗师们并不认同我的观点。他们说这几个小男孩都有相似的需求，所以他们能够一起成长。

那个会说话的小男孩攻击性很强。他已经开始欺负蒂姆了，他使劲拧蒂姆，随时把他推倒。工作人员尽力保护蒂姆不受到伤害，但是那个小男孩的速度很快，而工作人员并不能总是及时干预。看到蒂姆满身抓痕地回到家里，我难过得哭了。我担心得不得了，但有什么别的选择呢？我也为那个小男孩和他的妈妈感到难过，他的妈妈成天都在担心自己的孩子会伤害其他人。我能看到她脸上的表情十分尴尬。他们也像我一样急需这个地方进行治疗，只不过他们所需要的治疗和我们不一样。尽管我很担心蒂姆被人欺负，但我也知道那个小男孩控制不了自己。残忍的自闭症夺去了他的自控能力。他们本来就要承受很大的痛苦，我们就更不应该再去责怪他们了。

有一天我去 SEDU 参观的时候，看到蒂姆在攀爬一个游戏架。他一个人在上面的时候非常高兴，而当其他孩子想上去玩时，他就变得很烦躁。蒂姆不想跟其他孩子一起玩。他在教室里表现得很好，在餐厅吃早茶时却变得蛮横无理。他把其他孩子推倒，抢走他们的自行车。我以前从未见过他做那样的事。我推测是不是环境让他变成那样的。蒂姆似乎是在学习保护自己不受别人的欺负。蒂姆继续学习新的单词，他还学会了说“嘿，别那样”和“嘿，走开”。这些是他在家根本用不着说的。

总体上看，整个教育过程是很棒的。孩子们唱歌，跳舞，玩各种游戏，参加各样的活动，而且都得到了充分的表扬和鼓励。同时，他们也专注于学习和成长。这些孩子学习如何在教室安静地坐着听课，如何排队，如何倾听。他们还学习使用剪刀和胶水做简单的手工，学习如何握笔和收拾书包，以及在午餐的时间取出自己的午餐盒。他们要学着管好自己的东西。学好这些技能需要几年的时间，他们每天都在练习。

※

离开温纳姆西后，我开始写新的日记本，记录蒂姆的情绪和行为。我担心蒂姆的父亲会以监禁为由反对我抚养蒂姆，所以我要把蒂姆病情的进展记录下来作为证据。1992 年 3 月 18 日，我写道：“隔壁的一位女士给了蒂姆一个冰激凌，但他不知道该怎么吃。”仅仅两天后，我就惊奇地发现他已经可以安静地坐在椅子上听我给他读故事书。这是多么大的进步啊！我试图找出蒂姆各种行为的规律，尝试理解他的心理。我发现很多跟自闭症相似的症状确实在蒂姆身上出现过，但我从来都不相信那就是自闭症。蒂姆曾经拿起一个盘子，假装那是一个方向盘。患有自闭症的孩子是不会玩假装做某事的“过家家”游戏的。另一次，我带他去参加一个生日派对。他和其他孩子一起坐着玩“击鼓传花”传递礼物的游戏。他并不懂游戏规则。其他孩子很快就学会怎么玩了，他却怎么都学不会。看着他拼命地想要融入那些孩子，我的心伤透了。

最后，我决定不去管自闭症的典型症状，而是集中精力关注蒂姆自己的情况。我觉得对蒂姆来说重要的不是他符不符合自闭症的典型症状，而是找出他本人到底是什么情况。必须有人这样做。在蒂姆的生命中，有太多人仅仅根据他的某些症状就妄加判断，却没有真正地了解他。

蒂姆四岁的生日过后没多久，我被叫到学校开家长会，讨论蒂姆在学校的学习情况。老师们告诉我蒂姆很乐意与小朋友们合作，也把所有的活动都尝试了至少一次。他很喜欢色彩，会在同学们唱歌时做出动作，但他不会识别动物。蒂姆的班上有二十个孩子，只有两个不会说自己的名字，蒂姆就是其中之一。这让我很意外，我没想到他已经落后这么多了。一直以来，SEDU 给我的反馈信息都是非常正面的。蒂姆这个很棒，那个也不错，他做得棒极了。这次他们突然都站到了我的对面，神情严肃地说，这个孩子甚至连自己的名字都不知道。

出于某种原因，这一刻对我而言无疑是毁灭性的打击。我就像在沙漠里走着走着，以为自己快要走出去了，突然发现那只是幻影，自己仍是在沙漠中迷失了方向。你以为事情已经越来越好，结果突然有人跟你说实际上情况依然糟糕，甚至比你想象的还要糟糕得多。蒂姆的四岁生日过完了，他仍然无法真正地说话。正常的孩子四岁已经可以跟父母完整地对话了。当然，蒂姆比一年前学会了更多的单词，但那还远远不够。为了应付生活，他要学习的可远远不止一百多个单词。

※

那年，我们在当地教堂加入了一个游戏小组。我希望蒂姆也能和SEDU之外的正常孩子们一起玩。我觉得这对他有好处，尤其有利于他的语言发展。虽然让他学会说话不切实际，但我仍然坚持这样做了。蒂姆一点儿也不喜欢参加这些活动，每周我都不得不强迫他去那儿。萨姆倒是在那儿玩得很开心。即使只是为了萨姆，我们也要坚持下去。

看着蒂姆在那儿不断挣扎，我心里很难受。尽管他进去以后会安静地坐着，但进门之前他总是哭闹不止。即使他坐在那儿，他也没办法跟其他孩子一起玩耍。在那些孩子手牵手围成一个圈，唱着“玫瑰花环”的时候，他站在圈外，想加入却又不知道该怎么办。有时，他会从头到尾一直尖叫，搞得我相当尴尬。这实在是太捣乱了，好在其他孩子的妈妈很善解人意。

我试着在路上跟他解释我们为什么要来这儿。我非常温和地跟他说话，安慰他，从不对他发脾气或者进行威胁。一般情况下，如果他不愿意做某件事，我不会强迫他，而是转移他的注意力。我很注意在蒂姆和萨姆之间保持平衡。如果我们总是为了照顾蒂姆的情绪而离开某个地方，或者完全避免去某个地方，对萨姆而言就太不公平了。萨姆也有权享受他的人生和快乐。我一直在尽自己最大的努力不至于因为要照顾蒂姆而把他落下。萨姆是我见过的最随和、最顺从的孩子，这令我非常欣慰。他美好得就像从我的梦中走出来的孩子。他爱蒂姆胜过世界上的任何事。他从不觉得哪件事对他而言是烦恼，包括他哥哥大发脾气的时候。

我和孩子们的父亲一起生活时，一直处于孤立状态。我们搬过来之后，我通过各种方式努力与周围的人交流，成为社区的一分子。除了教堂的游戏小组，我还参加了一个自闭症患儿母亲的互助会。这个互助会是一位名叫爱丽丝的女士组织的，她的孩子也患有自闭症，同样在 SEDU 上学。她是个非常有魄力的女性。

爱丽丝和她丈夫对我们非常友好。有一天，他们把一辆装满沙子的拖车拖到家里，好让孩子们有沙坑可以玩耍。他们还邀请我们去他们家玩了好几次，但我觉得自己并不适合这种活动。经过那场不幸的婚姻后，我和其他成年人在一起时，总感到不自在，更何况我还带着一个难缠的孩子。我带着蒂姆跟带着一个新生婴儿没多大区别，往往我刚和别人谈了几句就被他打断或者得去处理他惹的麻烦。那段时间，蒂姆也有些不懂礼貌，他到哪儿都四处乱跑，很难控制。除此之外，我还对自己单亲妈妈的身份非常敏感。

当我和其他夫妇一起的时候，我总感到有人在指指点点，或者报以同情的目光，这真让我受不了。我会觉得很敏感还因为蒂姆的父亲从未出现过。我不希望蒂姆因为我没钱而错过任何可以得到帮助的机会。其他自闭症孩子的父母可以为他们的孩子提供更多帮助，因为他们一家人齐心协力，也因为他们的经济条件更好。我自己一个人要做到这些实在太难了。

我在互助会和那些自闭症孩子的妈妈们交流了很长时间，但有时也会反对她们的意见。她们那儿的气氛太压抑了。自闭症孩子的妈妈有时要处理的事情实在是太可怕了——有些自闭症孩子会表现出极端暴力行为，或者大小便失禁，甚至是自残。大一点的孩子会咒骂他人。还有些破坏性极强的孩子甚至会破坏房屋。这些孩子不能去上学。他们的父母不得不承受巨大的压力，甚至关系破裂。从她们的讲述中，我才了解到自闭症有多么可怕，会给人们带来多大的伤害。那些妈妈得找个地方释放她们的压力，这正是互助会的目的。但她们的描述让我对未来感到十分恐惧：她们的生活除了应付自闭症带来的问题，没有任何其他意义。有时这种讲述甚至变成了攀比，看看谁的生活更艰辛，谁的孩子更严重。在那儿，我觉得希望渺茫。

我坚持参加互助会的活动，因为我想支持爱丽丝。毕竟她愿意为帮助他人而付出努力，并且专注于此。但在活动时，我更多地待在户外，看着萨姆和其他小孩玩耍。我装作是在帮忙看孩子，而实际上我只是想逃离那种绝望的氛围。如果我也传染上那种绝望，我肯定会撑不下去的。

※

那段时间里，蒂姆变得更加偏执。有时候他学习的速度非常快，他会像坏了的唱片那样不断转着圈说着重复的话，时常没来由歇斯底里地大笑。他还会不断重复某个单词——“狗，狗，狗，狗”，或者“一杯茶，牛奶，糖。一杯茶，牛奶，糖”，又或者“哔哔，哔哔，哔哔，哔哔”。这真让人抓狂。他似乎是经过了一段快速的成长期，开始学会把单词和物品联系起来，所以他每时每刻都要练习。他还认识了一些书写出来的单词，并把它们跟图片联系起来。十月的一天，他学会了读第一本书。他读道：“我的卡车，我的火车，我的汽车。”我欣喜若狂。我一直都知道他喜欢看书，也知道他很聪明，但没想到他竟然真的能看书了。如果别人看到这一幕也会高兴得跳起来的。要是他能得到更多的帮助该有多好，他还会取得怎样的成绩？

我们先前看的语言治疗师和职业治疗师已经为蒂姆治疗了好几个月，但我离开丈夫后支付不起治疗费用就停止了。她们建议我带蒂姆去自闭症治疗中心继续接受治疗。她们说那是布里斯班唯一一家专门治疗自闭症的治疗中心，那里的治疗手段是最先进的，但等待接受治疗的人也很多。

当我第一次给治疗中心打电话时，他们告诉我等待接受治疗的人已经排到了两年后。这对我来说真是个要命的坏消息。如果一个孩子需要帮助，难道不该立即得到帮助吗？两年后，蒂姆已经六岁，那时他就该上学了。我们不能等上两年。我立即跟之前的两位专家联系，她们也认为应该让蒂姆尽快接受治疗。她们动用了所有的关系，终于让蒂姆提前一年得到了预约。虽然不能马上进入中心接受治疗，但我对这个结果已经很满意了。1992 年 12 月，治疗中心通知我们去做治疗前的评估时，我欣喜若狂。感谢上帝，蒂姆终于可以去那儿接受最先进的治疗了。然而，我的愿望虽然实现了，但实际上它并没有我想象的那么美好。

在我的想象中，自闭症治疗中心就是治疗自闭症的圣殿，里面有许多专门治疗自闭症的专家，可以帮助蒂姆这样的自闭症孩子。那里的专家和治疗手段一定比 SEDU 专业得多。那么多人排着队等待进入自闭症治疗中心接受治疗，它的名气如此之大，让我对它印象深刻。我甚至觉得我们是美梦成真了。然而，后来我才意识到那并不是美梦，而是一场噩梦。那所治疗中心位于一栋混凝土建筑中，四周环绕着铁丝网。我看到这栋建筑的第一眼，就感觉我们来错了。

话说回来，我一直希望蒂姆能进行为期五天的治疗项目。毕竟我来这儿的目的就是想让蒂姆得到尽可能多的帮助，而且我偶尔也希望可以稍稍休息一下。我想时刻待在蒂姆身边，尽我所能地帮助他、保护他，但我一个人要带两个孩子确实很累，需要偶尔把孩子送走，让自己放松放松。我左思右想，十分纠结。蒂姆在家的时候我忙前忙后十分辛苦，但蒂姆离开家后，我也没办法安心地休息。我不停地担心自己是不是做出了错误的决定。最终，我安慰自己，蒂姆只是在自闭症治疗中心待几个小时，就跟在 SEDU 一样。可是看到治疗中心的那一刻，我就觉得几个小时也太长了。

治疗中心是个冷冰冰的地方，窗子上安装了铁栏杆，显得非常沉闷。那栋建筑是 1970 年代由政府修建的，没有任何美感。这里是治疗自闭症儿童和青少年的地方，却几乎没有任何彩色的图画和玩具。墙上既没有让人愉悦的装饰，也没有儿童医院常见的可爱的贴纸。这儿的专家认为色彩会刺激自闭症患儿，我却不以为然。既然治疗自闭症的目的就是把那些孩子带入我们这个世界，那么我们就该让他们接触真实的世界，即使只是画出来的。这个地方看起来一点儿都不适合孩子们，需要好好地粉刷和收拾一番。这里的游乐设施非常简陋陈旧，地面上铺了碎沙，连一点绿色的青草都看不见。我带着蒂姆，越走越不放心。我应该听从内心的直觉，离开这儿，但是如果我拒绝让蒂姆在这儿接受治疗，就没有其他地方可以帮助他了。

那儿的所见所闻都让我隐隐觉得不安。治疗中心充斥着各种各样的尖叫和号哭，还有那些没有语言能力的孩子们制造出来的各种噪音。大一点的孩子更具攻击性，也更让人害怕。有些十几岁的男孩子脖子上套着巨大的铁链在房间里走来走去，就像是被关起来的动物。他们不时尝试着逃跑，所以铁链上刻着他们的个人信息，防止他们走失。工作人员也必须随时注意安全，避免那些男孩子伤害到自己。这儿到处都是铁锁和螺栓，还有用来保护孩子们的铁栏杆和锁链，但大孩子和小一些的孩子并没有被分开。

接着，我就看到了那些孩子的攻击性有多么强。攻击性是自闭症患者的典型症状，而蒂姆并没有表现出很强的攻击性。当我看到眼前的这些攻击行为时，不免大为紧张。这儿的人告诉我，每个孩子都有专人负责，不会让年龄小的孩子受到大孩子伤害的。不过我还是不放心。我实在不想让蒂姆待在这样一个可怕的地方，还要冒着被大孩子伤害的风险。但除此之外，我们似乎别无选择。这就是针对蒂姆病症的专业治疗中心，我们必须接受它。

※

治疗中心的工作人员都很专业，但态度十分冷淡。他们都是临床医生，对自闭症十分了解。他们从来不问我蒂姆的具体情况，这让我很不理解。我和蒂姆一起生活了四年，并且一直在观察他的行为，我所了解的情况当然应该是值得医生参考的吧？但这些医生似乎认为自己无所不知，从一开始就没把我放在眼里，觉得我对自闭症根本一无所知。我想，他们才是专家，我不该去插手。我尝试着去信任他们的治疗方法，而且我似乎也没有其他选择。我问过 SEDU 的老师，他们说另一家名气相当的自闭症治疗中心位于塔斯马尼亚。我们不可能跑那么远去治病。因此，1993 年年初，蒂姆开始在自闭症治疗中心接受治疗。蒂姆的治疗每周两天，从上午 9 点到下午 3 点。

大体上看，自闭症治疗中心的治疗方式跟 SEDU 差不多，只不过更专业一些。他们也通过言语矫正疗法和职业疗法帮助蒂姆为上学做好准备。为了控制蒂姆的哭闹和情绪问题，他们还安排了行为疗法。不过，他们让蒂姆做的事对他而言很困难，例如穿鞋、上厕所、吃不同的食物，他们还试图纠正蒂姆的极端行为。那段时间蒂姆很不听话，用他们的专业术语说就是“不顺从”。蒂姆会四处乱跑，我没办法让他回来牵着我的手，或者听我的指令。让他好好地坐着理发或者做检查是根本不可能的。蒂姆的极端行为非常强烈并且出现的频率很高，他当时根本不可能过正常的生活。专家们试图改正蒂姆的极端行为。作为社会融入训练的一部分，蒂姆需要和治疗专家一起去到公共场所，例如购物中心或者公园，练习散步、牵手和进食。这些都是他将来生活中必需的技能。

每天早晨，一辆巴士会到我家门口接蒂姆去治疗中心，下午再把他送回来。我和医生的所有交流都是通过蒂姆书包里的一个笔记本进行的。他的治疗师每天都会在这个本子上写治疗报告，我通过阅读报告了解治疗的情况。如果我有任何疑问也要写在这个本子上。这样的交流实在是太奇怪，太不近人情了。这让我根本不愿意把蒂姆送到车上，让他搭一个小时的车去那个治疗中心。他才四岁呀。一天早晨，我送他上车后，准备跟他挥手再见，可当我往车里看的时候，坐在蒂姆后面的小男孩抓起了蒂姆座位的安全带，向后猛拉，蒂姆随即哭了起来。我赶紧上车找随车的工作人员，看看到底发生了什么。但那位工作人员坐在最前面，根本管不了他们。

我很喜欢蒂姆在 SEDU 上学的时候，离家很近，我随时都能去看他。这让我很不适应蒂姆坐那么久的车去治疗中心，然后一整天都见不着他。我一整天都坐立不安,像丢了魂儿似的。蒂姆是如此脆弱，我总有强烈的冲动想把他紧紧抱在身边，保护他。我很不情愿送他离开。并不是说我认为蒂姆会在治疗中心受到不好的对待，而是我不相信自己之外的任何人。整个世界都让我感到不可信任，我在这个世界上没有安全感。我想，这是因为之前的那段糟糕的婚姻所造成的，我总是处于一种防备的心理状态。我经常感到很紧张,随时准备着保护我的孩子，尽管很多危险只不过是我想象出来的。

※

每个治疗周期中，治疗中心都会邀请我参加蒂姆的评估一至两次，看看他进展到了哪一步。每次去那儿都让我很伤心。我看到蒂姆表现得很好，他完全按照指令去做。但当我兴奋地祝贺蒂姆时，那些治疗师却只是很直接地描述他目前的进展情况，并且不让我给蒂姆太多赞扬，认为那会过度刺激他。我不得不顺从他们，因为我被他们的话吓到了，尽管我并不认为那是对的。

几个月后，治疗师们建议蒂姆的治疗从每周两天增加到每周三天，因为他们认为蒂姆需要额外治疗。很明显，他们认为蒂姆的情况很严重，这让我很难过。他们想教蒂姆学习手语，但我拒绝在家里和蒂姆进行手语练习。SEDU 的老师也提到过让蒂姆学习手语。这真是奇怪的巧合，搞得我怀疑他们是不是和治疗中心的治疗师串通好了。不管他们怎么说，我认为这个方法从根本上就是错的。治疗师们解释道，蒂姆的语言发育迟缓，如果他能够学会用其他方式跟人交流会对他的病有好处，但我觉得那样恰恰是断绝了他学习语言的路。如果他开始依赖手语，他就只能跟懂手语的人交流了。蒂姆又不是天生的哑巴，他能够用语言表达他想喝水，想去购物，我相信他最终一定能够学会说话的。为什么治疗师们要把他推向社会的边缘呢？他们似乎是放弃了教蒂姆学说话。

我想和治疗中心的人一起帮助蒂姆，然而他们似乎并不接纳我。他们很少跟我谈他们的想法，也对蒂姆在家的行为不感兴趣。他们不在乎蒂姆学会了扣纽扣，学会了推弟弟荡秋千。那段时间里，我的日记中满是沮丧：他们什么都不告诉我，也不听我说。我提供给他们的所有信息都如同石沉大海。有时，我甚至觉得他们对我怀有明显的敌意。有一次，我们约定了某天去参加蒂姆的病情评估，但那天恰好萨姆生病了。我想跟他们改一个时间，但他们拒绝了。在那儿没有任何人情可讲，他们也根本不希望我参与进去。还有一次，我参加了蒂姆的社会融入训练。孩子们坐在餐厅里，发出各种怪异的声音，行为举止有些异于常人。这是患有自闭症的孩子所不可避免的。坐在我们后面的一桌成年人开始模仿他们，嘲笑他们，我气得火冒三丈。然而，治疗中心的工作人员却叫我不要说话。我按照他们的吩咐做了，但我知道那并不对。他们还只是孩子，这些孩子不会保护自己，就得有人来保护他们。

※

我关心的另一个问题就是蒂姆的饮食。到目前为止，他吃的东西还是仅限于巧克力、面包和鸡肉，再就是偶尔吃些零食。我担心他摄入水果不足会得坏血病。他总是生病，肠胃也不好，我想在他的食谱中增加一些维生素。在治疗中心，蒂姆有一份为他量身定制的个性化治疗方案，让他吃水果就是其中一项目标。我每天都在他的午餐盒里放上一片水果，希望治疗中心的工作人员能够鼓励他吃下去，然而他们没有成功过。蒂姆尤其讨厌柑橘类的水果，简直就像吸血鬼害怕十字架一样。他看到柑橘类的水果会吓得往回跑，也许是那种气味让他觉得不舒服。

后来，我非常后悔让治疗中心的人帮我处理蒂姆的饮食问题。他们在饮食问题上态度非常强硬，比我在家里强硬得多。蒂姆有天从治疗中心回到家，T恤上洒满了果汁。我一看就知道肯定是那儿的工作人员强迫他喝果汁，而他死活不干。我对这件事非常担心，但我什么也没说。

蒂姆在治疗中心的治疗持续了一年，他的情况一直很好。突然有一天，我在用来和治疗中心交流的本子上看到了一份奇怪的报告。说是奇怪，实际上不如说是重重一击。读到这份报告的时候，我气得都快吐血了。那是1993年11月2日，报告的主体部分跟平时一样，没有什么特别。他整天都表现良好，对各种指令非常顺从。接着，在正文后的补充说明处写着："早茶时间吐了两片橘子。要求他吃两片橘子，他吃进去又吐了出来，要求他再吃进去，他仍然吃进去又吐出来（我知道这听起来有些让人难以接受，但蒂姆对橘子的抗拒是习惯性的，他只是用这种方式试探我们会不会让他继续吃）。"

他们竟然强迫蒂姆吃水果，还在他吐出来后，让他把吐的东西再吃回去。什么样的人会对一个四岁的孩子做这种事？我把孩子交到了什么样的人手上啊？我怒气冲天，同时也为把蒂姆送到这种可怕的地方而深感自责。我立刻拨通了治疗中心主任的电话。

"我正等着您的电话。"她说道。

"你有时间等我电话，为什么不亲自打过来呢？"

她的态度马上变得很客气，并为发生的事向我道歉。她也同意我的观点，强迫一个孩子把吐掉的食物再吃回去实在太没人性了。她向我保证他们已经调整了治疗策略，涉及这件事的老师都已经得到了严厉的斥责。她告诉我，不会再有类似的事发生了。

我告诉她，以后他们怎么做我已经不在乎了，现在来向我道歉已经太晚了。只要一想到蒂姆在那儿遭受的痛苦和折磨我就受不了。首先，他们怎么能强迫蒂姆咽下他极度讨厌的水果呢？是他们把水果塞进蒂姆嘴里的吗？蒂姆还没学会怎么描述发生的事情，也不会用语言表达他的感受。当时他该多么害怕呀！那些人本应该是帮助他，而不是折磨他的。治疗中心不是监狱，蒂姆不是去接受惩罚的。他们有什么权利强迫蒂姆，像对待动物一样对待他？如果他们告诉我的情况就已经令人无法忍受了，他们没有写下来告诉我的究竟会可怕到什么程度？我不断回想着之前蒂姆带着一脸沮丧回家的情形。他们到底对蒂姆做了什么事？我就知道我的直觉一定是对的，我们根本不该去那个治疗中心。我不接受中心主任的任何道歉和解释，也绝不再信任他们。蒂姆绝对不会再去那个可怕的地方了。

那一刻，我似乎又回到了蒂姆被初次诊断为自闭症的那天。我的整个人都被羞愧和悲哀淹没了。我害了自己的孩子。我对发生在蒂姆身上的一切感到非常气愤，却又十分迷茫。那天晚上，孩子们睡着后，我从床上拿起一块垫子靠在墙上，不停地捶啊，捶啊，直到我再也捶不动，瘫倒在地痛哭流涕。我为蒂姆的事感到深深的自责。在知道治疗中心并不适合蒂姆的情况下，我还是每周把他送去那儿。我应该早点看清的，我应该更坚强一些，更努力一些的。我把治疗中心的治疗手段更加专业作为借口，只是为了把蒂姆送走，让自己轻松一下。我早就应该让蒂姆回来，由我亲自照顾他。我不敢看镜子中的自己。我真是恨死自己了。这一次，我发誓今后再也不让蒂姆失望了。

第七章
声　音

我一直在搜寻跟自闭症有关的最新信息，希望能够发现新的突破。电视上有一些脱口秀节目偶尔会提及自闭症的某个案例，例如《多纳休访谈》（*Donahue*），还有《萨丽说》（*Sally Jessy Raphael*）。报刊或者传单上也会有相关的报道。如果你听说某人有治疗自闭症的专业手段，你可以给他们打电话或者写信，他们一般都会回复你。那时候虽然没有网络，信息传递得比较慢，我还是能够得到一些信息。我觉得我们要做的就是努力再努力。

人们口口相传的信息真的是一种很重要的信息来源。我仍然坚持参加自闭症孩子妈妈们的互助会，其中一个很重要的原因就是，那儿的每个人都会分享她们所听到的有关自闭症的任何信息，尤其是治疗方面。1993 年年初，有一个妈妈提到了一种新的治疗手段，叫作声音干预训练。这种手段是比较见效的治疗方法之一，因为它针对的是自闭症患者面临的几大严重困扰之一——声音。

尽管没人知道为什么，但很明显我们的孩子对各种声音高度敏感。蒂姆对声音的敏感反应始于搭扣声和硬币摩擦声，除此之外还有很多其他声音也让他反感。要把这些困扰蒂姆的声音一一辨别出来实在是项大工程。我尝试着帮助蒂姆适应那些困扰他的声音，但收效甚微。我把吸尘器放在地上，鼓励蒂姆把它当作马骑上去。我希望有那么一天，我打开吸尘器的时候，蒂姆不会哭着跑开。家里的搅拌器也被我放到了一边。我哄着蒂姆去按搅拌器的开关，不停地把它打开关闭，希望蒂姆掌握了控制它的方法后能够战胜对它的恐惧。蒂姆发现自己能够关上这个发出可怕声音的东西之后，似乎没那么害怕了，但在我使用吸尘器或搅拌器的时候，他还是老样子，情况没什么改善。

我还曾经把蒂姆放在关闭电源的割草机上，推着他在草地上来回跑。蒂姆很害怕割草机工作时的声音。他很喜欢坐在割草机上让我推着他玩，但一旦割草机的引擎打开，他就会吓得尖叫起来，拼命地跑开。他受不了割草机嗡嗡作响的声音。我不清楚到底是什么让蒂姆情绪不安，所以神经总是绷得紧紧的，在我们出门的时候尤其如此，因为周围的环境对他而言更不可控。我经常把蒂姆带到我们家附近的一个大型购物中心去。我们搭乘自动扶梯上三楼，去玩具店。我们到达第二段自动扶梯顶端时，他向上看了一下，突然尖叫起来，发疯似的直接跑到瓷器柜台。我向上看去，那儿除了一个空调出风口什么都没有。很久之后我才意识到，是空调的声音或者空气从出风口出来的声音刺激了他。

电风扇对我们来说也成了问题，尤其是在布里斯班炎热的盛夏。蒂姆两岁的时候，我们买过一个落地扇。我们一直没有把它打开，蒂姆并没怎么注意到它。当我们把电风扇打开，蒂姆一下子变得歇斯底里。电扇放在他和门之间，他不敢从电扇旁边跑出去，所以他就往回跑，一下子跳到床上，试图穿过纱窗，从窗户跳出去。我不得不向前抓住他的腿把他拖回来。

我尽了自己最大的努力帮助蒂姆。在电扇事件之后，我开始把他带到购物中心，让他坐在一家电器店的门口看橱窗里展示的各种电扇。一开始，蒂姆一到那儿就又是踢打，又是尖叫，我不得不拖住他。事实上，我还没有让他走进去呢。我只打算让他坐在店门外的长椅上。我每周有五天下午带他去店门外坐着，每次我们走近那家店，蒂姆就开始拉住我的胳膊，既紧张又烦躁不安。直到过了好几周，他才终于可以安静地坐在店门口，听我一次又一次地解释电扇不会伤害到他。他渐渐地不再反对去那儿，我开始了下一步计划，把他带到橱窗前让他近距离地观察。这对蒂姆而言有点像是一个游戏，就像我们小时候在海边玩一样。你看到一个大浪打过来就赶紧跑，但跑的时候还会回头看，甚至隐约希望大浪打在自己身上。他快走到橱窗前时，也会赶紧跑开，但不时往回看，脸上还带着笑意，似乎在说：“你抓不到我！”我们在电扇的问题上取得了一些进展，这时夏天也快要结束了。

※

我读的关于自闭症和声音过敏的书越多，就越意识到对病人而言那些声音有多么可怕。有些能够进行清晰表达的成年自闭症患者曾经描述过他们所面对的是什么。有的患者说，雪花飘落的声音对他们而言，就像是砖头从上落下砸碎玻璃屋顶那样震耳欲聋。这让我更想了解，蒂姆还是小婴儿时所感受到的世界究竟是怎样的。那时，一旦蒂姆哭闹着不肯睡觉，我就把他抱着在那所小房子狭窄的走廊里走动。走廊旁就是一台冰箱，那台冰箱很旧了，冰箱的后部是一个风扇电机。我想是不是那个风扇的声音使得蒂姆烦躁不安无法入睡。我当时怎么就没想到这一点，一直抱着蒂姆在那儿走来走去呢？

我还读过关于自闭症的一条信息——妈妈的心跳声会让自闭症患儿感到烦躁。这实在让我太伤心了，我的心脏就是为了蒂姆而跳动的啊，没想到给他带来了伤害。当我读到这一点的时候，忍不住哭了起来。

※

尽管似乎所有的自闭症患者都饱受声音过敏的困扰，但刺激他们的并不是相同的声音。每个人都有自己讨厌的一系列声音。声音干预训练是针对每个患者的特点量身定制的。开始的时候，医生会进行一些测试找到最容易刺激这个患者的声音分贝，再制订方案帮助患者降低对那些特定声音的敏感程度。他们让患者听一段音乐，每天两次。这段音乐中所有可能刺激患者的声音都被去掉了，患者听到的是接近那些声音的音频。这样一来，患者可以慢慢接受去掉的那些声音。

一位名叫迈克尔·麦克唐纳的医生从美国加州来到布里斯班进行这项治疗。整个疗程 10 天，需要花费 1500 澳元。这种治疗是非侵入性的，然而没得到广泛应用，也没有得到医学专家的认可，更没有实质性的数据可以证明这种治疗的效果。这种治疗对有些人有效，对另外一些人却不起作用，也就是说它并不能够保证有效。但我并不介意。我知道，如果能够改善蒂姆对声音的敏感程度，我就能够改变他的人生。我至少应该试一试。

问题在于，1500澳元当时对我们而言简直是天文数字。我那时一贫如洗。我们有时甚至依靠耶稣救世军（Salvation Army）的慈善救济食物过活，身上穿的衣服几乎每一件都来自朋友的捐赠。不时有人给我一些钱，因为他们看我过得实在太艰难了。蒂姆的父亲有钱，但我们基本不可能让他出钱。天气越来越凉，我逐渐意识到我还没给孩子们准备好保暖的冬被。我问他们的父亲是否能够把之前家里用的被子拿过来，他拒绝了。我想让他给孩子们买一些过冬的鞋子，他也拒绝了。如果我想得到他的任何帮助，就必须搬回去跟他住在一起。最后，我不得不咬咬牙，扯出一个笑容，假装说我会考虑搬回温纳姆西的。我觉得这个可以由美国医生治疗的机会实在太难得了，所以还是硬着头皮去找孩子的父亲要钱。不知道是心情不错，还是对蒂姆有些内疚，那天他竟然同意出钱让蒂姆接受治疗。不过，他坚持在治疗期间每天和我们待在一起。

开始诊疗之前，我把两个旧旋钮和一个耳机粘在一个纸盒上，让蒂姆提前在家练习佩戴耳机。蒂姆平时连帽子都不愿意戴，我知道他肯定不愿意戴耳机，但我把这件事变得像游戏一样好玩，让蒂姆觉得很有趣。只要耳机不播放音乐，他就可以一直戴着耳机。蒂姆戴上"假耳机"的时候，我不断地跟他讲：这会让你的耳朵好受一些，你再也不会受到声音的伤害了。

蒂姆相信了我。我从他脸上看到了放心的表情，他似乎相信我可以把那些痛苦带走。我确信他听得懂我说的每个字，我的每个意图和我对他的期待。看到他眼里的信任，我被深深打动了。

※

我有些担心，不知道他们会怎么给蒂姆做测试，因为我不确定蒂姆能否准确回答问题，然而医生安慰我，他们已经做过很多次测试了，不用担心。果然，我拿到测试结果时，发现他们简直就像跟我们生活在一起一样。测试结果上说，刺激蒂姆的音频大多是由冰箱的发动机产生的，这种声音跟金属之间的摩擦有关。这真是太神奇了。他们说，正是这些声音对蒂姆造成了生理上的痛苦。

治疗的过程实在让人难以忍受。一方面是蒂姆的父亲也在场，不断要求我和他一起回去；另一方面，当医生给蒂姆戴上耳机的时候，他就开始尖叫挣扎，我不得不把他紧紧抱住。他坐在我怀里，我用胳膊搂着他。他大声叫喊，扭动着想从我怀里逃走。有时候甚至需要四个人才能把他控制住，不让他把耳机拉下来。我不愿意强迫蒂姆，但有时我确实别无选择。如果我们不坚持让蒂姆听那些声音，他的病情就不会得到改善。

全昆士兰的自闭症患者都来到这儿找专家治疗。看到周围这么多自闭症患者所受的痛苦，我不禁悲从中来。有一天，我坐在治疗中心门口的台阶上，和一个二十一岁的自闭症女患者玩玩具车，她从头到尾一句话也没说。我看到自闭症孩子和成年人猛烈地往地上摔，激烈地反抗治疗。我还看到一个五十岁上下的自闭症女患者，她的两个姐妹分别在两边搀着她的手臂陪她走进来。她耳朵上戴着耳机防止受到声音刺激的伤害，脸上戴着墨镜防止受到光线的伤害，头上还戴着安全帽以防碰撞。这个情景过于悲伤，令人难受。我听到孩子们在关上门的房间里像蒂姆那样大哭大叫，哭声里充满了恐惧和痛苦。我和他们的父母聊天，他们都跟我一样焦虑绝望。

我向那些美国医生了解尽量多的信息，想知道国外关于自闭症治疗的最新进展。那些医生都很和善，十分关心蒂姆，但他们也无法对我做任何保证。这从某个角度说明，他们自己也承认这种治疗并不一定有效。自从蒂姆被诊断出自闭症以后，我就发现世界上到处都有吹嘘能够治好自闭症的人。那些人心里想的只是从病人身上挣钱。他们让病人控制饮食，吃维生素片，还有人推荐用以治疗真菌感染、乳汁感染和肠胃问题的自然疗法。有个德国的医生建议移植羊羔的干细胞来治疗自闭症患儿，一个同样把孩子送到 SEDU 的母亲认为这是治疗她女儿的最佳办法。对我来说，这个办法十分可疑。我曾经拜访过几位自称能够治疗蒂姆的人，很显然他们的话并不可信。他们一般都宣称自己能够治好自闭症，这实在荒唐可笑。他们似乎并不了解这种病的真正情况，也没有科学的数据能够证明他们的方法真正有疗效。他们只是想骗我花大笔钱买他们的药。可是，麦克唐纳医生和他的团队从来没有给我留下过这样的印象。

一旦你在治疗上花了大量的钱，你肯定希望这种治疗奏效，也常常会因为抱了太大的希望而产生不切实际的幻想，以为真的有效果。但对蒂姆而言，这种治疗的效果却是实实在在的，他似乎一夜之间就发生了巨大的改变。有一天，我们在休息室里等待接受治疗，蒂姆的父亲买了一罐可乐打开，蒂姆竟然没有任何反应。这还是他有生以来的第一次。要是在以前，蒂姆早就哭了起来，而现在他完全没有受到影响，就像没有任何事发生一样。

以前我们每次上车，蒂姆都不愿意坐后座，他要坐在副驾，把头藏在仪表盘下面。治疗开始后不久的一天，我发现他安静地坐在自己的座位上看着窗外。他指着窗外说："飞机。"这也是从来没有过的事。

蒂姆治疗时所用的音乐缺少了部分旋律，听起来杂乱无章，十分枯燥，甚至不能称其为乐曲。但这并不重要，疗程结束的时候，这些音乐已经能够对蒂姆起到安抚的作用。蒂姆似乎自出生以来都在忍受着头痛的折磨，直到现在才开始摆脱病痛。这种治疗产生了我从未预想到的连锁反应，包括对蒂姆的平衡感也有了很大的促进。他以前总是无缘无故地摔跤，也不会骑儿童三轮车。治疗结束两周后，蒂姆就学会骑自行车了。

长远看，蒂姆的语言能力也开始发展，他开始愿意和小朋友一起玩耍了。对他而言，一旦解决了声音问题，融入这个世界变得轻松许多，他更容易关注其他事物，更容易对周围环境做出反应，也更清楚地意识到周遭发生的事情。就好像一直戴着眼罩生活，忽然之间，眼罩被取下了，蒂姆第一次真正看到了这个世界。我们为此欢欣不已。

有一次，我们在商店碰到了一个同样把孩子送去 SEDU 的妈妈。蒂姆向她微笑，还说出了她的名字。她惊讶极了，马上就找我要了麦克唐纳医生的电话。我能看到她眼中充满着热切的希望。我真希望所有患了自闭症的孩子都能够像蒂姆那样得到有效的治疗。我有一些朋友花了成千上万去治疗，却没有任何效果。他们为此伤心透顶，这是自然的，我觉得他们伤心并不是因为花了冤枉钱，而是因为没法帮助自己的孩子。对他们而言，知道声音干预疗法只对部分自闭症患者有效，比完全不知道这种治疗方法更让人难过。

※

关于这种疗法的消息很快就传开了。治疗结束后，人们仍然热情高涨。麦克唐纳医生和他的团队打算几个月后再来一次澳大利亚，以满足人们的需求。他们建议蒂姆再做一次为期十天的治疗，从而进一步改善他的病情。这一次蒂姆的父亲很乐意为此出钱，毕竟他已经看到了效果。

第一次治疗和这一次只相隔了七个月，但蒂姆就好像完全变了一个人。他走进治疗中心时没有哭也没有闹，自己在椅子上坐好，戴上耳机。每次进行治疗的那半个小时里，他都很开心地坐着。有一天，我们看到一个从自闭症治疗中心过来的小男孩。他叫詹姆斯，就像蒂姆第一次来那样大喊大叫，挣扎着试图从椅子里逃出来，情绪非常恶劣。看到他的样子，我感到很难过，但我知道现在经历的痛苦是值得的。蒂姆转向他说道："闭嘴，詹姆斯。我还要听呢。"听到蒂姆说出这么完整的句子，我高兴得差点笑出声来。

第八章
学　校

1993 年，也就是蒂姆在 SEDU 上学的第二年，来了一名医生。这名医生后来是世界公认著名的自闭症领域权威专家。他给蒂姆做了一个简单的测试，就宣布蒂姆实际上并不是自闭，而是心理发育迟缓并伴随轻微自闭症特征。他说蒂姆可以学习，如果多跟正常的孩子在一起，他还能够锻炼社会交往技能。

“如果你让他在特护学校上学，他就会逐渐远离正常的学习生活，变成一个残障儿童。”他说。

医生还说，蒂姆可以一直上学上到十八岁，之后就可以去工作了。同时，他仍然认为蒂姆不可能完全独立。我问他为什么自闭症治疗中心的人坚持认为患者要么就是得了自闭症，要么就是没得，没有中间状态。他说那是因为自闭症治疗中心的人认知已经落后了。

如果在几年前，我一定很高兴听到这个消息，因为那时候我正千方百计想摆脱我们的处境。如果那时听到医生这么说的话，我一定会非常感激。但现在，在我们经历了噩梦般的诊断过程后，他的话只会让我更愤怒。他只看着我的孩子玩了五分钟，没有问我任何问题就下了结论，然后一走了之。他这种傲慢的态度实在让人气愤。这个人只不过见了蒂姆一面，他凭什么断言蒂姆的一生？

那天晚上我在日记中写道："我觉得他们完全是在戏弄我。他们把自己想说的说完就走，完全不管别人的感受。不管你怎么问，结果都一样。他们不提供任何实质性的帮助或者告诉我到哪儿寻求帮助。我已经受够了这样的诊断。他们伤透了我的心。"

我现在已经非常了解自闭症了。我清楚地知道蒂姆有自闭症，但对我而言这个根本不是问题。我并不关心自闭症这种病，我关心的是如何帮助蒂姆，想要的是治疗的方法、方案。大同小异的诊断对我没有任何帮助。我们去看的每一个医生都被称为专家，但他们似乎都没办法给蒂姆的生活带来任何改变。

我感觉有些医生还有 SEDU 的老师都认为我不现实，觉得我对他们还有蒂姆的期望太高，但是我并不这么认为。那些医生也许都是自闭症领域的专家，但我才是蒂姆的专家。我知道蒂姆可以过正常人的生活，没人能够动摇我的信心。

※

蒂姆不断打破人们对自闭症儿童的断言。一般来说，自闭症儿童无法建立社会联系，每个人都跟我说蒂姆是不会对其他人产生兴趣的。当然，大多数情况下是这样。有一次，我把他带到澳洲汉堡王去过生日，他一进到店里就离其他孩子远远的。如果想去游乐角玩，他会等到其他孩子都坐到桌子前吃饭时再去。而当其他孩子也到游乐角玩时，他就远远逃开。他可以一直坐在桌旁吹生日蜡烛，然后又突然消失不见。但是，蒂姆却在 SEDU 里交了一个朋友，一个名叫玛丽安的戴着眼镜的小女孩。他们两人在一起快乐地玩耍，手牵着手一起走，看上去十分可爱。这难道不是打破了自闭症儿童无法建立社会联系的规则吗？看到他们俩在一起玩的时候，我无比兴奋。

随着 SEDU 的训练不断开展，我发现蒂姆的变化越来越惊人。有一天，他回到家里，衣服上沾满了绿色的颜料。他似乎完全没有注意到这些污渍，我终于不用马上把衣服洗干净来安抚他的情绪了。要是在一年以前，他一定会因为衣服上的污渍而大哭大闹的。现在我终于可以让他穿着沾有污渍的衣服，等他睡觉时再把衣服换下来清洗。在学校时，他可以听从老师的指令，玩涂色游戏。当然，他还是有些害怕红色。还有一天，他告诉我烟花的声音让他的耳朵很疼。这是他第一次跟我说清楚，到底是什么让他不舒服。

我努力地收集着蒂姆的每一个好消息和每一次进步，可是这个进程实在太缓慢了。尽管我十分希望蒂姆能够像正常人一样生活，SEDU 和自闭症治疗中心始终告诉我，蒂姆仍然不能独立生活，需要特殊的照顾。一般人都认为接下来的一年里蒂姆应该去读残障儿童就读的学前班，SEDU 的老师也给出了类似的建议。蒂姆在与人交流方面仍然存在问题，他不能独立活动，并且很容易闹情绪，无法适应大多数环境。蒂姆无法进行智力水平测试，因为他的语言能力还不够。但 SEDU 的老师认为他必须继续接受特殊教育，因为常规的学校教育超出了他的接受能力。我对他们的观点不以为然。我不担心蒂姆在常规学校里学不到知识，我在乎的是普通学校可以让蒂姆认识真实的社会。我不愿意蒂姆被限制在残障儿童的小圈子里。在我看来，在普通学校学习是蒂姆学会融入社会的最好时机。在那种环境下，蒂姆的周围是各种各样的孩子，这样他才能逐渐找到适合自己的位置，而不是被限制在社会边缘。

当时有人认为，如果把自闭症儿童放在正常儿童的周围，他的自闭症就能够被治愈，但我知道这是不现实的。蒂姆一直和萨姆还有我一起生活，我和萨姆都是正常的，然而迄今为止，与我们一起生活并没有解决蒂姆的所有问题。我当然希望自闭症可以那么容易就治愈。现在，我为之奋斗的正是机会和包容。

1993年年中，我开始寻找可以接收蒂姆的学前班或者幼儿园，哪怕是让他试读一段时间也行，然而我得到的只是拒绝的道歉和一扇扇关闭的门。我已经做好长期奋斗的准备并把搜索范围扩大到全市，但仍然找不到愿意接收蒂姆的学校。在此期间，我去了一些特护学校。那些学校本身还不错，硬件设施很好，那儿的孩子也很开心，可我就是不想把蒂姆送去那些学校。如果我送蒂姆去那些特护学校上学，会让我觉得自己剥夺了他成为正常人的机会。我不明白为什么要把蒂姆跟我和萨姆区别对待。我们一起去购物中心，一起去看电影，去游泳，去超市，跟普通人一样。为什么在上学这件事上要区别对待呢？去特护学校上学就相当于剥夺了我们的一切希望。

经过几周的努力，我终于看到了一丝曙光——在离SEDU五分钟车程的索尔兰德有一家私立幼儿园愿意接收蒂姆。这家幼儿园的负责人是一位精力充沛的女士，名叫佩妮。她很乐意接收蒂姆，前提是我得负责请一个人专门照顾他。我无法承担这个费用，于是在各类社区支援中心寻找志愿者，但没人愿意。我跟学校说我可以自己照顾蒂姆，但校方要求必须是跟蒂姆没有任何关系的人来照顾他。

我只得继续寻找。在诺亚方舟玩具图书馆（Noah's Ark Toy Library），我认识了一位名叫莉碧的女士。那是一家专门为有特殊需求的孩子开设的玩具图书馆，自从在 SEDU 听说了这个图书馆后，我就经常去那儿借书。那儿的工作人员都非常热心，也很关心蒂姆，尤其是莉碧。每次看到他们我都很开心。莉碧对我特别亲切，经常给我提供很好的建议。当她听说我面临的困难时，她建议我去找联合教会（Uniting Church）寻求帮助。她听人说，那儿的儿童中心正在开展一个项目，帮助有特殊需求的儿童。莉碧的建议果然没错，我在那找到了可以在幼儿园照顾蒂姆的人，一位名叫黛碧·约翰逊的女士，她正是我所需要的人，甚至比我预期的更好。

蒂姆在幼儿园的第一天过得很糟糕，因为其他孩子马上就发现蒂姆跟他们不一样，但这些孩子太小了，还不明白其中的原因。他们对蒂姆并不友好，不过幸好有黛碧帮忙。当我把蒂姆送到幼儿园时，黛碧就已经在那儿等着蒂姆了，我走后就由黛碧照顾他。我看到黛碧的第一眼就对她产生了信任，她是我见过的最温柔、周到、乐观、热心的那种人。她很快就明白了蒂姆融入班级的重要性，所以始终把蒂姆当作正常的孩子对待。她和蒂姆在一起时一点儿也不觉得尴尬，也从不评价蒂姆的言行。她把蒂姆的需求放在首位，希望他能和幼儿园其他孩子一样，拥有平等的机会。我觉得黛碧能做到这些是因为她本身就是这种性格，她是一个睿智而富有激情的人。她从不放弃任何一线希望。如果最终实在无法做到某事，她会坦然一笑，将其视为自己人生的宝贵经验。

后来，黛碧和她丈夫大卫成为我们终生的挚友。在那段孤独无助的日子里，我很难相信别人，而他们的出现让我有了意想不到的欣喜。大卫让孩子们看到了一个真正的好男人是什么样的，而黛碧则与我们分享所有的欢乐与泪水。我从未想过，仅仅只是寻求志愿者帮助这样一个小小的举动，会给我带来如此珍贵的友谊。

在黛碧的照顾下，蒂姆在幼儿园学到了很多。1993 年年底，蒂姆的试读期结束，他被正式接纳为幼儿园的学生，在接下来的一年中，每周去上三天学。萨姆也在 1994 年开始上幼儿园了，这意味着我得独自在家度过漫长的白天，但我仍然非常高兴。孩子们很适应幼儿园的生活。内向的小萨姆在幼儿园交到了新朋友，蒂姆的语言能力也得到了发展。一天，他回家告诉我，警察到他们幼儿园来讲话了。还有一天，他跟我讲他们的宠物动物园，那里有小鸡、小兔子，还有一只很小的羊羔。三月的时候，蒂姆第一次在家写出了自己的名字，我惊喜交加。我觉得这是我人生中最幸福的日子了。

※

我们搬到克利夫兰后不久，蒂姆刚刚过完他的四岁生日。

那段日子糟透了。有一天，我实在受不了这样无望地跟蒂姆进行交流，就自己坐下来在纸上画来画去。我画了一个火车草图，让我惊讶的是，蒂姆竟然跑过来站在我身边，对我做的事非常感兴趣。要知道，平时他可不会这样，他总是自己一个人开心地玩积木或者托马斯火车。一旦我想跟他一起玩，他就会站起来走开，不愿意跟我交流或者分享。而这次我没有任何艺术水准的乱画，他却紧紧盯着我看。能够吸引他的注意，我感到非常吃惊，于是我接着在纸上画小人，边画边说出这些部位的名字：胳膊、腿、眼睛、耳朵、鼻子，大大的笑容。蒂姆跟着我念出这些名称。我欣喜若狂：为什么我之前没有想到这个呢？

画完之后，我把铅笔放下。蒂姆却抓住我的手，推向铅笔，他想要我把笔拿起来接着画。这个行为本身就是一个巨大的突破。蒂姆终于可以通过抓住我的手这样明确的表达方式告诉我他的需求了。我很乐意地照做了。蒂姆坐在我旁边，完全被我毫无技巧的画吸引了。我为他继续画着各种各样我所能想到的东西，包括动物、电视上的角色、花朵、鸟，等等。我画了几个小时，一边画一边噙着眼泪。然而，当我把笔递给他时，他却变得不高兴跑开了。

画画成了我们日常生活的一部分，我很后悔没有早点试试这个。不过，我本来就不擅长画画。找不到新东西画的时候，我就画同样的东西，例如树、猫还有花朵。蒂姆特别喜欢火车，尤其是带有托马斯卡通头像的火车。当我了解到蒂姆对画画十分感兴趣后，我决定通过画画交流，向蒂姆解释一些语言无法表达的东西。我觉得如果蒂姆能够了解我们要做些什么，也许就不会那么害怕了。

“今天，”我开始在纸上画一个小人，“我们要去一个派对。我们送礼物给一个男孩。等到吹灭蜡烛后，接下来就唱生日快乐歌，然后我们就回家。”我画了一个礼物，一个插满蜡烛的蛋糕，一些孩子，还有蒂姆、萨姆和我坐在车里。这是我第一次尝试用图画跟蒂姆交流，接下来的外出也是我们最轻松的一次。蒂姆没有任何抱怨或不开心，也没有哭闹。我们一唱完生日快乐歌，蒂姆就坚持要回家，于是我们就回了家。我对这次外出非常满意，因此也乐于满足蒂姆的要求。

我开始使用图画解释一天中我们要做的事，我们要去的地方，他要做的事以及他该怎么做。我还用图画给蒂姆解释情绪，给他看各种表情，并把这些表情跟事件联系起来。当然，我们有时也会随便画着玩。蒂姆站在我身边，认真地盯着我画，不时说出一些单词告诉我他想要我画什么，例如“猫”“狗”“火车”。他平时很少说话，能听到他说话真让我感动。

我花了几乎一年的时间才说服蒂姆自己拿起铅笔画画。他画的第一幅画非常可爱。当然，蒂姆并不是毕加索或者达·芬奇那样的艺术天才，但他的画有自己的特点，我觉得他画得很不错。他画的第一幅画是一头大象。

从那以后，绘画成为我们家的日常活动。我从不把铅笔和纸收起来，而是把它们放在桌子上，或者蒂姆方便拿的地方。这也让蒂姆很开心。蒂姆去幼儿园的时候，他会画一些托马斯火车或者《变形金刚》里面的卡通人物。他不给这些画涂色，因为他不喜欢手上沾到颜料，但他用铅笔画出了很棒的轮廓。这是为数不多的他可以在学校和同学们一起参加的活动。每次他把自己在学校画的画带回家，我都会骄傲得欣喜若狂。我把蒂姆所有的画都保留着。我并不认为我的孩子是一个艺术天才，我只是很高兴他能够通过这种方式表达自我。对其他的五岁孩子而言，这只是件小事，对小蒂姆却具有非常重要的意义。

※

蒂姆在这所幼儿园读了将近一年时间，我又开始寻找可以接收他的小学。在这一时期，也就是 1994 年年中，蒂姆仍然在 SEDU 接受训练，他在幼儿园的表现也很好。尽管让他接着上小学有些勉强，但我不想再往后拖。我不愿蒂姆落后于同龄的孩子。目前的问题是，到哪儿找一所愿意接纳蒂姆的小学呢？

我再一次拿起电话，不断地询问，不断地被拒绝。我们没钱去上那些私立学校，公立学校的普通班级又不能给自闭症儿童提供特别的照顾。打电话时，对方总是问我为什么不送他去特护学校。我只能硬着头皮继续碰壁。“不，谢谢您的建议，”我说，“我希望能够给孩子更好的发展空间。”

我给各种各样的政府机构打电话寻求帮助，不止一次带蒂姆参加教育部工作人员安排的能力测评，然而这些人似乎根本不认为蒂姆能够通过。蒂姆的特护需求级别被评为6级，这是需要特殊护理的最高级别。每个部门的人都告诉我，公立的教育系统无法提供这样的特殊护理，除非是特护学校。这些工作人员显然比我专业，他们对测评结果非常肯定。一次又一次的测评都是同样结果，这让我伤心欲绝。他们很坦诚地告诉我，目前的教育体系的确存在着缺陷，不幸的是，蒂姆的问题恰恰就位于这种缺陷之中。然而他们的坦诚并不能改变什么。

就在我觉得自己快要走到穷途末路的时候，一个特殊教育机构的办公人员给了我一个非常实用的建议。她说：“我刚好知道一个适合你们的学校！”

她说的是一个教会学校。我们并不是天主教徒，我天真地以为天主教学校只接受信天主教的学生，所以并没有往这个方面去搜索学校。但这个好心的办公人员说，教会学校同样接受其他信仰的学生，他们非常乐意为人们提供帮助。

第一次去圣布兰登小学，我就感到它很特别，但说不清为什么。从走进学校的那一刻，我就觉得我们来对了。甚至在我见到学校工作人员和学生之前，我就感受到这所学校的每一个小角落都很美。并不是说这所学校外观很漂亮，实际上这所学校的外观相当陈旧，看起来像是三十年前装修过的。我感受到的美来自它的氛围。它的墙上写着校训：“我们在信仰和爱中生活。”

圣布兰登小学是一所规模很小的学校，只有 120 名学生，其中有一个特护班。特护班有 10 个孩子，配备了一名特护专业的教师和一名全日制护工。特护班的孩子也会参与他们能力所及的普通班级的授课，例如宗教、绘画、体育、音乐等课程，每周十五学时，接受一对一的辅导。通常情况下，他们和普通班级的孩子一起参与课堂活动。但在进行阅读、写作和算术练习时，特护班的孩子会在主教学楼的大教室单独进行。这正是我想为蒂姆找的学校！两全其美的学校：既有为特殊需求的儿童提供的特别护理，也有融入正常学校生活的机会。

这么多年来，圣布兰登小学是教会学校中第一所也是唯一一所提供特护教育的小学。他们有二十多年的经验，非常了解怎样有效地将普通教育与特护教育结合起来。这所学校的校长是一位上了年纪的先生，他话不多但非常和蔼，并且非常热爱自己的学校。他不懂别的学校怎么会将蒂姆拒之门外。他自己是绝对不会做出这样的事的。经过简单的会面，圣布兰登小学接受了蒂姆进行为期六个月的试读，之后学校和教会教育部门会对蒂姆进行再次评估，并延长试读期。试读期每次延长六个月，直到满三年。虽然只是试读，但这比我想象的情况要好得多。如果蒂姆能够在圣布兰登小学就读，那就意味着他们两兄弟可以上同一所小学，这实在是棒极了。我非常希望这两兄弟保持紧密的关系，他们在一起学习生活的时间越久越好。

※

1995 年，上学的第一天我们就遭遇了交通拥堵，结果稍微晚到了一些。其他孩子已经都去祈祷室做祷告了，我们三个人立刻往那儿赶。穿着校服的蒂姆显得非常机敏，他一路带着我们往祈祷室走。我们平日里并不去教堂做祷告，当我看到蒂姆很快就挤进人群，和其他孩子一样坐下紧握双手进行祷告时，我非常意外。这一幕在我的脑海中久久挥散不去。蒂姆的举动证明了我的坚持是正确的。他能够理解周围的世界，也愿意融入其中。他在幼儿园学习了三年的手指画、儿歌，还有沙坑游戏，我想他已经准备好下一个阶段的学习了。他已经明确地宣称不希望自己被叫作小蒂米了。每次我叫他小蒂米的时候，他都会更正说他的名字是蒂姆。他确实在快速成长着。

蒂姆在圣布兰登小学的学习是从二年级开始的，为了给他找到一个合适的学校我让他在索尔兰德的幼儿园多待了一年。

同时，他长得也比同龄的七岁孩子高大许多，如果跟一年级的孩子待在一起，肯定会显得格格不入。学校的老师认为以蒂姆的年龄读二年级很合适。我很高兴他们这样做，因为蒂姆在二年级遇到一位非常棒的老师，她的名字叫妮可·沃尔斯。

第一天放学的时候，我来到学校接蒂姆回家，妮可就站在学校门口等我。她很年轻，浑身散发着自信的光彩。有些人天生就适合做老师，妮可就是这样一种人。她很遗憾地告诉我，今天蒂姆的情况并不好。我一离开，他就大叫大嚷，还制造出各种噪音。听到这些，我感到非常沮丧。然而妮可并没有就此责怪蒂姆，她问我该怎么做才能让蒂姆停下来。我没办法告诉她，因为我自己都不知道该怎么做。我还在为理解蒂姆的异常举动而艰难地努力着。我知道蒂姆的大吵大闹有多令人讨厌，所以我不知道妮可会对此容忍多久，尤其是她还得给另外的二十几个孩子上课。

妮可每天都在校门口跟我会面，告诉我蒂姆的最新表现，然而他在课堂上的行为似乎没有任何改善。但妮可从不抱怨，也不责怪谁。突然有一天，也就是蒂姆上学的第三周，她从教学楼向我走来时，脸上带着笑意，似乎很自豪。

“我让他停下来了，”她说道，“我朝他吼了一声。”妮可看上去对此非常满意，我有一些诧异。“我走到他跟前，然后吼了他一声——我有时会很凶的——他就停下来了，然后再也不弄出很大的声响了。接着他又弄出些轻微的声响，我就朝他吼道‘不行’，他就彻底停止了。接下来一整天他都表现得很好。”妮可跟我解释道，“我并不想这样做，但是没有其他办法。蒂姆闹起来简直要把我逼疯了！”我真想说，这才多久啊，我都忍受了七年了。

看到妮可找到了对付蒂姆的办法，我松了一口气，尽管这个办法有些极端。然而妮可的诚实让我放下了戒心，我当即就感到我可以相信她。所以最终，我还是为她能够控制蒂姆感到高兴，这样一来她就能够好好地给蒂姆上课了。很显然，蒂姆并不害怕妮可，也不因为妮可吼他就不高兴，因为我看到蒂姆很开心地牵着妮可的手，靠在她的身上。我们离开时，他还给了妮可一个大大的拥抱，这可是从来没有过的事。

一天下午，妮可兴奋地跑出来说我是对的。她也觉得蒂姆很聪明。“他能够写字，”妮可对我说，并把蒂姆的作业给我看，“你应该知道，我觉得他会读很多东西，他的理解能力比你想象的更强。”

按照正常情况，蒂姆应该大多数时间待在特护班级里，但是妮可尽她所能让蒂姆更多地待在她的普通班级里。她把蒂姆的座位安排在讲桌附近，还到家辅导蒂姆，帮助蒂姆按照自己的节奏学习。她仍然每天放学后在校门口等我，开心地跟我分享蒂姆在学校的一切——蒂姆做了什么，她是如何让蒂姆做到的。妮可简直就是我梦想中的老师。妮可给了蒂姆所能拥有的最好的启蒙教育。她竭尽所能保护着蒂姆，就像母鸡护着小鸡一样，并且不放过任何一个让蒂姆融入学校生活和学习的机会。蒂姆成了妮可的小跟班，妮可也成了我们最要好的朋友之一。

※

我们的生活在各个方面都得到了改善，但仍有一些不尽如人意的地方。圣布兰登小学的一些费用我无法承担，尤其是在还要付房租的情况下。从这两年的情况看，克利夫兰并不是个适合居住的地方，我带着孩子住在这里常常感到不安全。他们的父亲常常过来，所以我问了他几次我们能否住到温纳姆西的房子里去。而他总是说，只要我愿意跟他住在一起就可以搬回那所房子。对我而言，这根本不可能。我问他能不能把那所房子卖掉，这样我就能给孩子们和我自己添置一些东西。这个建议把他气得脸色铁青。

1995 年 1 月，蒂姆的父亲在我和孩子租住的房子里亲身经历了一件事，这才改变了看法。我们房子两边住的邻居都很不好相处。一边家里有个孩子经常欺负萨姆，另一边住着一个爱发酒疯的酒鬼。有一天，我们一家四口在游泳馆消磨了一天回到家的时候，正好撞上这样一幕。那个老酒鬼对着我们房子旁边的树骂骂咧咧，而那个爱欺负人的孩子则正在大骂萨姆。接着那个老酒鬼又把草坪上的水管对着我的孩子们喷起来，然后将手里的酒瓶砸向蒂姆。这一切简直就像一场噩梦。蒂姆的父亲直接掉头就走，我生气极了。“看到我们住在这种像地狱一样的地方，你满意了吧！”我朝他吼道，“这就是你的孩子们天天接触到的人，因为你不让他们住在自己真正的家里。”

如果不是因为对孩子们的遭遇太生气，我绝对没有勇气这样跟我的前夫说话。当时，我脑子里面想到什么就说什么，顾不上担心他会怎么对我。我不怕他。我不知道当时他想了些什么，又是怎样的感受，但几周之后，他打电话告诉我，他已经搬出那栋房子了。我们可以搬回温纳姆西了，并且不用跟他一起生活。我们在外面租房子住了整整三年。

※

搬离克利夫兰跟我们当年逃离温纳姆西完全不一样了。我有几周的时间来收拾东西，好好地进行打包，也有充分的时间帮助蒂姆做好准备。他唯一担心的是他父亲会在那儿。我安慰他说，仍然只有我们三个人一起生活。我想蒂姆已经喜欢上了我们母子三人在克利夫兰的平静生活，他也能够察觉到我的情绪变化。他知道父亲不在的时候，家里的气氛要欢乐得多。我觉得蒂姆不想回到那个充满愤怒和恐惧的房子里生活。

当我们来到温纳姆西的家门前，我终于松了一口气。我们又回到了熟悉的街区，回到了自己的家，回到了自己的街道。我们的老邻居阿丽森在我们的房子周围挂上了气球和彩带，还在门口拉了一个横幅：“欢迎回家，朱迪、蒂姆和萨姆！”我感到兴奋极了。我们现在不用付房租了，可以把钱用在其他地方。回到了都是熟人的街区，我们的生活也会安宁许多。我们的狗雷泽尔,正在等着我们。我们离开的那几年,我非常想念它。

孩子们也很高兴回家。蒂姆直接冲到了后院，那儿有他熟悉的沙坑和秋千。萨姆也紧随其后。但我是慢慢走进去的，因为这里不仅有美好的回忆，也有许多令人难堪的往事。是时候重新开始了。

我不能阻止他们的父亲每个周末过来，但我尽量把这里布置成我们自己的地方——我、蒂姆和萨姆的。我买回来涂料，把每个房间都重新刷了一遍，全部换了颜色。我重新摆放了家具。我尽了自己最大的努力忘掉以前发生的一切，集中精力重新开始生活。

第九章

积极育儿

尽管蒂姆在学校的第一年过得不错，但是从学业上看，他仍旧落后于其他孩子，并且还有很多他做不到的事。他的语言能力越来越强了，其他方面也在进步着，尤其是我们可以一家三口一起外出。然而我们在家里的生活仍然充满困难。蒂姆还是一天到晚哭，排斥我，经常闹情绪，甚至有时候大发脾气。有时，他会用身体攻击别人。他尤其不喜欢我打电话或者跟屋外的人说话。有一两次，他试图通过打我让我停下来。我们可以出门，但以前我担心的是蒂姆的情绪，现在我担心的是一旦出门会发生什么事。蒂姆对时间的要求非常严格，什么事做多久，他都一清二楚。如果我们遇到其他人聊了会儿，他就会把我推向门口，然后不停地说："回家，回家，回家，回家。"如果我们没有立即回家，那接下来就有我好看了。

蒂姆七岁了，他还不能完全正常地自己上厕所。这让我非常担心。我怕他在学校尿裤子，从而被其他孩子取笑。然而我们面对的最大麻烦还是自闭症，这是最让我沮丧和疲惫的问题。我希望蒂姆的病情能够日渐好转，但我无法肯定。蒂姆依然在饮食、睡眠以及接触皮肤的衣物鞋袜穿着等方面存在着问题。他常常会没有任何原因地大哭大闹。我相信看到蒂姆哭闹的人会认为那仅仅是因为蒂姆有些淘气，或者在发脾气——确实有许多人这样跟我说。但只要你仔细观察，你就会发现蒂姆的行为比发脾气要复杂得多。这不仅仅是意志的较量，他并不是在反对我，不想做我让他做的事。更多情况下是不安全的感觉导致了他的哭闹，例如语言、不确定性、缺乏理解、对未知事物的恐惧、害怕未知事物会彻底打乱他的生活等等。有时是因为他不理解时间，或者他认为某些完全无害的东西，例如剃须膏，会伤害到他。生活或者环境的任何变化都会刺激到蒂姆。假如他不知道接下来我会带他去哪儿，或者眼前这件事会持续多久，他就会哭闹不止。

我的生活就像站在流沙之中拼命往上挣扎。蒂姆的每一点进步背后都是一段充满了尖叫和踢打的日子，更不用说在外丢脸，在学校惹人厌烦或者令人可怜。蒂姆的进步似乎是螺旋式上升的，有时变好，有时又会后退。我努力地让自己继续坚持下去，但我实在太累了。孩子们就是我的整个世界，除此之外，我对任何事物都没有兴趣。我没有爱好或者能够放松自己的活动，似乎我们的整个生活都被自闭症占据了。我常常感到自己是在为了孩子而抗争，向整个社会体系抗争，向他人的偏见抗争。更严重的是，我的前夫，孩子们的父亲仍旧影响着我们的生活。他让我感到既害怕又郁闷。

我仍旧坚持着，因为我别无选择，我的孩子们需要我，尤其是脆弱的蒂姆。我从不幻想我们的生活能像童话那样奇迹般地好起来，所以我努力做着自己力所能及的一切事情。我不能让自己的孩子被送到精神病院去。我并不是在寻找解决方法，而只是尝试着避免最坏的情况发生。能够避免最坏的结果就是最好的结果，这是我当时最大的愿望。

※

蒂姆已经长胖了很多，但他的肠胃还是有问题。他对食物的敏感意味着他的饮食无法营养均衡。我尝试了一切办法还是徒劳无果。每次听到人们谈论他的个头，我都会觉得受到了伤害。按年龄看，蒂姆确实又高又壮，但他还是很漂亮的。我们仍然寻求专家解决他的饮食问题，因为我希望蒂姆的身体健健康康的。

蒂姆上学的第一年，我们找了一位营养学家为蒂姆看病。

但那位专家非常挑剔，并且坚持认为我得强迫蒂姆吃健康的食物，这让我很为难。我确实试过，我真的不是一个偷懒的妈妈。她还告诉我，我必须让蒂姆每天做运动，而这一点简直是不现实的。我根本没办法让蒂姆做运动，就像我根本不可能让蒂姆算算术或者写诗一样。我试着跟那位专家解释蒂姆有自闭症，但她根本不感兴趣。她觉得自闭症只是我不想好好照顾孩子的借口。她对我有很大的偏见，于是我只得起身离开。我已经受够了人们的这种想法了。

※

我也仍然在寻找改善蒂姆行为举止的办法，他现在变得越来越具有攻击性了。他现在还小，只有七岁，但我很担心如果现在不采取措施，将来情况会逐步恶化。我害怕将来我们不得不考虑给蒂姆服用抗抑郁的药物，因为到时候蒂姆的行为会更加糟糕。有一天，我在报纸上偶尔读到一则有关积极育儿项目的报道。这个项目是由昆士兰大学心理学专业的大四学生操作的。各种相关报道都认为这个项目不仅费用经济，而且可以有效地帮助有严重行为问题的孩子。一直以来，我都坚持寻找各种新的办法来改善生活，这也是为蒂姆寻找新的机会。所以这次我也同样立即就拨通了报纸上提供的电话。

我给昆士兰大学的项目组打电话的时候，没有提及蒂姆的自闭症。我并不是有意隐瞒，也没有这个必要。我需要的仅仅是针对蒂姆行为的帮助。在测评后的讨论中，项目组的人告诉我，鉴于蒂姆的已有症状，他不适合参与这个项目。这个项目是针对患有注意缺陷多动障碍或者常规行为问题的儿童的。他们说，一定有更适合蒂姆的地方。我默默地说道：没有，真的没有，我已经到处都找遍了。

我恳求他们帮助我。我几乎从未如此低声下气地求过人，且心中充满了紧张和害怕。接待我的那个学生非常有同情心，她最终还是作出了让步。她说如果她的导师同意了，他们就接受我们进入这个项目。我走回休息室等消息。在大厅里，我遇到了那个学生的导师。因为报纸上刊登了他的照片，所以我一眼就认出了他。我鼓起勇气试着跟他说明我们的情况，恳求他接受我们参与这个项目。这是我做过的最难的事情之一。我们在很多公立治疗机构进行过登记，但那些机构都需要排队等待好几年。我没有钱，单身带着孩子，只剩下最后一线希望。我真的很需要这次机会，求求你了。

当他们打来电话通知蒂姆和我可以参与这个项目时，我心里的石头才终于落了地。能否参与这个项目对我而言意义重大。虽然我并不清楚在项目中我们要做什么，或者需要付出怎样的努力，但我知道我必须得做些什么来制止蒂姆的暴力行为。尤其是如果还想让他继续待在学校学习，我必须得这么做。

在测评中，项目组的人问我，我想要达到什么样的目标，我已经尝试过哪些方法，结果怎样，我用过哪种鼓励的手段，哪些有效哪些无效。在项目开展的六个月中，这些昆士兰大学的学生会为蒂姆量身定制一套纠正行为的方案。

很快我就知道了积极育儿的项目不仅训练蒂姆，也训练我，让我学会如何改变蒂姆的行为。我跟项目组的人说了蒂姆不听话的时候会哭泣、尖叫、哀号以及做出一些“捣蛋”的事。负责我们的项目组专家，一位名叫珍妮弗的女士说，这样的行为被称为“不服从行为”（non-compliance）。在看过蒂姆玩耍、观察过蒂姆和我的交流方式之后，珍妮弗告诉我，蒂姆的异常行为来自交流障碍和焦虑，因为他没办法用语言告诉我他的感受。她向我解释道，这是一种习得行为（learned behavior）。在训练的过程中，我始终陪在蒂姆身边，帮助他，指导他。他已经越来越大了，承担的期望也更大，而他自己并不知道该怎样去做。他需要我，甚至比以前更需要我。他不知道如何与他人交流，也不知道怎么独自去适应环境。蒂姆表现出不良行为是因为他试图把生活拉回他所希望的样子：安全，舒适。这是他想要我关注他并且帮助他的一种方式。他以前就常常用这种方式，这也是他的需求。

这个时候，我开始有了一些朋友，我们的生活范围也逐渐扩大了，不再只是蒂姆、萨姆和我三个人，所以蒂姆就通过更强烈的异常行为吸引我的注意。同时，他不知道怎么通过交流表达自己的需求，也不理解周围发生的事，这些进一步加剧了他的不良情绪。珍妮弗说，蒂姆把我看作他自己的延伸，但我们必须划分出清晰的界限。是时候让蒂姆知道他无法控制我的每个举动了。我们的生活进入了另一个阶段，而蒂姆还没有为此做好准备。

珍妮弗是一位非常可爱的女士，所以我也很愿意接受她的意见。她还向我保证我们的训练最终会对蒂姆有所帮助，会让他的心情更平和，更快乐。这个目标对我而言很不错，尽管蒂姆在短期内要吃点苦头了。

在治疗的初期，我被要求记录蒂姆的行为。这份记录意外地让我看到了希望。之前没有对蒂姆的行为进行记录的时候，我总觉得蒂姆一天到晚都在大吵大闹。但当我仔细看一下记录本，就会发现：蒂姆每天吵闹五次，每次持续半个小时。这一发现让我重新燃起了希望。这些记录让我了解了蒂姆的行为模式，我之前从未注意到这个。这也让我搞清楚了，蒂姆的一些异常行为虽然让人烦恼，但并不是严重的问题。我之前认为蒂姆的极端行为很严重，而实际上那并没什么大不了的，这真让我松了一口气。

在珍妮弗的帮助下，我们定下了行为规则，设计了奖励表，并预设了对各种行为的处理措施。她教给我的最重要的事情之一就是怎样发出清晰确切的指令，这正是我之前所忽视的。以前，我给蒂姆下指令的时候会说："去把那个捡起来。"我并没有先让他注意到我，确保他在听我说话，也没有叫他的名字。他怎么知道去捡什么东西呢？随着项目的推进，我对蒂姆作出的指令越来越清晰、坚决和一致。需要下指令的时候，我会站起来走到蒂姆旁边，清楚地叫他的名字，然后用简洁明了的话告诉他，我想要他做什么。这种下指令的方式真的成功了。我简直不敢相信。

当蒂姆做出了好的行为，我就必须表扬他，并且这种表扬要很具体。"蒂姆，你把玩具捡起来这件事做得非常棒。我很高兴你能够听我的话，并且按我说的去做。"当蒂姆做出了不好的行为，我必须坚持我的原则，坚决反对，并且确保自己能坚持到底。珍妮弗还教了我在其他办法都不起作用的情况下，对蒂姆使用"计时隔离"，也就是让他坐在椅子上不准动。仅仅学习这些就花了好几次课程的时间，因为我们必须把这些措施确定下来，避免将来实施不当。其中，"计时隔离"策略是最高级别的处理措施。让一个不愿意坐在椅子上的人待在椅子上哪怕一分钟，都像是绑着双脚跑马拉松，更不用谈五分钟了。我第一次让蒂姆坐在椅子上的时候，蒂姆哭了一个半小时。当他可以离开椅子的时候，他就尖叫起来。这项任务实在让人心力交瘁。

我们必须纠正长期以来的行为模式，我得学会在蒂姆故意哭闹的时候不理他，不做出任何反应，甚至连看也不看他一眼。“关注分为正面关注和负面关注，”珍妮弗跟我说，“我希望你能做出正面关注。”我和蒂姆之间的战争往往会持续一整天，甚至会升级到以前从未有过的严重程度。珍妮弗曾经提醒过我这种情况。这种情况下，蒂姆的情绪也会激化到以前从未出现过的激烈程度。但不管怎么样，我绝不会放弃。

这个项目实际上是在教会我全新的技能。我们每天都筋疲力尽，但每天我都在尽力纠正蒂姆的行为。我告诉他，他不能在公共场合哭闹——在家里是可以的。但是我们制定的规则是不能在房子之外的地方不停地哭闹。我觉得对蒂姆而言，被社会所接纳的关键是他必须学会在他人面前表现良好。有时，我们只在某个地方待上十分钟，蒂姆就开始哭闹，于是我们不得不再次回家。可我并没有停止带蒂姆出门，我坚信这一切都会慢慢好起来的。但有时，我真的快撑不住了，这无疑是我做过的最困难的事。我被蒂姆的哭闹折腾得精疲力竭，心灰意冷，但我知道，如果不能让蒂姆学会良好的行为，我们最终会被社会抛弃。我们将永远不能去任何地方，或者邀请别人来家里了。我不希望这种事情发生。我希望全世界都看到蒂姆是一个漂亮、温柔、有趣的人。我希望蒂姆能够有机会享受跟其他人一样的生活，能够交朋友，能够去想去的任何地方。我决心好好利用这个项目来帮助我们。我有这个信心，也一定能够坚持下去。

每到夜晚，我常常一头倒在床上。使我精疲力竭的不是蒂姆的行为，而是那些严格的规则也约束了我。我必须严格按照项目组的要求来执行这些规则，从而确保它们真正地实施。有时，我真的觉得自己的神经都快绷断了。

一天早晨，我实在受够了蒂姆的哭闹和无理的要求，所以没有理他。他竟然抓起一把石子塞进了嘴里。我简直惊呆了。我知道这种情况下，应该打急救电话，应该把他抱起来，让他头朝下吐出石子。然而规则上规定，我必须保持冷静，不理他。

这简直是煎熬。我没有扭头去看他，没有作出任何表情或举动，让他看出我内心的恐惧。我用眼角的余光悄悄观察着他。我发现他等着我冲向他，焦急地把石子从他嘴里弄出来。但是我没有这样做。我按照珍妮弗的指导，既没有说什么，也没有做什么，尽管我的心都快要蹦出来了。可以看出来，蒂姆嘴里含着那么多石子很不舒服。他的腮帮子微微抖动着，尽量避免把石子吞咽下去。他的眼睛盯着我，等待着他所希望看到的反应。他很快就意识到他没办法引起我的关注，即使他做了这么严重的事情。这在他的人生中还是第一次。他也意识到他没办法把这么多石子含在嘴里而不吞下去，所以就把它们吐在了地上。我转过身去，一句话也没有说地离开了，蒂姆也回去玩他的变形金刚玩具了。这短短的几秒钟彻底地测试了我作为母亲的本能，但最终结果证明我的做法是值得的。

三周之后，变化就开始了。蒂姆的哭闹变少了，得到的奖励变多了。我已经很少使用“计时隔离”了，这也让我好受了许多。随着日子一周周过去，蒂姆比以前更快乐，也更加配合了。他不再击打或者伤害自己，我也能够不受影响地好好打电话了。刚开始的时候，我只要打几分钟电话就会被蒂姆打断，但后来，蒂姆已经完全不会干预我了，我可以好好地把一个电话打完。我还可以让蒂姆做更多的事，而不会招致他的反对或抵抗。几乎我们预定的所有目标都实现了，蒂姆的生活也更加快乐。

这些改变影响了我对自闭症的看法。我以前过于关注蒂姆的感觉超负荷，而忽视了他的行为。我认为行为不当是自闭症患儿的通病，因为他们学不会如何表现出良好的举止，但事实并非如此。当我第一次尝试带蒂姆去看电影时，我们只能在电影院待十分钟。在我的坚持下，蒂姆学会了安静地坐着，然后我试着把时间延长到十五分钟、二十分钟，再后来是看完整部电影。不是每个患了自闭症的孩子都有这样的机会。他们没有学会在特定的环境下控制自己的行为，因为人们不相信他们能够学会。当我们认为是在善待他们的时候，就很容易降低对他们的期待，但实际上我们并不需要这样做。我对蒂姆抱有小小的期待，而他正在向着我期待的方向进步。

※

我每周都期待着同珍妮弗的见面，因为我很想告诉她蒂姆这周以来的进步，并且向她提问，从她那里学到更多的东西。在一次碰面中，她说非常关心我的状态，我不由得哭了起来。她亲眼见证了蒂姆曾经生活得多么艰难，很担心我能否坚持下去。尽管我们取得了一些进展，但我的情绪仍然很低落。由于要经常跟蒂姆对抗，我已经被折腾够了，累了。尽管蒂姆有了一些进步，但我却没有办法让自己走出低迷的心境。

珍妮弗为我安排了另一位心理医生，那位专家对我的诊断是临床抑郁症。他们说，我得抑郁症一点儿也不奇怪，想想我所过的日子就知道。他们还提供了抗抑郁的药物，但被我谢绝了，因为我怕自己受药物影响而没办法好好地照顾蒂姆和萨姆。他们还叫我去医院做其他检查，但我也拒绝了。当然，我还是同意进行治疗。我开始每周看一次心理医生，这样确实给我带来了很大的帮助。不久之后，我的很多消极想法都得到了改变，例如我曾经认为自己是没有任何价值的废物，以为我能够看懂别人心里的想法，所以我觉得遇到的每个人都在对我评头论足。而现在，我再也没有那样的想法了。看心理医生帮助我更清晰地思考，也让我对自己更宽容。对我而言，这确实是一个转折点。

※

在学会了新的交流技巧、规则和谈判手段之后，我终于能够在很多棘手的问题上帮助蒂姆取得重要的突破了，例如如厕、系鞋带，尤其是食物方面。我还能够教他一些社交技能，例如跟别人打招呼、聊天、轮流交谈，甚至他的礼仪和注意力方面也都有了进展。

珍妮弗还去了圣布兰登小学，她跟妮可聊了聊，给她提了一些建议。妮可跟我一样，对珍妮弗的专业精神和热情留下了深刻的印象。积极育儿的影响扩展到了方方面面。我现在更清楚该怎么跟蒂姆交流，让他更清楚我说的话，蒂姆也越来越清楚我的意图和我想要他做的事。让我吃惊的是，我居然把这整个过程都坚持下来了，虽然人被折腾得够呛，但仍旧满怀希望。我们真的向前迈了一大步，转了一个弯。最初是我们恳求别人让我们进入项目组，后来蒂姆成了项目组的明星学员。我的感谢信也被他们刊登在年报上。项目组的人说，蒂姆是他们最棒的成果之一——小小的蒂姆取得了大大的胜利。到了 1995 年年底，蒂姆已经完全变了一个人，他非常乐观自信，简直让人意想不到。一天，他告诉我“我喜欢我的生活”，我高兴得话都说不出来了。

第十章
成　长

雷泽尔是一只老狗了，它不喜欢跟孩子们一起玩耍。它会保护孩子们，但不跟他们玩。我们隔壁来了一个新邻居，一个很和气的年轻人。他喜欢喝酒，还养了一只年幼的洛特维勒牧犬。他的狗叫作班蒂，是根据班达伯格朗姆酒的名字取的。虽然年幼的班蒂很可爱，但洛特维勒牧犬天性凶残，具有攻击性，所以只要它靠近孩子们我就很担心。蒂姆喜欢跑到篱笆旁，把手指头从网眼里伸过去，那只小狗就会跑过来发疯似的舔蒂姆的手指头，还兴奋地跳来跳去。蒂姆玩得很开心，我却担心得不得了。每当蒂姆跑到院子里或者靠近班蒂的时候，我就像老鹰一样紧紧盯着他们。但同时，我也不希望我的孩子无缘无故地紧张。

一天下午，我盯着他们的时候，蒂姆突然跑出了前门，顺着小路走进了那个年轻人的院子，直接朝班蒂走去，而班蒂也很兴奋地扑向了蒂姆。我在心里默默设想着，万一班蒂咬住了蒂姆，我可以在六步内快速跑到篱笆边，然后翻过篱笆去把蒂姆从班蒂的利齿下救出来。看着他们玩在一起，我心里害怕极了，但我并没有阻止蒂姆。就让他们一起玩会儿吧，毕竟我还没看到班蒂作出任何攻击性的行为。

萨姆在另一边阿丽森的院子里，和其他邻居家的孩子们一起玩。有时，蒂姆也会一起，但他总是不太能够融入其他孩子的游戏，或者他会直接走到阿丽森的家里去翻她家的碟片。对我而言，这是自闭症最让人痛心的地方——蒂姆没办法交朋友。所以，班蒂就像是蒂姆的朋友。如果没必要，我不想把蒂姆拉回家。

蒂姆和那只小狗一起坐在地上。班蒂已经六个月了，个头也很大了。它趴在蒂姆身上，张大着嘴在蒂姆身上嗅来嗅去。蒂姆一点儿也不惊慌，并被逗得笑出声来，就像个开心的小和尚。蒂姆回家的时候，他的短裤被咬破了，T 恤上也都是洞，但他整个人都乐开了花。班蒂咬坏了蒂姆的衣服，但并没有伤害到蒂姆。他们俩玩得很开心。

从那以后，蒂姆每天下午都去找班蒂玩。放学回到家他就等不及要去找班蒂。每次同班蒂玩过后回来，他都很开心，也安然无恙。但这也是项昂贵的活动，因为班蒂把蒂姆所有的衣服都咬破了。后来我已经习惯了让蒂姆穿上破衣服再去找班蒂玩。不知道为什么，蒂姆很喜欢班蒂绕着他蹦来蹦去，跳过他的手，舔他的脸。我不知道他喜欢其中的什么乐趣，但我知道这是蒂姆生活中最快乐的时光。这只狗也很爱蒂姆，它整天待在篱笆旁等着蒂姆回家。它看到蒂姆的时候会特别兴奋，立即蹦起来大声叫，似乎是叫蒂姆赶快去跟它玩。

一年后，班蒂跟着它的主人搬走了。他们搬走的那天，蒂姆非常伤心,他甚至在班蒂走后的很多天仍然每天下午去找它。这只狗给蒂姆带来的影响非同小可。蒂姆自己走出家门，走到邻居的院子里，并且自己交了一个朋友，他们一起留下了快乐的回忆。那个时期，有自闭症患儿的家庭都会花上几万块钱喂养协助犬来陪伴和保护他们的孩子。这是正式的疗法之一，协助犬都经过认真的培训，也的确对孩子有明显的帮助。我们没钱喂养协助犬，即使是二手的协助犬也喂不起。我们很幸运能够免费享受班蒂的陪伴。

※

萨姆在 1996 年进入圣布兰登小学就读，他穿上小小的校服时真是可爱极了。他看上去很帅气，也很成熟，但对上学而言，他还是小了些。“如果我去上学了，那谁来照顾你呢？”他问道。

真是个贴心的小男孩。

我安慰了萨姆，他就高兴地上学去了。但事实是离开了两个孩子，我感到很难受。白天变得又漫长又孤独；我那时才意识到我的生活已经完全被照顾孩子所占据了。我为他们付出了所有的爱和力量。我也不是那种可以立即开始享受自我时光的母亲。我没有什么朋友，也没有钱去购物、做美甲。实际上，我甚至不能每天往返两次开车去仅仅四十五分钟车程的学校，因为我出不起那么多油钱。为了省钱，我早上把孩子们送到学校，然后坐在车里等到放学的时候再把他们接回来。

因为没事可做，也没有地方去，我觉得我可以在学校做一些志愿活动。只要他们需要班级助理帮助孩子们阅读，或者需要志愿者家长协助举办游泳嘉年华或者运动会，我都会去。只要是有需要我做的事，我都会去做。如果没有任何事需要我做，我就会回到车里，在校门边等着放学的铃声。

1996 年已经过去了好几个月。有一天在我等待孩子们的时候，校长出来找到我聊了聊。他是位可爱的男士，名字叫作伊安·莫里斯。他说图书馆的一位工作人员生病了，得请一段时间的假。他问我有没有兴趣暂时代班她的工作。我完全没有料到校长会因为这个找我，但我无法拒绝，这是个令人难以置信的好机会，而且我还可以有额外的收入。但是我已经很多年没工作过了，而且我连适合工作穿的衣服都没有，我还得去跟朋友借几件得体的衣服。

我在学校图书馆工作了一个月。那儿的人都对我很友善，但我总觉得自己很没用。我甚至不敢去员工休息室吃午饭。然而我的孩子们却为我感到非常自豪，一个月的暂时代班工作结束后，他们特别希望我继续留下来。我不确定这是为何，也许是我多挣了些钱改善了他们的生活，又或许是他们察觉到了我为这份工作而感到自豪。我觉得这是别人给我的一个机会，所以决心把它做好。我的生活有了目标，这让我更加坚强。

第二年八月，圣布兰登要招聘一个教师助理，这是一个长期的岗位。伊安鼓励我去应聘。这个想法太大胆了，毕竟我十几年没有过任何面试。但那时我对这所学校已经非常熟悉了，那么至少我应该去试试。这份工作需要照顾有特殊需求的孩子，而我对此真是太有经验了。

在得知自己被录用的那一刻，我的心脏简直都快蹦出胸膛了。这份工作对我而言意义实在太重大了。我拿到的不是一份普通的录用通知，而是对我能力的证明。它证明我能够像任何其他人一样有能力获得一份工作，也许我并不像自己想的那么没用。于是，接下来我就一直在圣布兰登小学工作，一干就是十七年。

※

萨姆一上学就开始跟其他孩子交朋友。他班上的孩子不超过二十个,这些孩子的妈妈每个下午都在学校旁边等着接他们。很快，我就跟她们成了朋友。她们都是些非常可爱的女士，我在这个圈子里感觉很舒服。在这个圈子,我首先是萨姆的妈妈,而不是一个自闭症患儿的妈妈。当然，她们还是会提及萨姆的哥哥，因为不管哪个孩子过生日邀请萨姆，都会同时邀请蒂姆。

和这些家长一起聊天让我感到很放松，因为聊天的话题终于不再是孩子的各种生理或心理障碍，以及如何看护这些有身心障碍的孩子。这种轻松的氛围对我很重要，因为我也在努力走出低迷的情绪。这也是我希望蒂姆能够过的生活，希望他可以融入各种日常事务——学校活动、社会活动。我们的周围再也没有人跳出来说蒂姆不能做这，不能做那。现在，我们的周围都是鼓励我们去尝试的人。

我和一位名叫布丽姬特的女士成了非常要好的朋友。她的孩子名叫马克斯，马克斯和萨姆整天形影不离，就像一个豆荚里的两颗豆子。幸运的是，布丽姬特不仅喜欢萨姆，也很喜欢我们全家人。放学后，我们常常去布丽姬特家，这样孩子们就可以一起玩，而我和她也逐渐建立了深厚的友谊。她简直就像上帝为我派来的天使。我从来没有像和布丽姬特在一起时那么开心地大笑。她帮助我在其他妈妈面前建立自信，她总是安慰我、支持我。

布丽姬特家拥有一套海滨别墅。有一年学校放假的时候，她的母亲芭布热情地邀请我们去那儿住上几天。那所房子位于海滨的一座小山上，在那儿可以从南到北眺望一望无际的白色海岸线。景色真是壮观极了。

一天，芭布的一位朋友也过来和我们共进午餐。他是一个耶稣会的神父，大家都叫他马赫神父。他跟我印象中的神父一模一样，温和、谦恭，乐于学习各种新的事物。饭吃到一半的时候，芭布问马赫神父最近在研究些什么，因为耶稣会的神父们都致力于知识和学习。马赫神父说道，他仍然在继续他一直以来都在研究的课题——人们的濒死体验。听到这儿，我不由得竖起了耳朵。

马赫神父描述了一些经历过死亡边缘的人的说法。人们一般都提到了白色的光，极快的速度，还有些人提到了我曾经听到过的那句话——“你做了什么？”在马赫神父说起这些的时候，我吃惊地把餐具都掉到了盘子上。我感到全身的血都涌到了脸上，泪水止不住地溢满了我的眼眶。我想赶紧离开餐桌，但这样做会让布丽姬特和芭布难堪，所以我拼命地把自己的情绪控制住。

马赫神父提到的那句话，和我生萨姆那天晚上听到的那句话完全一样。“你做了什么？”我永远都记得这句话，它提醒着我应该关注生命中真正重要的事。

在这次午餐后，我和马赫神父通过信件交流了许多年。他是我谈及濒死体验的第一个人。尽管我们的宗教信仰不同，但是我们都有同样的信念。在我经过那么多磨难之后，他帮助我重新体验到了萨姆刚出生时我所感受过的那种平静祥和。即使是二十五年之后，我仍然会每周回想一次这句话，它依然让我从内心深处受到感动。在同马赫神父交流之后，我终于明白了我对它的回答——“我爱过。”

※

圣布兰登小学是个很棒的地方。他们严格遵守着基督教的理念，每天都向孩子们传播爱和仁慈的思想。这就意味着这儿的人始终都在努力确保蒂姆以及特护班的其他孩子与普通的学生拥有同等的机会。同时，这也意味着我不用担心校园欺凌会发生在我的孩子们身上。在蒂姆和萨姆读小学期间，我们很少听到有人骂蒂姆，或者让他感到自己不同于常人，为此我非常感激。一天，蒂姆班上一个叫作达伦的小男孩还打电话到我们家，问能否跟蒂姆一起玩。那天下午，他和他妈妈都到我们家来，我们度过了非常愉快的时光。蒂姆的另一个同学，一个叫作约书亚的小男孩离开圣布兰登小学的时候，还特意打电话给蒂姆，向他告别。蒂姆也说道："谢谢你，约书亚。我认为你是个非常棒的朋友。"

自从孩子们上学之后，他们终于拥有了正常的童年。他们喜欢《变形金刚》《宠物小精灵》《龙珠Z》。蒂姆很快喜欢上了电影和音乐，尤其是披头士。而萨姆更喜欢跑跑跳跳，他非常活泼好动。我们最喜欢做的事情之一就是一起去游泳馆或者海滩。萨姆的游泳技术好得让人吃惊。这两个孩子在上学前就开始学习游泳了，但是萨姆在水里更加灵活，就像一条小鱼，他的确很有天分。五六岁的时候，他的游泳教练就曾经这样评价过他。七岁的时候，他就在我们当地的游泳俱乐部崭露头角了。他开始每天下午都进行训练，周末则参加游泳嘉年华。蒂姆和我坐在旁边，看着孩子们在水里游来游去好几个小时。这让我们的家庭关系更平衡了，因为这时萨姆成了全家关注的焦点。

许多游泳俱乐部都拒绝了我们，因为我告诉他们蒂姆有自闭症，他们认为无法接受他。我并没有坚持下去，我从不去不欢迎我们的地方。我更倾向于选择去那些愿意接受我们的地方，我没有时间浪费在那些不欢迎我们的人身上。我们找到了一家欢迎蒂姆的游泳俱乐部。他们还邀请蒂姆去参加游泳嘉年华，跟其他需要特护的孩子进行比赛。在那儿，我们还遇到了戴眼镜的玛丽安。她是蒂姆和萨姆在 SEDU 的同学，她也来参加嘉年华的比赛。蒂姆游得很好，常常得到本组的冠军。萨姆则连续四年赢得了俱乐部总冠军。于是，他开始参加全国的比赛。

※

蒂姆八岁的时候已经跟以前完全不一样了，但他的自闭症仍然会给我们带来困扰。在学校的一些节日庆典和年终表演时，蒂姆常被要求进行一些舞蹈或其他表演。这些是他所不理解的，也让他感到不舒服。有时，他会在特护教室发作，大声尖叫，或者跑开。蒂姆的大部分行为都得到了改善，但他仍然会不时出现一些极端行为。警察不止一次被叫来我家，因为邻居听到了蒂姆的尖叫，以为我在虐待他。这让我十分尴尬。

虽然蒂姆的语言技能得到了大幅度的提升，但仍然有他无法表达的东西。蒂姆九岁那年感染了肺炎，并且出现了肺萎陷症状，但他没办法告诉我他生病了或者哪儿疼痛。我们去医院的时候，医生需要对蒂姆抽取血样进行检测。他害怕极了，最后是五个成年人抓住他，才从他身上抽取了血样。好的方面也有。那年年初，蒂姆在外面跑的时候把自己弄伤了，他回来告诉我他受伤了，并且要我安慰他。这是他第一次这么做。蒂姆的行为常常好坏掺杂。

萨姆则成长得非常顺利。他是个快乐的小男孩，不是蹦蹦跳跳，就是哼着歌，或者自己念叨着什么。不管我带他去哪儿，他都不反对。我带他参与了蒂姆的每一个诊断和治疗，从未听他有任何抱怨。他喜欢玩具，也总能找到玩的东西。我和其他人说话的时候，他就自己快乐地玩耍。

萨姆从不关注我们周围那些自闭症患儿的异常举止，他只是开开心心地玩自己的游戏。他很顺从，也乐意帮忙，对他人非常体贴照顾。即使他只是个小孩子，但我们在外面碰到有人掉了东西，他就会冲上去把东西捡起来交给别人。他是个很细心周到的孩子，这是他的天性。

萨姆很爱他的哥哥，即使蒂姆不能像他所希望的那样跟他一起玩，但他从未放弃。萨姆还小的时候就整天跟着蒂姆，当他长大一点的时候,就总是尝试着让蒂姆也参与到他的游戏中。同样的，蒂姆也很爱萨姆。蒂姆比萨姆高大许多，他很喜欢把萨姆抱起来，然后给他一个亲热的吻。

※

在孩子们的整个童年时期，他们父亲的阴影仍然时时出现在我们身边。他仍然每个周末都来，甚至比我们住在克利夫兰的时候来得还要勤。克利夫兰的街区隔离设施比较多，他不怎么熟悉那儿。我们在克利夫兰住的房子也更大，可以让他待在起居室。而现在，我们温纳姆西的房子起居室很小，我们都得挤在一起。

问题是他待在温纳姆西的房子里就像在自己家里一样自在。毕竟，他和我共同拥有这所房子。从法律上讲，这所房子有一半是他的，而他也的确表现得就像半个主人。他来看望孩子时，总是随意在房子里四处走动，我根本无法回避。他甚至认为自己可以自由地出入后院，包括后面那个他用来放东西的大棚子。他还每周末都在我们的车道上洗车。在我们家里，他想看电视就自己打开，想喝点什么就自己从冰箱拿。我要么就待在卧室里直到他离开，要么只能拼命地找些家务来做，装作很忙的样子。这种精神上的对抗真是可怕。跟一个曾经伤害过我的人待在同一间屋子里让我非常难受。

他每周来的时候都会问我同样一件事："我们什么时候重新在一起？"他说孩子们需要父亲的陪伴，但我从来没见他把孩子们接到他那里去待一个晚上，或者带他们去度假。况且他从未停止指责我有秘密情人，还用可怕的字眼骂我。他的一言一行都没有改变。我总是感到不安全，但我不知道该拿他怎么办。别人告诉我，应该让他离开，可我不知道该怎么做才能让他离开。我自己还在抑郁的情绪中挣扎着，努力不让自己觉得自己没用。我没有坚强到可以对抗他，抗议他的言行。我忍受他也是为了孩子着想。

※

2001 年，我们不得不让可怜的老雷泽尔安乐死，它已经十七岁了，在狗类中算是高龄的老人了。这样做我很伤心，但是它的腿已经完全不能动弹了。它曾经那么爱跳篱笆呢——也许正是跳了太多次篱笆，所以把腿弄坏了。2002 年，我们去兽栏重新领养了一只十周大的德国牧羊犬与其他犬类杂交的混血狗。它有着长长的腿，喜欢四处蹦跶，整天都很高兴。蒂姆很喜欢这只狗，但它似乎更愿意跟萨姆一起玩。它很爱玩耍，喜欢到处跑，性格上更像萨姆一些。这只小狗总是跟在萨姆身边，在屋子里跑来跑去，到睡觉的时候就一个箭步冲到他的床上。我把它拉下来的时候，它会用脚卡住床。我们叫它沃塔[1]，因为我们总是说“多棒的一只狗啊！”（What a dog!）萨姆真的很喜欢这只狗。

某个星期天，我听到孩子们的父亲来了。他和往常一样，自己把侧门打开，把车径直开进后院，然后开始洗车。这让我

1　Wotta，What a 的谐音。

非常生气。他来这儿应该是为了看望孩子们的。我在水槽边站了几分钟，突然意识到我并没听到关侧门的声音。当我再往窗外看时，院子里已经没有狗的踪迹了。我赶紧往后门走，这时，萨姆惊叫道“妈妈”——声音是从大街上传过来的。

我跑出了前门，跑向萨姆。他正站在一辆汽车旁边。这辆车停在路中央，车前轮附近躺着可怜的沃塔，它的眼睛睁得大大的，血从它嘴里往外滴。沃塔已经死了。可怜的萨姆难过极了。我抱起他，带他回家。因为生气和伤心，我浑身发抖。我再也不允许这样的事情发生了。这起事故完全是马虎大意造成的，罪魁祸首就是孩子们的父亲。我再也忍不下去了。

我把狗埋在了后院。安抚好孩子们后，我去找了他们的父亲，告诉他我要做财产分割。我想把温纳姆西的房子卖掉，永远摆脱他。“你再也不能控制我们的生活了。”我告诉他。愤怒终于让我鼓起了勇气。

让我意外的是，一年内，我就得到了正式的财产分割文件。这所房子在2003年出售，我所分得的钱足够我在附近的郊区买一栋更现代的矮砖房。新房子的院子比之前的小些，但不需要维修。新房子有三个卧室，比我们之前的房子多一个，还有一个可以锁的车库和一个书房。之前的房主把房子打理得很好，我很自豪地把这儿称为自己的家。这是我们最终安定下来的地方。我的孩子们将在这儿度过他们成年前的时光。

※

我觉得温纳姆西的房子受到了诅咒。建那所房子的地是从一块完整的土地上划分出来的，那儿原本是一块小小的农田和养鸡场。土地主人的儿子刚从二战战场上回来，划出来的那块地是给儿子建房子用的。那位从战场上回来的儿子在那块地上建了一栋石棉瓦的小屋，就是我们后来住的房子。他还在后院修了一个焚烧炉，那个时期，几乎每家院子里都有一个焚烧炉。一天早晨，他的妻子去后院丢垃圾。她站得离焚烧炉太近了，焚烧炉的火焰烧着了她的尼龙睡袍。那个女人最后被烧死了。

那个退役士兵也有很严重的健康问题——肾病和癌症——在他死之前，他把房子卖给了一对年轻的夫妇，也就是我们之前的房主。我们第一次去看房的时候，感到非常奇怪，因为每个门上都至少有三把锁，甚至包括浴室的门。后来，当我们搬进去之后才发现，之前的女主人是家庭暴力的受害者。那些锁是为了把她的丈夫锁在门外。

我们是接下来的房主，当然也遇到了麻烦。从我们手中买走这所房子的人仅仅几个月就把它卖掉了。接下来买这所房子的夫妻只在里面住了短短的一段时间，那位女房主就被诊断出癌症。

现在，那栋小小的石棉瓦房子终于被彻底地夷平，永远地消失了。在那块地上，一栋崭新的砖房建了起来。房子周围的树、花园和篱笆都消失了。后院所有的建筑物也都被移除了，车道盖在了房屋的另一侧。一天，我去拜访老邻居阿丽森。我站在她家的门口，望着这块土地。这块土地上已经没有任何我们生活过的痕迹了。一丝痕迹也没有。这所房子曾经存在的证据仅仅只有我脑海中的印象，除此之外，别无他物，这种感觉挺奇怪的。我希望这所房子的诅咒终于被打破了。

第十一章
激光嘴超人

自从蒂姆拿起笔，他就没有停下过作画。从他画画开始，他的笔力就很重，画出的线条很粗。当他开始涂色的时候，却又非常细致。他涂的颜色都非常鲜艳，而且从来没有超出过画线的边界。我们每年都制作手绘的圣诞装饰画，并把我们的名字写在背后。即使后来这些字迹模糊了，蒂姆的作品也很容易辨认出来。如果这幅作品的涂色非常细致，萨姆就会笑着说："这张一定是蒂姆画的。"

作为一个男孩，蒂姆很喜欢画《变形金刚》和《宠物小精灵》里的角色，当然他还喜欢兔八哥和他最爱的托马斯小火车。长大一点后，他开始创造自己的角色，而这些角色逐渐变得鲜活。他九、十岁的时候，就已经开始用绘画来叙述故事了。某个星期一，他在纸上画了一个强盗。星期二，他在上面加了一个强盗的同伙。星期三，他又在上面画了作为背景的银行。你会发现他是在思考整个场景。他常常坐在桌子旁边不停地画，嘴里还嘀咕着什么，不时做出他所画的人物的动作。

就像所有的同龄男孩一样，蒂姆很喜欢超级英雄。当时，蝙蝠侠系列电影热映，到处都掀起了蝙蝠侠的热潮，电视上也在放蝙蝠侠的卡通片。蒂姆和萨姆两个人都被蝙蝠侠迷住了。我们每次去商店，他们都要一人买一个蝙蝠侠的手办回家。他们一起玩的时候，大哥哥蒂姆总是要当蝙蝠侠，而可怜的萨姆就只能当他的小跟班罗宾。蒂姆画画的时候，常常会画超级英雄，还会把他想画的场景表演出来。他一会儿是坏蛋，一会儿声音一变，又成了英雄。他还不时放下笔，为了维护正义打出几记上勾拳。

让我感到意外的是，蒂姆的画中常常会加入一些幽默的成分。从很多方面看，这些画都可以说是非常简单的，但总有些不寻常的东西让我不由得开心地笑起来——要么是坏蛋想炸银行，结果倒下的房子压住了他们，要么是蝙蝠侠的帽子被门夹住了。

蒂姆很喜欢笑，他也喜欢看我笑。即使他并不理解我为什么笑，但他愿意扮演滑稽的角色。曾经有一次去医院，蒂姆看到护士出来，就说：“怎么又是你？”当护士拿出针筒，他又说：“干脆让我死了算了。”

作为一个话不多的小孩子，蒂姆很会使用幽默的词语。在他画画的时候，蒂姆非常明白自己在做什么。他画中的幽默并不是偶尔出现的现象。我觉得一定是蒂姆小时候看的兔八哥卡通片对他产生了深刻的影响——从闹剧到冷幽默，他全都掌握了，并且能够通过自己的幽默感灵活运用。

※

蒂姆十一岁的时候告诉我，他长大了要当激光嘴超人。我完全不知道他说的是什么，我以为那是电视上的一个角色。接下来的几个星期，蒂姆都在说着激光嘴超人的事。

一天晚上，我做晚饭的时候，蒂姆坐在厨房的桌子旁画画。我俯下身去看看他到底在画什么。结果看到他的画，我不由得捧腹大笑。

“这是谁？”

蒂姆说道：“激光嘴超人。”

蒂姆画的这个超级英雄只是一个钢笔画的草图，还没有上色。在这张纸上，这个人物只是站着，但他身上似乎有种非常可爱而滑稽的东西。他的腮帮子鼓鼓的，你看到他一定会觉得他很调皮。

我能看得出，蒂姆把他的创作拿给我看时非常自豪，这太异乎寻常了。以前，他只是自己想画就画，但从来不会跑来跟我说：“妈妈，看看这个。”给我看并不是他画画的目的。蒂姆知道他画的激光嘴超人很滑稽，他很乐意看到我被逗笑。

从那以后，蒂姆就开始画激光嘴超人的故事，还有一系列跟他相关的人物。有一个大恶棍的角色叫作彼得·霸特曼，还有些跟随他的坏蛋，例如水泥人、番茄人，还有一种能够在地下钻行的车，叫作无敌震钻车。蒂姆还画了一幅画，解释激光嘴超人的超能力是从哪儿获得的—— 一种叫作磁力晶石的石头。

最开始的时候，蒂姆的激光嘴超人故事都是那种经典的正义与邪恶斗争的场景，看得出他借鉴了很多电影和电视中的内容。但后来，他的人物越来越丰满，故事情节也越来越丰富。他创造了一个叫作邪恶艾米丽的角色。邪恶艾米丽是一个反派角色，但同时也给故事增添了一点浪漫元素。邪恶艾米丽会耍一些滑稽的小花招，例如在激光嘴超人的饮料里放辣椒，激光嘴超人喝了这个就会发出一道搞笑的激光。蒂姆笔下的人物开始发展出了自己的人格。

※

蒂姆的绘画水平越来越高了，每个人都能明显地看出他有这方面的天分。圣布兰登小学的老师们纷纷开始对蒂姆的画表示赞赏。刚开始，我并不知道为什么，当我看了其他孩子的画之后就明白了。蒂姆的绘画技巧已经大大超越了他的同学们。整个小学期间，绘画是他最喜欢的科目。

2000 年，蒂姆从圣布兰登小学毕业了，对此我非常伤感。圣布兰登小学为我们提供了多么美好的环境，我很担心在接下来的求学途中，我们会遇到些什么样的学校。同时，看到我的小男孩长成了一个大小伙，也让我有些伤感。这一切发生得太快了。小学毕业的时候，蒂姆已经是一个快乐自信的小伙子，跟我们周围的其他人没有任何区别，他已经能够很好地融入周围的生活。他再也不是那个整天哭泣尖叫、大吵大闹，随时可能会被送去精神病院的孩子了。在圣布兰登小学上学是蒂姆遇到的最棒的事情之一。

我仍然在圣布兰登小学工作，并且交到了很多朋友，包括校长伊安。当我准备给蒂姆寻找可以接纳他的普通中学时，伊安非常支持我，他和我一起寻找。我们一起沿着海岸线开过去又开回来，寻找最适合蒂姆的中学。伊安是位非常好的绅士，他对学校的孩子很关心。

寻找合适的中学就跟我以前为蒂姆寻找合适的幼儿园和小学一样艰难。我们需要做很多调查；我们度过了无数个不眠之夜，思索着如何作出正确的选择；我们花了许多天时间说服别人相信蒂姆有能力进入他们的学校。中学对蒂姆很重要，因为上中学意味着蒂姆必须更加独立，而我则要尽可能少地参与其中。因此，我必须选择最适合他的学校。选择学校是件非常棘手的事，我常为自己的选择而疑虑，以至于不得不从头到尾再选一遍。很快我就被择校的事情折腾得心力交瘁。

最终，我选择了卡文迪什路公立中学。在主流学校中没有蒂姆可以选择的学校，布里斯班有特护班的中学并不多。不过，卡文迪什路公立中学是个很好的地方。这所学校特护班的主任是一个瘦瘦的秃顶男人，叫作盖瑞·内森。我们一到学校，他就立马出来迎接我们。他是个雷厉风行的人。“那么，我们马上就去。”盖瑞在卡文迪什路公立中学工作了三十年，是他在这所学校设立了特护班，而且是昆士兰州同类的特护班中规模最大的一个。他似乎认为自闭症没有什么大不了的。他的话给我带来了强大的自信。

“我们这里对校园欺凌零容忍。”他说道。

卡文迪什路公立中学有一千多名学生，但它的声誉很好。这所学校在学术方面造诣很高，同时体育方面也非常强，这让我感到很高兴。萨姆小学毕业后会和蒂姆上同一所高中，所以我得保证这所学校也能够满足萨姆的需求。

蒂姆小学毕业的时候，他的阅读能力相当于四年级水平，数学相当于二年级水平。他的社交能力还不错，但远远落后于同龄的普通男孩子。他周围那些十二岁男孩有自己的活动圈子。他们喜欢运动，喜欢女孩子，而蒂姆仍然喜欢兔八哥。从这一点上看，蒂姆和普通孩子的心理发育差异是非常明显的。蒂姆中学教育的重点将放在生活技能和职业训练上，这是为了让蒂姆将来能够在成人社会找到自己的位置。

蒂姆所在小学的那个特护班只有十个孩子，而现在他所在的卡文迪什路公立中学特护班有一百多个有特殊需求的孩子。其中有一部分孩子比蒂姆需要更多的照顾。这种环境对他而言并不太容易适应。蒂姆的确受到了一些欺负，但只是这个特护班内的孩子欺负他，并且老师很快就解决了这个问题。老师们始终坚持向我报告学校发生的事情。蒂姆进入中学之后，我基本没有机会跟老师进行一对一的谈话，所以我只得选择相信他们的报告。

蒂姆一开始在这所中学的学习，就在普通学生中寻找朋友。幸运的是，这些学生都对蒂姆很友善，尤其是女生。有三个非常可爱的女生主动把蒂姆纳入她们的保护范围。蒂姆不喜欢在特护教室吃午餐，他不明白为什么其他学生可以随意在学校的任何地方用餐，因此那三个女生邀请蒂姆和她们一起吃午饭。蒂姆很喜欢和她们一起吃饭，甚至允许她们叫他小蒂米。要是我这样叫他，他一定会抗议的。

蒂姆的同学都开始热衷于邋遢摇滚和经典摇滚，而他也逐渐形成了自己对音乐的喜好。他最喜欢的乐队仍然是披头士，但他也喜欢后裔乐队、KISS 乐队和迈克尔·杰克逊。他开始听重金属音乐。然而比起音乐，他更喜欢看电影，他会一遍又一遍地重复看同一部电影，例如《小鬼当家》《勇敢者的游戏》《空中大灌篮》《子猫物语》《终结者 1》《终结者 2》等等。他可以上午看托马斯小火车的卡通片，而下午则看阿诺德·施瓦辛格的动作片！他可以背出他所喜欢的电影的全部台词。

※

跟其他青春期孩子的父母相比，我要轻松得多，蒂姆基本上没有表现出叛逆。只有一次，他很生气，威胁我说要离家出走，不过结果很搞笑。他抓起自己的书包，走到了街上，转过街角之后却发现不知道离家出走后该干什么，于是又回到了家里。

患有自闭症的孩子到了青春期，随着荷尔蒙的激增，病情会加剧，情绪会更加恶劣。我听说过很多可怕的案例，因此我非常担心接下来蒂姆会变成什么样。实际上，我从未听到过任何一个自闭症患者顺利度过青春期的例子。很多患有自闭症的孩子在这个时期会出现极端行为，变得异常暴力，甚至出现自杀行为。当这些小伙子越来越高大，越来越强壮的时候，一旦情绪失控，他们就会变得非常危险。我听说过，一个患自闭症的男孩子把他妈妈扔出了窗子。我还听说过，另一个自闭症孩子家里的墙壁上到处都是他生气时砸出的洞。除了暴力行为，不良性行为也是一个问题。这些可怜的孩子不理解他们的身体出现了怎样的变化，不知道怎么控制他们的欲望，而不良的性行为所带来的羞耻比暴力更让他们和他们的家人受伤。

尽管这似乎是每一个自闭症患者都要经历的过程，但蒂姆好像不大可能出现这样的倾向。我很害怕蒂姆的嗓音开始变粗的时候，他的性格也跟着发生变化，那样我们取得的所有成果就都付诸东流了。但这一切都没有发生。我们很幸运。

※

萨姆在 2003 年也升学到了卡文迪什路公立中学。他一到这所学校就非常开心，也很自信。这所学校提供了更多的体育活动，他可以参加更多的体育团队。圣布兰登小学甚至连一支足球队都没有！他一进学校就交了很多朋友。

十三四岁的时候，萨姆也进入了青春期，他的生长发育很快就超过了蒂姆。但萨姆的生活完全被游泳训练占满了。和蒂姆不同，他似乎更专注于自己的训练，所以也没有任何叛逆的表现。我非常高兴萨姆能够找到他生活中的激情。他是如此专注。

当萨姆被选为卡文迪什路公立中学校队的队长时，我简直骄傲得无以言表。这是一所相当大的学校，有很多在各方面表现优异的学生。对萨姆而言，能够当选校队的队长是非常高的荣誉和成就。他发表就任演讲的时候，我高兴得流出了眼泪。我不知道自己做了什么好事，上天赐给我这么优秀的儿子。他是一个非常开朗的年轻人，善于交际，尊重他人，乐于助人。他的举止彬彬有礼，心智比实际年龄成熟得多，对人生有着最积极乐观的态度。此外，他还明辨是非，愿意为他人提供帮助，且具有合作精神。对蒂姆而言，他也是一个十分可爱的弟弟。

也许和蒂姆一起长大的经历帮助萨姆成为一个优秀的年轻人。他比许多同龄的孩子更懂得理解他人，更加善解人意。当人们问萨姆，有一个自闭症哥哥是什么感觉的时候，他回答说："我也不知道。我只知道自己有一个哥哥。"就像我一样，他的眼中并不存在自闭症，他只看得到蒂姆这个人。蒂姆的缺陷根本算不了什么。也许，正是这种经历帮助萨姆学会透过事物的表面寻找本质，使他看到每个人的真正价值所在。

※

整个中学期间，蒂姆仍然不断地取得进步，这让我备受鼓舞。他在学校学到了很多烹饪和购物技能，也正因此，他终于开始尝试新的食物。蒂姆做了炒菜、炒饭、希腊茄盒、意式千层面。他似乎突然喜欢上了各种民族风味的菜式。他也做了意面和苹果派。蒂姆在厨艺上日益精进。

蒂姆在绘画上的表现依然很好。他跟普通学生一起上美术课。他们的美术老师叫作梅根·科尔，是一个非常会鼓励学生、支持学生的老师。正是她把蒂姆带到自己的课堂，并且支持蒂姆继续努力的。梅根最棒的天赋就是她总能使蒂姆变得更加自信。很明显，蒂姆有绘画方面的天分，并且也有鲜明的个人风格，但他的作品并不符合学校的课程要求，也不能让他跟其他同学平等地用同样的方式进行学习。例如，有一次梅根让学生们画一画莫奈[1]《花园》中的景物，而蒂姆在一个睡莲叶子上画了摇滚歌手鲍勃·马利。但梅根在蒂姆身上花了很多时间。如果蒂姆对美术的任何方面感兴趣，梅根都会送给蒂姆一本相关方面的书，让蒂姆带回家阅读。她向蒂姆介绍安迪·沃霍尔，后来蒂姆就迷上了他，蒂姆说："他是世界上最棒的艺术家！他爱色彩，也爱音乐。"

梅根竭尽所能地帮助蒂姆锻炼绘画技能，给他提供机会进行创造，并且鼓励他尝试新的事物。

蒂姆对各种艺术形式都很喜爱，他全身心地投入到了艺术

1 莫奈，印象派画家，所画的睡莲尤为著名。

之中，对此一点也不排斥，也从不为此而闹情绪。艺术为他打开了一个全新的世界，他不需要再坚持用自己的方式进行表达。他在学校尝试了雕塑、油毡版画和油画。他用过许多不同的色彩，这让他非常开心。在家里，蒂姆仍然疯狂地作画。他的画有一半是他感兴趣的事物，例如希腊的建筑遗址，另一半就是激光嘴超人。

※

我们目前仍然没有多少存款，所以如果有人邀请我们去参加生日派对，我们就会送上自己手绘的生日贺卡，而制作贺卡的工作理所当然落到了蒂姆的头上。一天，萨姆的一个朋友邀请我们去参加他的生日派对，于是我让蒂姆画了一个激光嘴超人的贺卡。我简直不敢相信蒂姆竟然想出了这么妙的点子——他在贺卡的正面画了一个咧着嘴笑的激光嘴超人，整个画面充满了欢乐的氛围。激光嘴超人的生日祝福非常搞怪：“祝你生日乱糟糟！”

我笑得喘不过气来，萨姆看到这个也笑得肚子疼。我从来没看到过这么特别的贺卡。收到贺卡的那个男孩非常喜欢这张贺卡。他的妈妈和姨妈也同样喜欢这张贺卡。男孩的姨妈是从事艺术工作的，她觉得这张贺卡非常特别。她说：“蒂姆真的应该在这方面多发展发展。”

她把这张贺卡给一个叫作尼欧·普莱斯的朋友看。尼欧是一家艺术机构的负责人。这家机构叫作艺术之门（Access Arts），是专门资助布里斯班的残疾人艺术家的。尼欧给我打了电话，他说蒂姆画的这张贺卡非常有趣。

“蒂姆是个很有才华的艺术家，”他说，“我们应该让他的才华得以施展。”

“太棒了！”我回答道，“这正是我所希望的。”

放下电话，我高兴得简直要跳起来。我花了这么多年的时间为蒂姆而努力抗争，不断教育他、引导他走出自闭症对他的限制。我一直努力地尝试着保护他，不让他因为社会体制的缺陷而失去正常生活的机会。我努力让人们看到蒂姆不仅仅只是一个患自闭症的孩子，也是一个有思想、有情感、有个性的人。但这次事情完全不一样了——我不用再去努力抗争了。有人主动找到我们，既高兴又兴奋地说：“哇，这个小伙子真是棒极了！”是的，蒂姆当然棒极了。我在心里默默地表示赞同。

我早就知道蒂姆的确很有天分，但现在一个完全陌生的人跟我们打电话证实了这一点，而且这个人是艺术专家，很懂这一行，他的话并不是出于客套。以前，我不知道蒂姆的未来会是什么样，于是成天为他操心。我希望他能过上好的生活。在学校里，他们谈到过专为残障人士设置的爱心岗位。那些岗位都是一些杂工，环境也不好，不过至少给了他们生活目标。我并不太希望蒂姆从事这些工作，尼欧说蒂姆是艺术家，这为我们打开了一扇新的大门。也许绘画可以作为蒂姆的工作？如果这样的话，真是太好了。

我们去找尼欧，想知道他能帮我们做些什么。我不知道具体要找他帮什么忙，但他是个很和蔼的人——他很愿意提供帮助。不过在那个时候，他也帮不了我们什么。蒂姆太小了，还不能加入艺术之门。他才十四岁，也还没有创作出很多好的作品，所以我们连办画展也不行。但我们都非常认可蒂姆在那张生日贺卡上所体现出来的天分。尼欧拿出了一点艺术之门的资金为我们复制蒂姆的那张作品。几个星期之后，一千张“乱糟糟”生日贺卡送到了我们家。

※

这些卡片看起来很漂亮，然而我却不知道拿它们怎么办。我觉得尼欧应该是希望我们可以把这些贺卡卖出去，但我是个很不善于推销商品的人。每次学校举办巧克力活动的时候，我总是卖得最少的那几个家长之一，往往要带着半盒没卖完的巧克力回家。我该怎么卖掉这一千张贺卡呢？

但尼欧已经尽他所能在帮我们想办法了，我也得努力。我把贺卡带到圣布兰登小学，让每个老师都买了一张，然后又在朋友中间卖，我还把贺卡带到游泳俱乐部去卖。我拿了一部分贺卡放在附近的商店，请他们代为出售，还拿了一部分放在艺术之门。但是再让我去向其他人兜售贺卡，我就有些尴尬了，我很不善于跟别人提钱的事。当然，我们认识的每个人都买了贺卡，但我手上还有几百张，我觉得这些贺卡简直在源源不断地冒出来。不过从好的方面看，我们这辈子都不用再买生日贺卡了。

碰到尼欧的时候，我觉得很不好意思。我跟他说，我没有做到像他预计的那么好。

“别担心，”他说，“那就把剩下的贺卡收起来。它们总会有用的。”

我默默地想：你花钱帮我们印了一千张贺卡，我最好在下周就把它们都卖完，否则不是辜负了你的好意吗？但是尼欧的眼光放得很长远。他知道蒂姆现在还是个年轻的画家，他的事业起步还需要一定的时间，这只是他将来大展宏图的第一步。

问题是，我一点也不懂艺术。那个时候，我甚至连艺术馆都没进去过，所以我完全不知道艺术家该做什么，也不知道他们如何谋生。尼欧在这方面是个行家。我知道的唯一的事就是蒂姆的画很滑稽，小孩子喜欢，大人也喜欢。他的画能够把人们逗笑。我想，如果蒂姆能够给世界带来欢乐，那这真是件好事。

第十二章
邀　请

蒂姆负责在门口取邮件。2003 年 3 月的一天，他拿进来一捆信，然后开始一封封拆开。“这是给你的一封，妈妈。又一封给你的，一封给萨姆的，另一封给你的，还有一封给激光嘴超人的。”

蒂姆的话引起了我的注意。我从来没有意识到激光嘴超人也在我们家，更没想过他还会收到邮件。蒂姆手中拿着的是一个大大的棕色信封，上面没有寄信人的信息。我把信封拆开，里面也没有提到谁寄的这封信。信上只提到了超特艺术节（Very Special Arts Festival）将于 2004 年 6 月在伦敦举行。

超特艺术又称为 VSA，是一个国际性的非营利组织，由美国总统约翰 · F. 肯尼迪的妹妹简 · 肯尼迪 · 史密斯于 1974 年成立。根据信上的内容，VSA 是一个残障人士可以通过艺术进行学习、参与艺术创作、享受艺术的组织。

“我们在美国的49个州以及全球的64个国家设立分支机构，每年有近五百万残障人士参与VSA的活动。”

我对信上的描述非常感兴趣，我从来没听说过这样的活动。肯尼迪的一个妹妹促成了残疾人奥运会的举办，他的另一个妹妹简则为残障人士创立了艺术方面的特殊机构。

VSA艺术节每五年在华盛顿特区举办一次，那也是其总部所在地。明年六月，全世界将有200多个来自文学、传媒、表演、视觉等多个领域的优秀艺术家参与其中，他们能够代表本国的最高艺术水准。

这封邮件里还夹了一张给蒂姆的申请表。

当然，蒂姆对激光嘴超人收到的信感到很好奇，于是我开始跟他解释VSA艺术节。2004年是VSA成立三十周年，这一年的艺术节无疑将会是一次规模宏大的盛会。艺术节的表演活动将在华盛顿的很多著名场所举行，例如联合国总部、肯尼迪表演艺术中心。参与者可以去参观白宫，还可以见到小布什总统。

蒂姆正是对新闻和新闻人物非常感兴趣的时期，尤其是当前发生的热点新闻。“9·11”恐怖袭击事件发生后，新闻里经常有小布什总统，蒂姆对他非常熟悉，甚至到入迷的地步。他可以记住美国的每一届总统，包括他们每个人的出生日期、死亡日期和在职时间。他知道很多有关小布什的生平事迹。听说可以见到总统，蒂姆感到非常新奇。

那天，我翻来覆去地读这封来自 VSA 的信，想弄清楚究竟是谁把它寄来的。我推测是尼欧，但又无法确定。如果是尼欧寄来的话，他为什么不附上一张说明情况的字条呢？这个机会对蒂姆而言简直太难得了，它能够彻底改变蒂姆的人生。去华盛顿简直就跟做梦一样，以前根本提都不会有人提起这个。

我当然愿意帮助蒂姆填表，但这些表格搞得我很紧张。上面的很多要求都非常复杂，我看不懂他们所用的一些术语。我很注意这些，是因为遴选委员会需要了解蒂姆的作品。他们要求填写申请者的“艺术实践”“媒介”“材料”，还有作品主题。蒂姆不能通过语言告诉我他创作这部作品的原因。我也不能硬说自己了解蒂姆的想法。

委员会还详细要求申请者对作品进行拍照，并提供电子照片。一个朋友曾经给了我们一台旧电脑，但我还是个电脑新手，完全不知道自己在做什么。谢天谢地，我们至少联上了网，家里的打印机也有扫描功能。那天晚上，在孩子们上床睡觉以后，我坐到桌子前，深吸了一口气，然后为蒂姆填写 VSA 的申请表。

填表花了我很长的时间，因为很多地方我都不确定该填什么，我还是第一次接触这类表格。我在表上填写了蒂姆最近完成的、他非常喜欢的作品——《激光嘴超人和他的朋友们》。

这幅作品色彩缤纷，并且充满了欢乐的氛围，它让人们认识了激光嘴超人的世界。这幅作品里除了主角激光嘴超人，还有一些坏蛋，包括彼得·霸特曼，一个弹吉他的女孩，蜜蜂，鲜花，还有一架直升机。画面中间是激光嘴超人在滑滑板，他身后是能量城的一个花园，能量城是激光嘴超人的家乡。

蒂姆跟我和萨姆说了一些有关这幅画中的激光嘴超人的情况。他似乎是想通过这幅画表达他心目中超级英雄的形象。每次看到这幅画我都会忍俊不禁。对我而言，这幅画已经画得非常好了。

快填完整张表格的时候，我又再次把所有信息都检查了一遍，这时我才发现有个之前一直都没有注意到的地方——申请在六周之前就截止了。看到这个，我整颗心都沉了下去。我白白兴奋了这么久，还想着这是蒂姆的大好机会，结果一切都是徒劳的。我们已经申请晚了。

我怔怔地盯着截止日期，最后只得耸耸肩。这没什么，我对自己说。既然我已经花了这么多功夫把表填好了，干脆还是把它上传到网上吧。谁知道会怎么样呢，反正我们也没有损失什么。

当我点下上传按钮时，布里斯班才刚刚过半夜十二点，不过美国那边是白天。我起身去洗澡，打算上床睡觉了。当我回来关电脑时，发现收到了一封从华盛顿特区发来的电子邮件。

我的申请刚寄出去就收到了回复："非常感谢您的来信，但是VSA 艺术节的申请已经截止了。我们的遴选委员会评委明天将开会选出最终获得批准的申请者。"

我非常失望，但我没有放弃努力。我立即回了一封邮件："非常感谢您。我们将继续努力，五年后再来申请。"我还在邮件中附了一张蒂姆画的"生日乱糟糟"贺卡。立即有人给我回了一封邮件。

"这幅画真是太有趣了，"那位工作人员在邮件中写道，"我会把它跟其他作品放在一起提交给评委的。"

"太棒了！"我高兴地叫起来，兴奋得手舞足蹈。有时候，只要多努力一点点就能够得到回报。

※

那晚之后，我们再也没有想过或提过 VSA 艺术节。我不想让蒂姆空欢喜一场，因为我觉得蒂姆被选上的可能性真的不大，毕竟这个艺术节的档次很高。蒂姆太小了，在这方面没有什么经验，而我就更没有经验了。作为妈妈我感到很惭愧。一定是我没把表填对，而且我们的申请过了截止日期。

2003 年 7 月，当我收到 VSA 寄来的信时，我想里面一定写着"非常感谢您的参与，但您的作品没有入选"。那天，蒂

激光嘴超人的“生日乱糟糟”贺卡。

2006 年，蒂姆在布里斯班发电厂的展览上做了一件很少有人能做到的事——让韦恩·班纳特笑了。

蒂姆·夏普：《激光嘴超人叫威格尔斯乐队闭嘴》，84 厘米 ×59 厘米，蜡笔、钢笔、图画纸。

蒂姆·夏普：《激光嘴超人和烧烤》，84 厘米 ×59 厘米，蜡笔、钢笔、图画纸。

2007 年，蒂姆第二次获得澳大利亚杰出青年。(第一次是在 2006 年。)

2012 年，蒂姆在伍伦贡海滩展示印有他作品的冲浪板。

蒂姆·夏普：《我喜欢阳光普照的国家，那儿有扫地的飞机》，84 厘米 ×59 厘米，蜡笔、钢笔、图画纸。

蒂姆·夏普：《我们，我们，我们快回家》，84 厘米 ×59 厘米，蜡笔、钢笔、图画纸。

蒂姆·夏普：《吸鸡磁铁》，58 厘米 ×42 厘米，蜡笔、钢笔、图画纸。

蒂姆·夏普：《幸福双响》，84 厘米 ×59 厘米，蜡笔、钢笔、图画纸。

蒂姆与大鱼 TV 的谢尔登·利伯曼（右）和伊戈尔·科里奇（左）在一起。大鱼 TV 是激光嘴超人系列动画的制作方。

2010 年 2 月，在布里斯班，每个人都沉浸在激光嘴超人系列动画的启动派对上。

2010 年 6 月 11 日，在布里斯班 QPAC 的展览上，蒂姆第一次见到凯特·布兰切特。

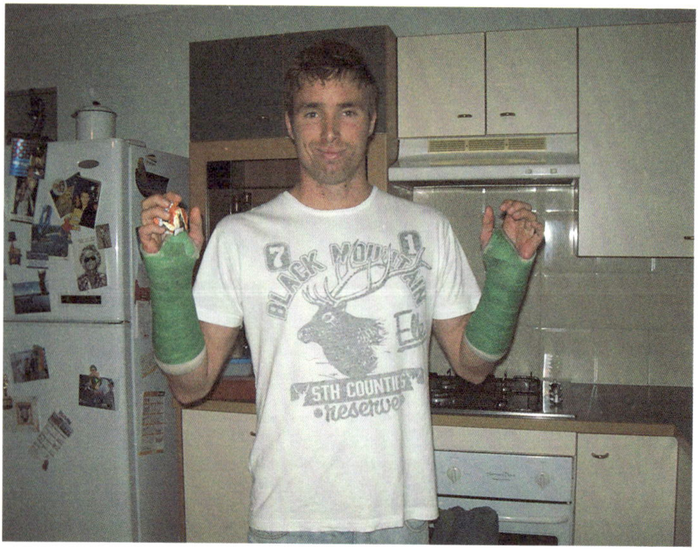

2010 年，萨姆期待着三个月后取下他手臂上的石膏夹板。

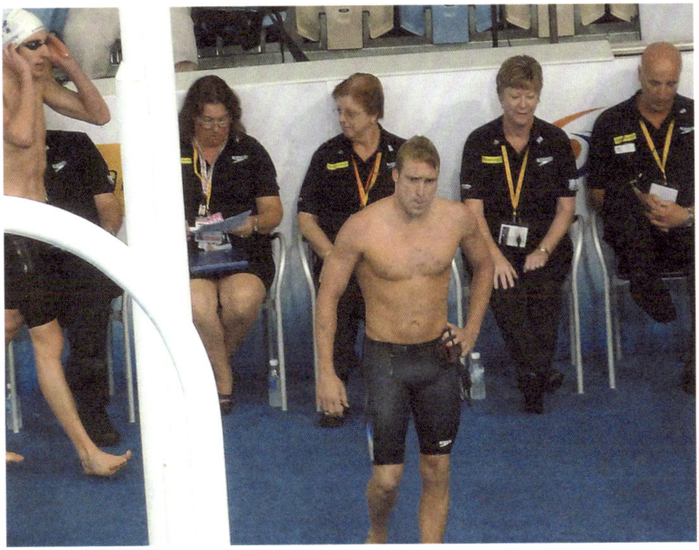

2012 年，在阿德莱德的奥运游泳选拔赛上，萨姆完成了 200 米仰泳比赛。

萨姆和蒂姆在阿德莱德的格伦尔格海滩，在奥运游泳选拔赛的间歇休息。

在纳什维尔机场，第一次与幽灵芭蕾舞乐队的男孩们见面，并在他们 CD 的封面上看到了蒂姆的作品。（左起：乔什·哈维、贾斯廷·贝瑞、卡梅农·伯奈特、蒂姆）

对蒂姆来说，“我就是我”音乐节最棒的部分就是结交新朋友。

2012 年，作为自闭症宣传月的一部分，蒂姆的艺术作品点亮了布里斯班的威廉·乔里大桥。

为蒂姆 2013 年在布里斯班发电厂的展览做准备。

2013 年，凯西·莱特拿着蒂姆为她画的画。

2014 年，萨姆，蒂姆，萨曼莎和我在悉尼参加 TEDx。

2014 年 4 月，在悉尼歌剧院的音乐厅，《幸福双响》出现在 TEDxSydney 的大屏幕上。

TEDx 演讲结束后，全场鼓掌起立。

2014 年 12 月，在排练工作室，与死亡木偶社的尼古拉斯·佩恩（最右）、大卫·莫顿（最左）和棒球场音乐的萨姆·克罗马克（穿着激光嘴超人的 T 恤）合作舞台剧《激光嘴超人》。

蒂姆在家里创作。

姆像往常一样去取邮件。他把那封信打开念了起来。

“亲爱的蒂姆，祝贺你！”他读道。

听到这几个字，我差点从椅子上摔下来。

蒂姆被选中代表澳大利亚参加 VSA 艺术节的绘画组。有 700 多个人提出了申请，但只有四位年轻人获选——一位来自美国的威斯康星州，一位来自爱沙尼亚，一位来自阿根廷，再就是来自澳大利亚的蒂姆·夏普！突然之间，蒂姆从需要特殊护理的自闭症患者变成了超级特别的艺术家。

这整件事最让我印象深刻的是，举办方并没有通过申请表了解蒂姆究竟哪方面有残障。表格上的确有一栏是“你是否被认定为残障人士？”但仅此而已，他们并没有问蒂姆是什么方面的残障或者他需要什么级别的护理，也没有设定任何的限制。VSA 艺术节对任何生理或心理障碍的人都是开放的，这给了许多人参与的机会。蒂姆并不是因为得了自闭症而被选上的，他被选上是因为评委们的确喜欢他的作品。这封信并不仅仅只是一个通知，而是一项真正的成就。我从来没像现在这样自豪过。我又意外又欣喜，蒂姆也喜出望外。

“你高兴吗，蒂姆？”我问道。

“高兴啊，”他回答说，“那我们什么时候去美国？”

蒂姆的话让我重新回到了现实中。我们该怎么去美国呢？我们没有钱承担去美国的费用，蒂姆显然并不知道这一点。

“我们不去，”我跟他解释道，“你被邀请参加，这就已经很棒了，难道不是吗？能够被邀请就已经很厉害了。你难道不高兴吗？”

“是的，妈妈，我很高兴，”蒂姆回答道，“那我们什么时候去美国呢？”

※

2003 年 10 月，艺术节组委会给我们寄来了一份邮件。邮件里面的一封信上写着 ：“我们期待着您光临华盛顿！”

邮件中还有对艺术节具体安排的介绍以及参与人员需要缴纳的费用。每位参加者需要交一千美元，包括酒店的住宿费、开幕式与闭幕式的门票、会议、座谈、国会接待、展览、演出、一个大型舞会和白宫接待。我们不可能不带萨姆去，我们三个人是紧密联系的，不能够分开。如果我们要去的话，就得花三千美元，还不包括去美国的机票和餐饮费。我越算就越觉得我们去不了。我们需要的是几千美元。我为蒂姆不能去美国感到难过，但同时我也对他的将来无比憧憬。蒂姆的才华值得被肯定。

“我们什么时候去美国？”蒂姆问道。

“我们去不了，蒂姆。我没有那么多钱。”我说。

“那我们就去挣钱。”蒂姆回答道，然后就走开去继续他手上的事。

的确就这么简单，我对自己笑了笑，我就该像蒂姆这样想。既然蒂姆那么想去，那我就应该给他提供机会。既然他有了这个信念，那么帮助蒂姆实现它就是我的责任。蒂姆的话鼓舞了我，尽管我还是看不到希望。我必须得弄到钱，但我不知道该怎么做。

※

我们必须在截止日期前对是否参加艺术节作出回复。尽管我现在还没有想出办法来，但我还是回复说同意参加，因为如果我们不去，那么组委会就会把这个名额给其他人了。很快，我就又收到通知，要求我在截止日期前交押金，并提供财务上的保证。

我首先去了银行。二十年来我都在那家银行办理业务，从来没有出过任何问题。结婚时，我们就是通过这家银行付清了房贷。我总是按时付账单，也不欠任何人钱，因此我觉得自己是一个优质客户，应该可以从那儿贷到款。我去了银行总部，找到那儿的经理，告诉他蒂姆所获得的机会。但我和银行经理的谈话没有多久就结束了。他马上就给了我回答，他的回答并不能令我满意："真抱歉，你的薪水还不够。"

我决定在我家附近的分行再试一次，因为那儿的工作人员跟我很熟，我们认识很多年了。然而他们的回答同样很快，也很残忍："抱歉，你的薪水还不够。"

我对银行的回答很恼火。他们太谨慎了，一点人情也不讲。我知道，不管怎么样我都会偿还贷款的。我甚至提出再次抵押房子，但也没用。我是个单亲母亲，靠单亲家庭补助过日子，在圣布兰登小学当教师助理做兼职。我每周工作二十小时，每小时挣十八澳元。银行认为我没有能力偿还贷款，我不知道该如何说服他们。

我在报纸上读到艺术家接受政府资助的报道，于是我想蒂姆能否也得到类似的资助，既然他被邀请参加 VSA 艺术节这样高级别的活动，而且他还代表了整个国家。如果人们会资助把蜗牛浸在颜料里，然后让它们在纸上爬的艺术家，那么蒂姆应该也能获得去华盛顿的资助。我相信蒂姆值得政府资助，对我来说，代表国家参加这么高级别的艺术节是值得政府出资的。

我拿起蒂姆的一些作品，直接去了昆士兰州政府艺术部。我没有事先打电话试探一下对方的态度，我觉得这件事得当面解决。我直接走到办公桌前，向坐在那儿的一位女士说了蒂姆的事。她完全不感兴趣，一点反应都没有。

"我可以找其他人吗？"

那位女士给了我一叠表格，叫我先把表格填了。显然，她帮不了我。

我离开了艺术部，又去了青年事务部、残疾人事务部，甚至还去了艺术之门，可惜尼欧那时已经升职离开了。我去了所有我能想到的政府部门，结果都被拒绝了。我走在街上，泪流满面。我伤心并不是因为他们拒绝了我，而是因为没有人认真地听我说这件事。我知道这对蒂姆而言是件非常重要的事，但我没办法让别人也认为它很重要。蒂姆还没有足够的关注度，政府部门不提供海外旅行的经费，也没有任何资助项目适合他。那些人都表示很遗憾，但他们的回答都是冷冰冰的，我再一次觉得蒂姆滑向了体制的漏洞里。他值得帮助，但没有任何机构能够帮助他。这样的感觉真是糟透了。

当我们告诉朋友们 VSA 艺术节时，他们都跟我们一样兴奋不已。能够跟其他人分享我们的快乐，并且知道有这么多人支持蒂姆，希望我们去华盛顿，我感到很开心。很多朋友建议我进行募捐，但我真的做不到。这不是我想做的。参加这次艺术节的确是一个很棒的机会，但还有很多更需要帮助的人，他们比我更需要得到慈善机构的钱，例如有人需要钱给孩子治病。而我们去参加艺术节这件事并不是生活所必需的，所以我不想让人们为此出钱。如果是别人为我们出的钱，那即使我们去了美国也会觉得不开心的。我必须找到其他办法。

我在电视上看到很多抵押贷款经纪人的广告。如果银行因为高风险不给你贷款，他们会到家里来看看你的房子，跟你讨论是否真的能够贷款。我不知道这些抵押贷款经纪人是怎么工作的，对我而言，所有的金融业务都是在银行办理的，但显然目前银行解决不了我的问题。我有一套房子，我觉得我可以抵押房子，只是需要有人来帮助我。

在接下来的几周，我给几个经纪人打了电话，有四个人来看了房子。他们都没有待很久。尽管他们乐意喝茶、吃我做的蛋糕，但他们不能帮我贷到款。我需要贷款两万澳元换一部车，带我的孩子们去美国，但我的薪水不够。他们都认为这是个好机会，我们应该去，但他们都帮不了我们。

我放弃了。我想不到任何别的办法了。我跟 VSA 艺术节的工作人员讲了我们的情况。他们非常耐心，并且理解我们、支持我们。他们说可以为蒂姆和我免除 1000 美元的费用，看能否帮到我。我非常感激他们的慷慨，并为此落泪。如果他们愿意帮助我们，我相信其他人也会的。我对他们表示感谢，告诉他们，无论如何我都会凑齐剩下的钱的。

当然，蒂姆不需要为此而担心，他相信我们一定会去华盛顿的。蒂姆的这种信念非常鼓舞我。我在一个信箱上看到了一张抵押贷款经纪人的宣传单，我决定再试一次。

这次来的人说话很温柔，但他看起来就像一个橄榄球运动员。他块头很大，身上肌肉发达，脖子也粗，但西装革履，穿得很正式。他说话很简洁，看起来很诚恳，也非常亲切，然而我们的谈话进展并不顺利。我觉得他可能更适合谈论足球而不是我那有心理疾病的孩子。但是，他很愿意倾听，还向我提问。最后，他跟其他所有人一样说道："我很抱歉，你的薪水不够。"

我每次跟人们谈起蒂姆，都努力控制不夸大其词。我并不想扮演受害者的角色，或者哭哭啼啼。对我而言，通过这种方式取得别人的同情实在有些困难。我不喜欢这样做，那天我也没有这样。但我的确努力地向那个经纪人解释我们现在的处境。我告诉他，我单身是因为和我丈夫一起的生活让人无法忍受；我告诉他，带着一个自闭症孩子生活真的非常艰难，非常辛苦。我并不是想获得同情，我只是想得到贷款，从而帮助我的孩子。我希望他能够得到这次机会。

这个经纪人并不善于表达，但他的确对 VSA 留下了很深的印象。他曾经代表澳大利亚参加过橄榄球赛，因此他知道这样的机会非常难得。他还告诉我，他也是由母亲独自抚养大的，因为他的父亲经常家暴。他也跟我说了他的童年经历。他的父亲是个粗鲁的酒鬼，他的母亲努力地保护孩子们。当他父亲变得不受控制，乱打乱骂时，他的母亲会叫醒孩子们，让他们从窗户里爬出去，逃到街上，这样他们的父亲就伤害不了他们了。后来，他和他的兄弟都参加了橄榄球队，并且达到了很高的水准。他非常感激母亲为他作出的牺牲，是母亲帮他取得了这么高的成就。我觉得他并没有跟很多人提起过这些事。我们同病相怜，这是一次交心之谈。

这个经纪人非常真诚。虽然这次谈话没有解决贷款的问题，但至少我遇到了一个好人，他理解我们的生活。他也给了我希望，我的孩子们会顺利长大，对他们父亲的害怕和胆怯会消失的。根据他说的话，他的母亲一定是个了不起的人。

就像其他人一样，那位经纪人告诉我，以我的经济条件贷不了款。但他打了几个电话。他说："我的妈妈曾经也过得很困难。她需要钱抚养我们的时候，许多人帮了我们。现在轮到我了，我会努力帮助你们的。"

他不想让我空欢喜一场，我也尊重他的真诚。但我仍然很失望，他打的每个电话，对方的回答都是不行。看起来似乎没有希望了。就在他要离开的时候，他的电话响了，他起身去门外接了电话。

"这个人欠我一个人情。"他说。

他在门外站了几分钟，然后进来说道："我给你贷到款了。"他说得很简单。我知道，他心里一定很清楚，我绝对会如数偿还贷款，不会让他为难的。

接下来的几年里，我有时会在附近的商店碰到他。他看向我时，我知道他认出了我，但他总是会把目光转向别处。也许是因为那天他跟我说了太多自己的私事，也许是因为他不想再听我说谢谢了，又或许他知道自己帮到了我们就足够了。但我还是想对他表示感谢。我很想让他知道，他的帮助给我们的生活带来了翻天覆地的变化。

第十三章
华盛顿

听到我说我们要去华盛顿，蒂姆很兴奋，但马上他就又去玩他的游戏机了。他只关注眼前的生活，去华盛顿还得好几个月呢。我得安排好各种事项。

我们以前从来没有出过国。可以说，我们哪儿都没去过。这次旅行是我们人生中的一次大冒险。往后我人生中剩下的日子都得支付这笔贷款。如果这次旅行并不值得，那我就真的成了大傻瓜。我很高兴能够带蒂姆去华盛顿，于是告诉了身边的每一个人。有人把这件事告诉了当地的报社记者。

《温纳姆西先驱报》的一个记者给我家打了电话，问我能否采访蒂姆。那位记者说这件事非常让人振奋，读者一定会很喜欢的。我知道他指的是什么，我也觉得这一定是个很棒的故事。我邀请他到家里来谈一谈。那位记者和我，还有蒂姆一起坐着聊了会儿，他问了很多问题，都是关于 VSA 艺术节和蒂姆的。他问蒂姆多大了，在哪儿上学，还问了蒂姆怎么想到画激光嘴超人的。蒂姆尽他所能作出了回答。我很高兴蒂姆因为自己的成就获得了别人的关注。我感到无比自豪。

报道刊登出来了，标题是“蒂姆的作品让总统也很满意”。我看了整篇报道，都要乐晕了，而蒂姆却无动于衷。

“你出名了，蒂姆。”我开心地告诉他。

蒂姆酷酷地说道：“我知道。”

※

我觉得蒂姆受到 VSA 艺术节的邀请是件大事，就跟代表澳大利亚参加奥运会一样重要。于是我想让整个国家的人都知道这件事，我打算让蒂姆在媒体上露露脸。有时，我的想法的确过于异想天开。我觉得适合蒂姆上的节目只有 ABC 频道的《澳洲故事》。我想，不妨将目标定高些。

这个节目很真实也很亲民，没有任何叙述者或者采访者，这一点我很喜欢。上这个节目的人都是用自己的话来讲述自己的故事。这个节目富有同情心，并且很体贴，它选择的都是在澳大利亚做着大事情的小人物。蒂姆正是这样的人！蒂姆的故事就是一个很好的澳洲故事！我给节目组打了电话，告诉他们我们的事。

一个叫作克莉斯汀·泰勒的制片人给我回了一封电子邮件。如果我们准备参加美国的艺术节，他们很乐意来谈谈这个故事。2004 年 4 月左右，就在我们准备出发的前几天，克莉斯汀来到了圣布兰登小学找我。我们坐在一年级小学生的椅子上聊了一会儿。她问了关于我们生活的一些问题。

克莉斯汀是位身材娇小的女士，看起来很端庄，但她也非常聪明。她说起话来很好听，也很周到。尽管她非常直率，但在我讲话的时候，她都很认真地在听。她系着一条漂亮的浅色丝巾。每当我看到系着围巾的人，都会觉得她们跟我不是一个阶层。我对她有些畏惧。

然而克莉斯汀并不是来评价我们的。她感兴趣的仅仅是他们能否将蒂姆的故事制作成半小时好看的电视节目。这件事够轰动吗？怎么开始？过程怎样？怎么结束？她在努力寻找足够用来拍摄的素材。我认为我根本不需要夸张，我知道这件事的确很重大。我们开始走的路的确非常坎坷，但最后我们终于走上了光明大道。

克莉斯汀离开后，我就开始全身心投入为旅行做准备。我必须得让孩子们的父亲在护照文件上签字，这让我有些发愁。我得整理好各种票据和信用卡，提前安排好食宿。这一切对我来说都是第一次。同时，关于蒂姆和 VSA 的消息四处传遍了。

越来越多的报纸作了报道，电台也对此事进行了采访，这件事甚至还出现在了当地的电视新闻上。我们身边的每个人都看到了。许多我们不认识的人也看到了。蒂姆成了当地的名人。有一天，我去卡文迪什路中学接孩子们放学，结果发现一群记者正在那儿等着我们——有一篇文章提到了蒂姆在那儿上学。

在我们的美国之旅即将开始的时候，我们受到了意想不到的欢迎。很多人在报纸上看到或者听说了蒂姆的故事，于是给我们写信表示祝贺和支持。一位刚从美国回国的先生，在回家途中来到我们家，给了我们他在美国用剩下的美元。我在圣布兰登小学的朋友们都聚到一起，拿出钱来资助我们的旅行。他们很多人还把衣服借给我，好让我在正式的场合穿着得体。蒂姆收到了迈尔公司[1]捐赠的一套西装，他可以穿着出席各种招待会。一家布里斯班电台送给我们一部摄影机，这样我们就能够把旅途中的事都拍摄下来，留下永恒的记忆。人们的热情实在太高了，我们被友善的浪潮所包围着，托举着。我真不敢相信大家会对我们这么好，我无论做什么都不足以感谢他们。

1　澳大利亚最大的零售连锁商。

※

克莉斯汀联系了我，他们决定选用蒂姆的故事制作节目。听到这个消息，我高兴得胃都抽搐起来。蒂姆能够上节目是件大事，我简直兴奋极了，但我有些担心我们的生活将会被展示在整个国家的观众眼前。我很紧张，不知道国人是否会接受我们。我想庆祝蒂姆所取得的成就，但又害怕人们只看到一个可怜的单亲母亲带着一个自闭症孩子，而忽视了我们的生活其实过得很精彩。我不希望人们认为我们的生活是一个值得同情的故事，我希望人们感受到的是我们生活中的快乐。

摄制组来我家录制素材的那天，家里被折腾得底朝天。窗户都用反光板盖住了，家具被搬到了一旁，地上到处都是各种连接线。他们花了四个小时才布置好。摄制组的人都是完美主义者，但也非常可爱。我之前并不知道制作电视节目要花多少时间，怎么进行准备。

那天，克莉斯汀第一次见到蒂姆。她希望蒂姆主动表现，她不想引导蒂姆说话或者把自己的观点强加给蒂姆，也没有让他在拍摄之前先排练。这样做的效果的确很好——蒂姆在镜头前非常自然。一般人在镜头前都会感觉有些不自在，但是蒂姆很容易就适应了。现在，他已经非常习惯受到关注了，我觉得他也很喜欢这样。他表现得就像个极具个性的摇滚明星。我以前从没看到他为自己的成就表现得这样自豪过。

接下来的几周，摄制组又来了很多次，拍摄我们家及周边，采访我们三个人。克莉斯汀采访我时很直率，如果我的回答有些含混不清，她会纠正我，但并非出自恶意。她对整个节目有自己的安排，且总是很忙，所以如果要跟她说上话就得等着。但她始终充满自信，我相信她一定知道怎样做才是最好的。摄制组在布里斯班结束了录制过程，并跟我们道别。另一组摄制组将在美国为我们进行拍摄。

※

就在我们动身前不久，传来了一个消息，白宫招待会取消了，因为总统需要处理紧急事务。那个时候，伊拉克战争正日益升级。我不得不把这个消息告诉蒂姆，我第一次看到他这么失落。

“为什么？”他想知道原因。我再次跟他解释了一番，但他的脸还是垮了下来。“好吧，也许下次能见到总统。”他说道。作为一个年轻人，蒂姆已经非常沉稳了，他的情绪不再像以前那样极端易变，但他看上去的确很伤心。谢天谢地，我们还收到了一个好消息。蒂姆将在肯尼迪艺术中心举办的 VSA 艺术节开幕式表演中高举澳大利亚国旗进场。我简直不敢相信这个消息，这是多么大的荣誉啊！我们所要做的就是将蒂姆毫发无损地带到那儿。

我不知道蒂姆到时候该怎么适应这么长时间的飞行。似乎就在不久前，他可是连在汽车里待一分钟都不愿意呢。我甚至不知道自己该做些什么，我以前从来没有旅行过。实际上，我很害怕去美国。我觉得美国到处都是大声说话的可怕的人，我一定不会喜欢他们。

在去华盛顿的途中，我为我们的横跨太平洋之旅增加了一点小小的乐趣。我订机票时发现，从布里斯班到华盛顿的航班是每人 1700 澳元，但是一趟同样到华盛顿并且包括五天迪士尼乐园之行的旅行也只要每人 1700 澳元。我们不选择去迪士尼才是傻子呢！孩子们是看着《迪士尼开心星期六》（*Saturday Disney*）长大的，他们喜欢各种迪士尼电影。我们还参加了各种以迪士尼之旅为奖励的竞赛，可惜都没赢。现在，我们可以自己花钱去迪士尼乐园了。这简直跟做梦一样，孩子们都高兴坏了。

※

我们在洛杉矶国际机场下了飞机，跟我们一起下飞机的还有很多人，看起来就像是世界上一半的人都来到这儿了。到处都是人，到处都是一片繁忙的景象。我们才到美国五分钟，蒂姆就跟我们分开了。我们一过海关，他就不见了。

“噢，不，他去哪儿了？”我紧张地问道。

萨姆和我分别向不同的方向找，结果发现蒂姆安静地在原地等着我们。毫不夸张地说，我简直快吓死了。航空公司还把我们的行李弄丢了一件，正好是那个装着所有朋友借给我们的衣服的箱子。怎么偏偏是那个箱子呢。接着，我们来到了大街上，街上好像跑着两百万辆汽车，到处都是噪音、喇叭声。我究竟做了什么？我完全没办法适应出国旅行。蒂姆则睁大了眼睛四处张望，脸上带着大大的笑容。

但事实证明，我所有的紧张和担心都是值得的。迪士尼乐园之旅大大超过了我们的期望，那儿是世界上最快乐的地方。我们走向迪士尼乐园的大门时，听到了音乐的声音，越走近音乐声越大。就这样，迪士尼乐园出现在了我们面前。这儿到处都是鲜花，没有一朵玫瑰摆放得不对，没有一片花瓣显得不自然。这个地方简直太完美了，而且四处都非常洁净。

孩子们简直玩疯了。蒂姆最喜欢印第安纳琼斯骑马、飞跃太空山和加勒比海盗这三个项目。我们每天都去玩，一连玩了四天。蒂姆天天都去骑马。我也玩得很开心，甚至比孩子们还要开心。这儿没有人在背后评论你，也没有人对你不友善，一切都非常顺利。迪士尼乐园真是人间天堂。

这是我们一家人玩得最开心的一次。我们一直在一起玩，没有任何人打扰，我们三个人都非常非常开心。

※

我们在迪士尼玩乐期间，有消息传来，美国前总统罗纳德·里根去世了。电视上全都在播报这个消息，以及为他葬礼的相关准备。五十万人涌向了这座城市。下周，华盛顿特区将会发生很多事。

当我们到达的时候，一个举着 VSA 牌子的人接待了我们。我们周围还有大约五千人来参加艺术节，包括艺术家、护工、代表以及专家，他们跟我们同时到达。我们一起登上了巴士，在这个城市中穿梭。华盛顿真是太美了，它是绿色的，就像盛夏洋溢的绿一样。街道两旁是高大的橡树和雪松，还有漂亮的两层洋楼，简直就像是从电影里直接搬出来的。我们都被这儿的建筑所吸引了，还有那些只在电视上看过的地标建筑。一路上，我的脸就没有离开过窗子。

当我们到达酒店的时候，我意外得张大了嘴。VSA 的接待人员把我们安排在了华盛顿希尔顿酒店。酒店的地面上铺着奢华的地毯，几乎每样东西的表面都镀了金，天花板上挂着枝形吊灯，家具也都是上好的木料，看起来十分厚重。我这一辈子都没有到过这么豪华的地方。这简直就是奢华的最高标准，而 VSA 为我们免去了它的费用。

我们到达之前，华盛顿的澳大利亚驻美大使迈克尔·索里先生就已经给我们留了一封信。他邀请我们第二天去大使馆喝茶。

我们安置好就外出散步，结果发现蒂姆的作品正在展览。他的作品还从来没有展出过，除非算上学校教室的作品展。现在，他的画居然可以在华盛顿联合车站展出，真是太难以置信了。

联合车站外有一个自由钟的复制品。从那里可以俯瞰通往白宫的林荫大道，附近就是国会大厦和华盛顿纪念碑。站在这个城市的中间，就像站在了美国的中心，这种感觉非常神圣。联合车站里面有三层楼高，它有着巨大的穹顶，许多地方都装饰着金箔。它看起来并不像一个车站，而更像是一座宫殿。

VSA 的展览就在大厅的正中，每天都有成百上千的人经过。展板排列得很棒。萨姆、蒂姆和我分头去找蒂姆的作品，我们在展板间的过道快速寻找着。萨姆最先找到，蒂姆和我都跑了过去。当蒂姆看到自己的画时，他的脸上闪烁着自豪的光芒。他脚跟前后晃着，似乎在说：看吧，我画得真不错。

当我们站在那里欣赏蒂姆的画时，一位女士牵着一个小男孩走了过来。她对她的孩子说："你看，这就是激光嘴超人。"

我情难自禁，自豪地说道："这就是蒂姆，这幅画的作者！"

"哇，我们见到画家本人了！"那位妈妈开心地说道。

我们在展厅逛了很久，见到了曾经与我们互通电子邮件的VSA工作人员。每个人都非常友好、积极，对我们十分热情。这真是个难忘的下午。

第二天，一位先生开着林肯高级轿车来接我们去澳大利亚大使馆。我们起得很晚，所以走得很匆忙。我不得不请电梯里的陌生人帮蒂姆打领带。一路上，司机怕我们无聊，给我们讲了他载过到大使馆的首相和电影明星。居然有这么多名人也坐过这部车，这让我们不由得高看自己一眼。

我们到达的时候，两名大使馆工作人员站在台阶前等着我们。其中那位男士叫作罗恩，女士叫作罗莉。他们脸上挂着灿烂的笑容，我们也感到放松了一些。我的确需要放松，因为我实在太紧张了。看到这栋建筑就已经让我紧张起来了，更不用说大使还在里面等着我们。罗恩和罗莉都很友善。罗恩是澳大利亚文化交流中心华盛顿分部的主任，罗莉是他的助理。他们友好又热情，礼貌又真诚，让我们感到很放松。他们带着我们走过门厅，门厅的顶部装饰得像南十字星。他们还带我们去看了大使馆收藏的艺术品。罗恩和罗莉对萨姆和蒂姆很照顾，给他们指可能会感兴趣的东西，还告诉我们哪些人来过这儿。凯斯·厄本[1]上周就来过这儿。

尽管这次会面非常正式，格调优雅，但我们与索里大使相谈甚欢。我们坐在他对面的大皮椅上，旁边就是巨大的玻璃窗画。我们愉快地聊了一路的旅程，并送给他一张“生日乱糟糟”的贺卡。索里先生看到贺卡后大笑起来。他让我们把没吃完的巧克力饼干带回家。这些点心分量非常大，就跟美国的其他东西一样，蒂姆很喜欢。会面结束时，大使说道 ：“我这周过得真不错，接待了首相约翰·霍华德，接待了总督，现在还接待了蒂姆·夏普。”

很显然，蒂姆给他留下了深刻的印象。

我们这些活动都由《澳洲故事》在美国的摄制组拍摄了下来。我们到达大使馆的时候跟他们碰头的。我把我们的行程安排告诉了在澳大利亚的克莉斯汀。每天晚上，我都通过公共电话亭给她打电话，告诉她我们在美国发生的大大小小的事。她希望拍到我们这趟旅程中所有值得关注的事。

※

第二天晚上是 VSA 艺术节的开幕式，大使馆的罗恩也有

1 Keith Urban，澳大利亚乡村音乐歌手，吉他手，曾多次获得格莱美奖。

票。我很意外他竟然愿意来看开幕式，他还有那么多公务要处理。不过他能来我很高兴，他非常照顾我们。

就是今天晚上，我们将看到蒂姆举着澳大利亚的国旗走进肯尼迪艺术中心，那儿将会进行艺术演出。对我而言，今天晚上将是蒂姆生命中最重要的时刻。从被认定为不可能拥有正常的社会生活，到代表自己的国家出席如此大型的盛典，这是多么不可思议的事。想起这个，我就心绪难平。

不巧的是，我们到达肯尼迪艺术中心检票时，才知道我们的座位在大厅的上方，离舞台非常远。“我飞了半个地球来到这儿，不是为了坐在后排，然后错过我生命中最重要的时刻的。”我跟检票的那个女孩说道。她感到很抱歉，却也帮不了我们什么。

“别担心，”她说道，“这儿的每个位子都很好！”

我和萨姆走上了楼梯，蒂姆则被带去和其他举旗手会合。萨姆和我走上了另一段楼梯，站在大厅的高处让人感到头晕目眩。我们把摄像机拿出来，把镜头打开，把它当作望远镜，四处搜索，寻找最好的观看角度。突然，在镜头中我们看到有人跳起来向我们打招呼。是大使馆的罗恩，他招手叫我们下去。

我们在门厅和罗恩碰了头，他把我们带到了大厅的一楼，离首席只隔几排的座位。“总不能让你们错过这么精彩的时刻吧。”他笑着说道。

我从没碰到过像他这么风趣、开朗、睿智而又迷人的绅士。

庆典终于开始了。音乐响起，广播里传出主持人浑厚的声音，观众都安静了下来。“女士们，先生们，让我们欢迎来自六十四个国家的艺术家们。”

我坐到了椅子边上，伸长了脖子看着舞台后方，等着蒂姆从后台出现的那一刻。我很为他担心。我不知道蒂姆能否应付得来这些活动，因为这比我平时要求他做的事还要复杂。艺术中心的各种噪音，旅途中的疲倦，新的地方，新的面孔，这些都有可能刺激蒂姆的神经。我担心蒂姆会受不了。我担心他太累了以至于举不动旗子，或者他会承受不了这种压力而放弃上台。我不能去鼓励他、帮助他，不知道有没有其他人会理解他的需求。即使蒂姆受不了这些而中途放弃，我也不会怪他的。

“阿根廷！”主持人开始请代表各个国家的举旗手上场了。没多久我就听到主持人念道：“澳大利亚！”

蒂姆上台了。他把澳大利亚国旗举得高高的，昂首阔步向舞台上走来，脸上洋溢着笑容。他一个人走着，身上穿着新西装，真是太帅气了。这就是我的儿子，我那可爱的、才华横溢的儿子。他看上去非常自然，似乎生来就是做举旗手的。眼泪在我的眼眶中直打转，我激动得哽咽起来。这一刻对我来说实在是太鼓舞人心了。我从来没有想到过蒂姆会取得这么大的成就。我一生都不会忘了这一刻蒂姆脸上的笑容。

※

开幕式进行了几个小时。开幕式结束后，我们离开座位去找蒂姆，他与其他举旗手坐在他们的专属区。肯尼迪艺术中心是一座非常漂亮的建筑，位于波托马克河上。这座建筑里有一个大厅陈列了各种旗帜，石壁上还刻着肯尼迪总统的格言。肯尼迪艺术中心的屋顶很高，穹顶非常大，还有许多各种类型的大厅。蒂姆就在其中的一个大厅里，但是我们找不到他。罗恩、萨姆和我分头去找他。萨姆最先找到了蒂姆，他正安静地与一名工作人员坐在一起。

我找到孩子们后，就跟他们坐在一起。后来罗恩也来找我们了。他很快地穿过了人群，他的确挺能跑的。

“蒂姆愿意见一下肯尼迪·史密斯大使吗？”罗恩问道。他指向侧门那儿，肯尼迪·史密斯大使正和她的保镖们站在那里。蒂姆对肯尼迪家族非常着迷，就跟他对美国总统一样着迷。所以我们都起身跟着罗恩去追简·肯尼迪·史密斯。她周围挤满了兴奋的人群，罗恩带着我们来到她的面前，并介绍说我们是来自澳大利亚的客人。

我没时间跟蒂姆解释我们要去见谁，只来得及拉起他的手就跑。我们跑到肯尼迪·史密斯面前的时候，她的周围站满了保镖和随从，一看就是个大人物，所以蒂姆问道："你是布什夫人吗？"他仍然希望能有机会见到布什总统。我们都笑了，甚至连肯尼迪·史密斯女士也笑了。我跟蒂姆解释了这是谁。

蒂姆对肯尼迪家族的历史非常熟悉，包括他们的名字和生卒日期。他马上开始为肯尼迪·史密斯夫人背诵这些细节，这给她留下了很深的印象。我们一起愉快地聊了艺术节和澳大利亚，她很惊奇我们竟然从那么远的地方来到这里。肯尼迪·史密斯女士非常亲切，她并没有急着离开，这真让我受宠若惊。我们邀请她来澳大利亚，我们会给她做一顿丰盛的烤肉大餐。

艺术节之后，克莉斯汀的工作室联系上了肯尼迪·史密斯女士，问她能否接受《澳洲故事》节目组的采访。她不仅答应了，还在节目中对蒂姆大加称赞，并送给我一本她写的书，上面有她的亲笔签名。

罗恩和罗莉跟我们成了非常要好的朋友，我们回国后还跟他们保持联系。因为他们的悉心关照，我们的美国之旅变得更加完美。孩子们在史密斯苏尼亚博物馆度过了快乐的时光，接着罗恩又带他们去自然历史博物馆。罗莉把我带去了梅西百货购物。有他们两个人做向导真是棒极了。在我们离开前，大使馆的工作人员募集了一些钱，交由罗莉送给我们。他们真是太慷慨了，我感到内心惭愧。我收下了这笔钱，以免辜负了他们的好意。我非常感动，努力忍住不让自己的眼泪落下来。他们是一群非常大方的人。

蒂姆最终还是没有见到总统本人，但他看到了白宫。他在白宫的大门前站了很久，脸上带着满足的笑容。

第十四章
艺术家蒂姆·夏普

从华盛顿回来之后，我的脑袋里只有一个想法：我们不能再回到过去的生活了。我有一种荒唐的感觉，我们所经历的一切都像是一个梦。那些美妙的经历终将结束，一切都会回到原来的样子，艰难并且毫无希望。这个想法就像咒语一样在我的脑海里回响——我们不能再回到过去的生活了，我们不能再回到过去的生活了。我在华盛顿感到特别自在，我再也无法忍受被束缚的生活了。

我想过平凡生活的梦想被剥夺了。我想要的并不多，只是一个丈夫，一个家，和健康的孩子，但即使是这么简单的希望也被现实打破了。我现在意识到，我得创造自己的梦想，跟以往不同的梦想。它不会那么容易实现，但绝不平凡。生活给了我第二次机会，我得紧紧抓住它。我要为萨姆、蒂姆和我自己创造另一个梦想。

※

2004年9月，关于我们的那一期《澳洲故事》播出了。我不知道节目中会播出什么内容。我们录制了七十二个小时的素材，谁知道他们最后是怎么安排的呢？我很担心我们的生活看上去非常悲惨，令人同情。我信任克莉斯汀，但是谁知道她是怎么看待我们的故事呢？毕竟她是这个节目的人制作。从别人的角度看自己，难免会让人有些抗拒。

整个节目考虑得很周到，氛围温馨，我觉得我们都表现得不错。蒂姆很害羞，并且对此很紧张。他看到自己出现在电视上的时候，就不断地跑进跑出。他不喜欢看到自己的镜头。他很小的时候，就很害怕做X光检查，因为那会让他看起来像个骷髅。照相的时候，我觉得他以为拍照会偷走他的灵魂。不过我还是很为他高兴，他给人留下的印象很好。摄制组录制蒂姆的日常生活时，拍下了很多我平时并没有留意的场景，都是些温馨的画面。看到他们镜头下的蒂姆是一个热爱生活的年轻人，我高兴极了。

看节目的时候，一些朋友也来到家里跟我们一起看，就像一个小型的观影会。不过他们的兴奋劲儿会让我分神，这种时候我需要的是集中精力看节目。

我看到自己在电视里说："有时我会忘记，忘记生活有多艰难。蒂姆出生的那一天是我人生中最快乐的一天。但没过多久，一切都改变了……我们去找专家。那是我第一次听说自闭症。也是我人生中最糟糕的一天。"

我很不愿意想起过去的事。我感觉自己好像又被不幸的往事缠绕住，但与此同时，我的脑海里又响起那句话——我们不能再回到过去的生活了。

我们在华盛顿见过了来自世界各地的人，有艺术家、演员、其他身患残疾的人、护工，还有喜爱蒂姆作品的人。没有任何人问我住在哪儿，或者做什么工作，没有任何人根据我的社会地位评价我，没有任何人问蒂姆是哪方面的问题，也没有任何人问他在哪方面受到了限制，或者他能做什么，不能做什么。这些人不关注蒂姆的缺陷，他们感兴趣的是蒂姆的艺术才华。这是我们从来没有感受过的宽容。我想要过的就是那样的生活。

《澳洲故事》一播完，我们家的电话就响了。远近的朋友都打电话来表示祝贺，包括长时间没有联系的朋友，那些知道我们早年艰难生活的人。圣布兰登小学的秘书也打来电话。在蒂姆上小学期间，她曾经每天早晨都看到他尖叫哭泣。"很难相信那是同一个人。"她说道。这真是让人感慨万分。

朋友们的电话接完了，我们又开始接到陌生人的电话。那些人跟我们联系上以后，接着好几个月都在关注我们。每次节目一播出，我们就会收到那些被节目所感动的观众写来的信件和电子邮件。他们想祝贺蒂姆，对我们表示支持，还有数不清的人想买蒂姆的作品。节目每重播一次，蒂姆就有了一批新粉丝。

蒂姆有一件印有激光嘴超人的T恤，那是我在附近的一家打印店为他做的,他穿着这件T恤去了华盛顿。在《澳洲故事》节目中，他穿着这件T恤站在白宫外。节目播出后，许多人都想要买这款T恤。我们突然开始做起了卖T恤的生意。这种T恤做起来很容易，我通过邮局把它们寄到人们手中。一个朋友免费为我们建了一个网站，于是我们通过网站收到了更多的订单。人们给我寄来了支票或者汇款单，我专门为蒂姆开了一个银行账户。他高中还没有毕业，就已经开始了自己的事业。

※

我们在VSA艺术节见到了许多在艺术界享有声望的人，他们都认为激光嘴超人非常有潜力。他们说出了我曾经幻想过但从来不敢说的事。他们说激光嘴超人可以出版成漫画书，拍成电影、电视剧，还有做成动漫手办、服装等具有商业价值的东西。还有人提到举办环球艺术展。他们将蒂姆说成一个“黑马艺术家”“原生态艺术家”或者“新生代艺术家”。我以前从来没有听说过这些词，但他们告诉我，像这样的艺术家在全世界都有热情的粉丝。他们想知道为什么我没继续发展，他们非常相信蒂姆的艺术才华。我的回答很简单，我不知道该做什么。这一切对我来说都是陌生的。

我觉得跟其他艺术家进行交流，并获得正面的评价对蒂姆起了巨大的促进作用，因为我们从华盛顿回来以后，他开始创作出更多的作品。他不仅画得多，也画得更加细致，更加有自己的特色。他开始真正走上了艺术的道路。

一天，我们接到了一位名叫白朗蒂·莫里斯的女士的电话。她对我们参加电视节目表示祝贺，并且说既然蒂姆现在这么出名，他应该办一个画展。她正好有一个叫作“艺术之手”的画廊可以为蒂姆办画展。这个画廊是布里斯班的艺术家在南岸的一个聚集地。她说一切事务都由她来负责。这看上去是个绝佳的机会，所以我说：“为什么不呢？”

蒂姆和我去见了白朗蒂，她看起来就是那种典型的画廊经理，留着一头短发，穿着黑色的衣服，说起话来非常好听。我完全不知道该说什么，但是蒂姆看起来很高兴，他喜欢白朗蒂戴的彩色眼镜。有许多年轻人在那家画廊工作，那儿似乎是个适合孩子去的地方。我已经可以想象蒂姆的画挂在墙上的样子了。我该怎么给那些画装上画框呢？我好奇地想。

我告诉了在华盛顿的罗恩，蒂姆要举办他的首次个人画展了。想起来的确有些好笑,蒂姆的画已经在美国举办过展览了,却还没有在他自己的国家展出过。

“谁来为画展开幕呢？”罗恩问道。我不知道，我甚至想都没想过这点。罗恩给了我很多建议，该做什么，怎么去做，怎么进行介绍，他坚持要我找一个重量级的人物为画展开幕。我们在布里斯班并不认识什么重要人物！所有我们认识的重要人物都在华盛顿。

我跟罗恩提了一下昆廷·布赖斯女士，她当时是昆士兰州的州长，刚去访问过蒂姆的中学。学校问蒂姆能否将他的一幅作品作为礼物送给她。当然，蒂姆很愿意这样做。“那么，”罗恩坚持说道，“你应该请布赖斯州长来为画展开幕！”

我被这个建议惊呆了。我觉得她不可能来做这件事，但我还是按照罗恩所说的做了。我寄了一封信到州长办公室，并且附上了“生日乱糟糟”贺卡和蒂姆画的一张圣诞贺卡。在圣诞贺卡上，激光嘴超人正准备按响 TNT 炸药的控制器——炸药放在挂满圣诞袜的烟囱下。圣诞老人正从烟囱里往下爬，准备派送圣诞礼物。卡片上写着：“我告诉过你，别穿内裤。”

显然，布赖斯女士觉得这些卡片非常有趣。她很乐意来为蒂姆的首次画展开幕。

※

2005年4月初，布里斯班河的夜晚温柔静谧，蒂姆的首次画展开幕了。艺术之手画廊来了许多人，包括很多画廊经理，还有罗恩坚持要我们邀请的艺术家。布赖斯女士发表了精彩而又感人至深的讲话，蒂姆在她旁边站了很长时间。我觉得他很喜欢布赖斯女士，同时又有些敬畏她。他整晚都笑得非常开心。

画展上有一幅画叫作《鲍勃的汉堡咖啡店》，画的是激光嘴超人和朋友们坐在一起吃饭。邪恶艾米丽嚼着辣椒，大嘴巴爱德华手里拿着装咸菜的罐子，彼得·霸特曼用嘴撕扯着生菜叶子，窗外有几头母牛向他们这边看过来。还有一幅画叫作《屁股摇起来》，画着激光嘴超人揪着一头驴子的尾巴把它甩起来。《斑马线》则是一幅黑白画，画着斑马们过马路的场景。看着画廊里的人们被逗得捧腹大笑，我开心极了。这次画展上的每幅画都卖出去了。蒂姆的首秀取得了巨大的成功。

几个月后，萨姆、蒂姆和我被邀请去州政府做客。那儿的厨师为我们制作了激光嘴超人形象的饼干——这些饼干是激光嘴超人的样子，上面还进行了彩色的装饰，看上去非常漂亮。我们很荣幸受到这样的邀请，在那儿度过了愉快的时光。布赖斯女士后来升职为澳大利亚总督，经常上电视。每次看到她出现在电视上，蒂姆都很开心。

※

2005 年年底，蒂姆中学毕业了。在他毕业之前，我就开始四处打听，离校后他能够得到怎样的帮助。上学的时候，他白天可以待在学校里，那儿有人照顾他。而毕业后，我们就得完全靠自己了。

我真的很担心，在其他同龄的年轻人离开学校开始自己的生活时，蒂姆的世界却开始收缩，而我什么都做不了。学校为蒂姆安排了一个水果店的工作，他主要负责把洋葱装进袋子里。学校还提供了一个陶器厂的岗位，蒂姆可以和其他的成年残疾人一起在陶器上作画。我去那个水果店看蒂姆，觉得那些店主在嘲笑他。而不知为什么，蒂姆很不喜欢陶器厂。我不想为了省去照顾他的麻烦，就把他送去这些地方。我也不知道我们该怎么做。

看着蒂姆从中学毕业，百般滋味涌上我的心头，但我仍然为他感到自豪。蒂姆甚至还参加了毕业舞会。他和一位特护班的印度女孩乔伊丝结为舞伴。那个女孩穿着漂亮的印度沙丽，蒂姆穿着宾舍曼牌的衬衫，他还为乔伊丝买了一朵胸花。

毕业典礼非常精彩。特护班的孩子们跟普通班的孩子们一起接受毕业证书。蒂姆还被请到台上接受他的特殊毕业证书。

周末的时候，一位同学在家举办了毕业派对，几个女生邀请了蒂姆。想到我那十几岁的儿子要去参加有四百个同龄孩子的派对，我就担心得不得了。但蒂姆坚持要去。我给了他一部手机，让他只要觉得受不了就给我发短信。我只得眼睁睁看着那几个女生把她们的“小蒂米”带走了。萨姆和我在车里等着，听到那所房子里传出嘈杂的音乐声。蒂姆在派对待了一个小时，他的同学们都非常友善。

※

谢天谢地，蒂姆的艺术才华让他有了目标，也给我带来了希望。这个时期，我们交到了很多新朋友。一个星期一的晚上，我看到了一个可以提供免费法律咨询的广告。于是，我去找了那个名叫迈克尔的律师，他帮我为蒂姆设立了一笔信托基金。我们还找到了一位名叫马克·卢茨的摄影师，他帮我们将蒂姆的作品进行复制，并给了我们很多商业方面的建议。人们开始不断地联系我们，为我们提供帮助，还有越来越多的人找我们购买 T 恤、生日贺卡和印刷品。

昆士兰州艺术委员会的几位女士来到了艺术之手画廊看蒂姆的画展，她们想拿一部分画作去进行巡展。她们有一个艺术巡展项目，要去昆士兰州的许多重要地区。她们问蒂姆是否愿意跟她们一起去。那个时候，蒂姆是他们艺术巡展邀请的最年轻的艺术家，也是第一个残疾人艺术家。我们当然同意了。这个巡展原本计划进行一年，但因为太受欢迎了，所以一直持续了三年。我们去了二十七个不同的地区，见到了成千上万的观众。这次巡展让我觉得最有价值的就是我们收到了很多教师的电子邮件。他们被蒂姆的事所启发，也开始使用艺术来帮助身患残疾的孩子们。这给很多对艺术并不熟悉的人提供了一条了解自闭症患者想法的途径。

一个名叫赖恩·伦肖的人联系了我，他是一家画廊的主人。他的画廊位于布里斯班的佛特谷，是一家享有盛誉的商业画廊。赖恩非常想在 2006 年 1 月为蒂姆再办一次画展。

蒂姆一直忙于画画，也渐渐形成了自己的创作风格——他的作品越来越具有冒险精神。这个时期，我们已经开始通过网络出售蒂姆的作品和印刷品了。蒂姆就像一台不知疲倦的机器一样创作着，但还是满足不了巨大的需求。蒂姆只要完成一幅作品，就会被一位心急的买家买走。这当然是个好现象，但这也意味着我们没有作品拿来举办展览了。为了举办这场展览，我们不得不拼命地攒集作品。

蒂姆为赖恩·伦肖的画廊展览创作了非常有趣的形象。其中一幅画叫作《糟糕发型日》，画的是激光嘴超人手持电锯当理发师，旁边坐着一位有着三层发髻的女士。另外一幅画叫作

《蜜月》，画面上是一个沾了蜂蜜的月亮，一群蜜蜂围绕着它飞舞。蒂姆对蜜蜂很着迷，但又很怕它们。如果有蜜蜂飞近，他就会尖叫起来。他把自己对蜜蜂的恐惧画成了一幅滑稽的画。还有一幅画叫作《水果飞》[1]。我看到这幅画的时候，不由得想起了使蒂姆产生创作这幅画的灵感的那天。

“什么是果蝇？”蒂姆问道。

我意识到我总是直接将所有的事都解释给蒂姆听，却没有留给他想象的空间。

“你为什么不自己画一个呢？”我建议道。

蒂姆画了一个带翅膀的香蕉和一个带翅膀的菠萝。我的答案跟蒂姆的想象相比简直太苍白了。我想，如果我告诉了他，就不会看到这么有趣的画了。

在这个展览中，我最喜欢的一幅画是《棒呆了》。这幅画的创作灵感来自我们的美国之旅。激光嘴超人在水上划船，船上载着米开朗基罗的大卫雕像，朝着纽约的自由女神像驶去。大卫穿着一条写有“我爱纽约”的短裤。这幅画把我逗得哈哈大笑。

蒂姆的艺术创作向前迈了一大步。这非常明显。他每次受到好评，就会更自信。他的艺术才华充分发挥了出来，作品也

1　Fruit Flies，此处为同词异义，本指一种名叫果蝇的昆虫。

越来越好。他的幽默感完全体现出来了，作品里充满了欢乐氛围和俏皮的味道。蒂姆的作品充分地告诉了我他是一个怎样的人，以及他是怎么看待这个世界的。

蒂姆容易弄混日常生活中一些话的意思。他听到的是字面意思，而不是别人说这些话的真正意图。他的画从某种角度展示了他在努力同语言和交流障碍进行对抗，他的整个人生都在进行这种对抗。那些其他所有人都能很容易掌握的语言规则对他而言却是障碍。这种障碍使蒂姆与周围的世界隔离开，使他与我隔离开。但从另一个角度看,这些画也表现了蒂姆的自由。他的视角是独一无二的，这也使他显得尤为特别。他眼中的世界并没有任何缺陷，而是美好、风趣、滑稽的。

蒂姆找到表达观点方式的那一刻，他就和世界重新建立起了联系。这为他带来了许多热情的、支持他的朋友。他也和我重新建立起了联系。经过这么多年的努力，我一直试图倾听他的心声，现在他终于可以告诉我他的想法了。我一直都知道他很聪明，现在他终于找到了一种我能理解的方式跟我交流。他每画一次画，都是在告诉我他的想法。我很惊奇，他竟然会有那么多有趣的想法，比我想象的要多得多。我感到很吃惊，很着迷，同时也非常非常感激。

第十五章

韦恩·班纳特和发电厂

布里斯班发电厂位于最受欢迎、最具个性的新农场郊区，就在布里斯班河的旁边。正如它的名字所示，它曾经是一个旧发电厂。这座发电厂建于20世纪20年代，一直运行到了70年代，然后就被荒废了。这栋建筑被遗弃了，成了流浪汉的家，还有些另类的孩子会去那里聚会。80年代，它被当地的一个艺术委员会征用，并改造成一个非常酷的表演和视觉艺术中心。

改造它的时候，人们保留了发电厂的原貌，包括许多具有工业特征的东西，甚至还保留了之前在墙上的涂鸦。这栋建筑有三层楼高，由红砖砌成，高高地耸立在你面前。这栋建筑看上去有些吓人，似乎曾有过一段可怕的历史，却吸引着人们进去探索。布里斯班发电厂是这座城市的主要艺术中心之一，也是一个闲逛的好去处。许多人去那儿听音乐、喝茶，或者静静地看着河水流过。发电厂现在成了本市的地标，也是布里斯班人生活中十分喜爱的一部分。

孩子们和我都喜欢去发电厂。它就在新农场公园的旁边，公园边上长满了蓝花楹树，还有成片的玫瑰花圃。公园一直延伸到河边，公园里有给孩子们玩的游乐场，有小桥，步行小径在莫顿湾无花果树林中蜿蜒。孩子们很喜欢在这些树上攀爬。

我们经常走到发电厂去,欣赏那儿的风景。对孩子们而言，那个地方棒极了。门厅那里有一个可以转动的轮盘，轮盘由齿轮和金属条与头顶的一面镜子连接起来。转动轮盘，镜子就会随之改变方向，从不同角度将光线反射出去。蒂姆很喜欢这个装置，有时候很难让他放下这个继续往里走。这栋建筑里面有数不清的台阶和楼梯，不时还会看到涡轮引擎的零件。你可以转动齿轮，看看引擎的里面是什么样的。这儿的墙壁都是裸露的，可以看到砖块、石头和水泥，到处都能看见钢筋从墙壁里伸出来。窗户很大也很老旧，还有一部惊人的玻璃电梯。蒂姆把这称作他的“蝙蝠洞”。

你可以想象，当2006年蒂姆被邀请在这个发电厂举办画展的时候，他有多激动。蒂姆才十八岁，刚刚从中学毕业，作为艺术家，他的事业才刚刚起步。这个机会对他、对我们全家而言都太难得了。

※

就像其他很多人一样，发电厂的负责人是在《澳洲故事》播出后找到我们的。我们还接到了一位名叫詹姆斯·莫顿博士的肿瘤学家的电话。我从小到大都很敬畏科学家，觉得他们简直就像是天神一样遥不可及。我很意外这样一个人会给我打电话。听了他说的话，我就更吃惊了。我曾经对自己发过誓，不会再为任何男人哭泣，但莫顿博士的话让我不由得流下了眼泪。

他温柔地说道：“你介意跟我说一下你的情况吗？电视上说你是一个带着两个孩子的单亲妈妈。”

我简短地跟他讲了一遍我们的经历，从蒂姆被诊断出自闭症到我的婚姻破裂。很显然，莫顿博士是个极富同情心的人，他对我们所经历的一切表示非常关切。在当前的社会，一个人能够如此关心我们曾经的苦难生活，的确很难得，我非常感动。

莫顿博士告诉了我他的经历。他和妻子露易丝有三个孩子。他们的第二个孩子，安迪，在两岁时被诊断出自闭症。尽管安迪的预后病情并不像蒂姆那样残酷，但是他们也没多少希望了。像我一样，他们努力寻找各种支持和提供服务的机构。尽管他们比我聪明，比我有钱，也比我认识更多的人，但他们的治病之路跟我一样，从一开始就遇到了许多困难，并且非常孤独。

詹姆斯告诉我，在安迪被诊断出自闭症之后，他和露易丝走在大街上，露易丝就在街上哭起来。他试图安慰她，但这是他第一次不知道该说什么才能让妻子好受点。他们两个都感到非常震惊，非常无助。

露易丝为安迪找了一家早期干预中心，这家中心是由教育机构办的。安迪进入这个中心后，有了很大的进步。一切似乎都好起来了，但是这家中心得到的资金投入开始萎缩，最终中心关闭了。詹姆斯和妻子备受打击。

詹姆斯决心自己开办一个自闭症治疗中心，为孩子们提供服务，并且一直坚持下去。他自费买了一栋老教堂，就在圣布兰登小学附近的街角。他在这个教堂里建起了 AEIOU 基地。AEIOU 指的是自闭症早期干预成果班（the Autism Early Intervention Outcomes Unit），主要面向五岁及五岁以下的孩子。安迪只能在这里待上一年，之后就超龄了，但詹姆斯保证其他孩子仍然能够得到他们急需的帮助。

詹姆斯很敬畏蒂姆，他被蒂姆所鼓舞。他认为蒂姆的成功是他听说过的最棒的自闭症患者励志故事之一。他希望其他人知道他们孩子的将来也有希望。我非常了解他的感受。蒂姆小的时候，我曾经也迫切地想要为他找到这样的例子来鼓励他，但我们身边根本就找不到成年的自闭症患者。所有人谈起的都是自闭症孩子。詹姆斯打算尽他所能支持蒂姆。我被他的热情和意志打动了。

跟他谈过之后，我就在网上找到了 AEIOU 的网站。这个机构给我留下了非常深的印象，那儿的氛围非常乐观积极。在那儿，孩子们始终被当作孩子而不是病人。那是个快乐的、充满了支持与鼓励的地方，没有人成天谈论自闭症治疗中的问题。那里的治疗都是以游戏的方式进行的，人们更注重让孩子感受到乐趣。我回想起我们开始为蒂姆治疗时，那个冷冰冰的自闭症治疗中心，而眼前的 AEIOU 网站上全都是明亮、快乐的图片。这让我有些遗憾，如果蒂姆也是在这么好的环境里成长，他该会成为多么优秀的人啊。

詹姆斯问蒂姆能否为 AEIOU 的下一次慈善拍卖捐赠一幅作品，我们也将会作为嘉宾参加这次慈善活动。蒂姆的作品拍出的价格超过了一万澳元。我们简直惊呆了，这一定能帮到很多的孩子。蒂姆成了 AEIOU 的慈善大使，而詹姆斯成了蒂姆最大的支持者。只要有机会，不管是面对媒体还是在私人聚会上，詹姆斯都会告诉人们蒂姆的故事。他还买了许多蒂姆的作品。看到特别滑稽的画时，詹姆斯会发出爽朗的笑声。听到他的笑声也会让人感到快乐。詹姆斯非常喜欢蒂姆的幽默感，他成了澳大利亚拥有最多蒂姆 · 夏普作品的人，并在办公室里展出这些作品。我怀疑走进他办公室的每个病人都听说过蒂姆·夏普和激光嘴超人。

※

詹姆斯成了我的英雄。看到一个父亲对孩子如此关心让我深受感动，因为一般而言都是母亲在为患了自闭症的孩子忙前忙后。这个男人能够这么主动地承担起照顾孩子的任务，真的很难得。他既有领袖的风范，行动上也雷厉风行。他说把钱用在哪儿就用在哪儿，他为我们描绘了一幅清晰的图景——患了自闭症的孩子该得到如何的照顾。你一定会被他渊博的知识、缜密的思维和献身精神所折服。假如需要走到一百公里外去为自闭症孩子寻求资助，他一定会一路冲在最前面。甚至在到达之前，他就会想到接下来该到哪里筹集资金，或者该实施什么项目。

在詹姆斯的领导下，AEIOU 从仅有的旧教堂中心发展到在全国拥有众多专门设置的分部，还为那些孤立的社区提供区域帮助。他还协助设立了格里菲斯大学自闭症研究中心，确保下一代的教师和社区工作者能够接受关于自闭症的教育。他在短短几年内就取得如此大的成就，实在令人难以置信。他鼓舞着我们，就像我们的故事激励了他一样。

※

在 AEIOU 第一次慈善拍卖后不久，詹姆斯就决定应该让蒂姆和 AEIOU 一起举办一次艺术展。他已经跟发电厂艺术中心的负责人卡姿·奥斯本见面了。卡姿·奥斯本恰好也去过华盛顿，并且见了我们的朋友罗恩。她已经对蒂姆的作品非常熟悉了。

“我这儿有很多墙，”她告诉詹姆斯和我，“你们可以就在这儿办展览。”

发电厂艺术中心在布里斯班久负盛名，蒂姆竟然能够在这里举办画展，看来蒂姆真的成长为一名艺术家了。

“你想邀请谁来开幕？”詹姆斯问道。

我还没有想过这个问题，但我很快回答道：“你。”

我想不出第二个让我如此尊敬的人了。

“你看韦恩·班纳特怎么样？”他问道。

我忍不住大笑。韦恩·班纳特是布里斯班橄榄球队——野马队的教练，也是澳大利亚著名的体育明星之一。韦恩·班纳特可是个大人物。

“你认识他吗？”我问道。

“不认识，”詹姆斯回答说，“但我会找到他的。”

他说这句话的时候，我就知道，他一定会做到的。我很怀疑世界上有哪个人是詹姆斯请不来的，尤其是如果他认为这个人会对自闭症孩子的人生起到重要影响。几天之后，詹姆斯给我打来电话，说一切都安排好了。

我的朋友玛吉负责安排一切相关事务，她是 AEIOU 的员工。雷克萨斯公司是本次展览的主办方，他们的新款汽车将在开幕那天晚上在公众面前亮相。梅丽莎·道恩士，本市最受欢迎、最受观众尊重的电视台主播，将会主持本次展览的开幕仪式。还有许多政府官员、体育明星、时尚达人、媒体记者等都会来参加开幕仪式。各大媒体已经对本次展览作了好多次报道，周末报纸的社会版也将对此次展览的开幕仪式作出报道。这注定是一个不平凡的夜晚。

※

雷克萨斯公司提供给我们一辆车出席当天晚上的开幕仪式，我们好像一下子成了有钱人。蒂姆穿着色彩亮丽、裁剪合体的宾舍曼牌衬衫，很好地表现了他作为年轻色彩艺术家的形象。他看上去棒极了。蒂姆特别期待见到韦恩，而我却恰好相反。

据传言，韦恩·班纳特的脾气很不好。他是英式橄榄球联盟历史上最厉害的教练之一，曾经带领球队赢得数量惊人的超级冠军奖杯。人们都知道他是个要求非常高的人，对其他人的期望值也非常高。他似乎过着一种十分严肃、正统的生活，从不炫耀他的财富或者成功。尽管他话很少，但他说的话是非常有分量的。他说什么大家都会听从，并且给予最高敬意，而他也从来都直言不讳。事实上，他从不回答那些愚蠢的问题，记者们公认他非常难相处，甚至有人说他性情乖戾。有几年，各大媒体之间互相竞争，看谁能拍到一张韦恩·班纳特微笑的照片。这件事真是难办极了。要让这个人笑一笑简直比得超级冠军奖杯还要难。

我不知道我能跟他谈些什么。我不喜欢橄榄球，也不喜欢脾气乖僻的老男人。我不知道说什么，也很担心我说的话会不会跟他意见相左，从而惹怒他。我并不是真的害怕他，但我的感觉跟害怕差不多。

韦恩到达以后，就直接走进了房间，他是个行动力很强的人。有人把他介绍给蒂姆，蒂姆连忙跟他握手，激动得不得了。但蒂姆很快就被端着餐点的服务员吸引了。如果让蒂姆在谈话和食物之间做出选择，即使是谈话的对象是韦恩·班纳特也比不过食物对他的吸引力。于是，在蒂姆追着精美小食走了后，就剩下韦恩和我站在一起。

“让我看看他的作品。”韦恩说道。

韦恩的另一面跟人们说的并不一样，这也是为什么詹姆斯会请他来为展览开幕。众所周知，他有两个严重残疾的孩子。他的一个女儿有身体残疾，他的儿子贾斯汀身患几种不同的残疾，包括智力障碍。看到韦恩牵着贾斯汀出现在橄榄球赛场上，站在欢呼的人群前，这样的画面不免让人唏嘘不已。尽管非常注意保护自己的私人生活，但韦恩从未试图隐藏他有两个残疾孩子的事实。

我们一起浏览展区作品的时候，他问了一些关于我生活方面的问题。他问得很直接，我也尽己所能诚实地作了回答。作为回应，韦恩也跟我诉说了他的生活，听上去似乎跟我的生活很像。他告诉我那种日复一日的生活是什么样的，我听得伤心极了。他所面对的也是重重困难。他说道，他的孩子们永远是排在首位的，但有时很难在家庭和工作之间取得平衡。同时，我也能很明显地看出，他的家庭关系非常稳固。他谈起妻子时，语气里充满了对妻子的尊敬和爱慕。他的眼神很清楚地表明，他的妻子就是他的英雄，比任何一个体育明星都值得他敬佩。

韦恩跟我想象的一点儿都不一样。他是个温暖而真诚的人，并且非常体贴。他很愿意讲述他的软弱，表达他的感情。这让他在我眼中更加真实，更加人性化。我们十分相似。我们都很担心孩子们将来该怎么办。尽管我们的生活完全不一样，但我们有着同样的恐惧和挣扎，我们都感到周围没有其他人能够理解我们所经历的一切。这种感觉真是孤独极了，但在那一刻，我们相互之间得到了安慰。

其他人，例如詹姆斯，对我的处境非常同情，但我觉得韦恩是第一个真正理解我、理解我的生活的人。这真是一次鼓舞人心的谈话，我从来没有遇到过跟我在精神上这么相似的人。我也从未想过，有人能够跟你分享同样的生活经历，会对你的人生产生多么大的影响。

我可以跟韦恩聊上一整晚，但开幕仪式很快就要开始了，还有很多人等着见他。能跟他进行这样的谈话，我感到非常高兴。虽然我们只聊了短短几分钟，但这对我产生的鼓舞是非常大的。

※

这个夜晚非常完美，就跟我们预计的一样。蒂姆不喜欢发表致辞，因为话筒让他感到害怕，但我试着鼓励他，让他简单地说几句。他就像平常一样，说了几句简短而真诚的话："各位嘉宾，非常感谢你们来参观我的艺术展。我很高兴。我喜欢这个展览。"

我也上台感谢了每位嘉宾的支持。接着是詹姆斯发表致辞，然后是韦恩。韦恩致辞的时候，突然提到了我的名字。他把我叫到台上，问了几个关于我跟蒂姆的生活的问题。我完全没有准备，所以很紧张，但他的讲话非常温暖、非常真诚。我想，他是希望人们了解我们经历了多少磨难才取得了今天的成功。很多人都不明白这是怎么回事。开幕仪式后，甚至是到很久之后，人们纷纷告诉我，这种交流多么珍贵、多么鼓舞人。我很清楚他们指的是什么。

蒂姆送给韦恩一幅作品，感谢他来出席这次展览。蒂姆用他的礼物做到了极少人能够做到的事：他让韦恩·班纳特的脸上绽放出了大大的笑容。

蒂姆很喜欢看到发电厂艺术中心到处都挂满激光嘴超人的画。我们开玩笑说这儿就是激光嘴超人的总部。这也不完全是玩笑，它还是有一定的道理——激光嘴超人住在能量城，而发电厂正好就是他应该待的地方。

这次展览上的作品是蒂姆目前所画的最好的一批。这些作品比以往的更加明亮、个性化，且更加有趣。甚至发电厂艺术中心还没开门，就已经有人等在门口要买蒂姆的画了。其中一幅画叫作《十趾冲浪》[1]，上面画着激光嘴超人在挂着十条沙滩裤的晾衣绳上冲浪。《甜蜜的梦》画的是激光嘴超人在城市上空飞行，并往下丢棒棒糖和各种糖果。《北京烤鸭》[2]画的是一

---

1 *Hang Ten*，又可以理解为“挂着十个”。

2 *Peking Duck*，由于 Peking 类似于 Peeking，所以容易被误解为“偷窥的鸭子”。

群鸭子站在中国的长城上，紧张地从墙缝里偷看激光嘴超人做饭。

到目前为止，蒂姆最受欢迎的一幅画是关于威格尔斯乐队[1]的。这幅画叫作《激光嘴超人叫威格尔斯乐队闭嘴》。蒂姆画这幅画是因为我强迫他听了太多次威格尔斯乐队的圣诞音乐。这幅画既古怪又滑稽，画面上的人物都是威格尔斯音乐作品中的卡通形象和乐队成员。我们可以看到，恐龙桃乐西被放在烤架上烤，船长费得斯沃德站在海盗船的跳板上，被布条蒙上了眼睛，章鱼亨利被一群鲨鱼围住了。穿黄色衣服的乐队成员被绑在传送带上，运向一个切水果沙拉的大斧头。一个大型的土豆泥挤压器正要挤压穿蓝色衣服的乐队成员。激光嘴超人则开心地站在画面的正中间。他正把那个穿红色衣服的乐队成员当成炮弹用大炮打出去。

还有另一幅非常棒的画也是在此次展览上首度亮相。这幅画叫作《激光嘴超人和烧烤》。画面上，激光嘴超人站在烤架旁烤着香肠，他身后等着一排跃跃欲试的金发女郎，每个人手里都拿了一张号码牌，就跟你在熟食柜台前排队的场景一样。

詹姆斯买了一张蒂姆画的《蒙娜丽莎》，这幅画很快就成了蒂姆的知名作品。有人给了我们一本美术书，上面有达·芬

1　澳大利亚著名的专门演奏幼儿音乐的乐队。

奇画的蒙娜丽莎。我跟蒂姆说人们非常喜欢这幅画，因为他们不知道蒙娜丽莎为什么微笑，这是个谜。我问蒂姆他觉得蒙娜丽莎为什么微笑，于是他用自己的画告诉了我。在他的画中，蒙娜丽莎摆好了姿势，她的旁边是快要画完的画像，而画家正是激光嘴超人。为了让蒙娜丽莎笑，激光嘴超人转过身去把裤子脱下来，亮出了自己光溜溜的屁股。詹姆斯买下了这幅画送给一个同为肿瘤学家的朋友。他的朋友为此感到很自豪，那幅画至今还挂在他的待客室里。

※

在为期两周的展览中，蒂姆和我每天都会去那儿。我很高兴看到人们在展板间走来走去，相互讨论着对蒂姆作品的喜爱。我觉得这个地方就像家一样，蒂姆也很喜欢待在这儿。他可以在这儿随意走动，跟工作人员交谈。这儿的每个人都非常善良、友好，并且非常喜欢他的作品。蒂姆受到的夸奖越多，自信心就越强。

“这些作品真是棒极了，蒂姆！”人们会这样说。

蒂姆就会笑着说：“我知道！”

他的回答诚实自然，并不是狂妄自大，人们都觉得他这样说话很可爱，所以也会对他报以微笑。

“你可真谦虚呀，蒂姆。”我开玩笑地说道。

“谦虚是什么意思，妈妈？”他问我。

我解释不清谦虚是什么意思，也没法让他明白我是在说反话。所以之后当有人夸蒂姆很棒或者很聪明、有才华的时候，他就会说：“我知道！而且我很谦虚。”

他这样一说，更逗得大家哈哈大笑起来。

第十六章

谢尔登、伊戈尔和 ABC

在我们接下来的生活中，各种活动应接不暇。蒂姆在布里斯班发电厂展出的画已全部售出。没过多久，我们就又收到了许多订单。全国各地的人都给我们发电子邮件或者订单，想要购买蒂姆的画，我都不知道他们是怎么知道我们的地址的。蒂姆继续担任 AEIOU 的宣传大使，同时我们还被邀请参加其他的慈善活动。不管哪里需要，我们都会捐赠出蒂姆的作品。蒂姆的一幅画捐给了橄榄球联盟的球员卢克 · 普利迪斯，他的儿子被诊断出自闭症。卢克也创建了自己的基金帮助患有自闭症的孩子们，他问蒂姆能否在他们的慈善晚会上捐赠一幅画。那晚的慈善竞拍真是激动人心，蒂姆的作品被著名的电台主持人阿兰 · 琼斯以一万澳元的高价拍下。

后来，我们每年都向布里斯班妇幼医院捐赠一批蒂姆的作品。医院将这些作品进行拍卖，所得的钱会纳入他们的小奇迹基金。能够回报曾救过萨姆和我的医院，我感到非常高兴。

蒂姆现在已经变得非常沉稳了。当他受邀参加2006年举办的国际残疾人日纪念艺术展时，并没有表现得多吃惊。但这次展览的地点非常吸引我们。这个展览将于十一月举行，地点在悉尼歌剧院。我们去参加艺术展开幕式的时候，蒂姆特别兴奋，他一路跑过了码头，跑上了台阶，一直跑到大门口。我一边笑一边在后面追。悉尼歌剧院就像一艘船，停靠在迷人的港湾。它是世界著名的地标建筑，而现在，它的里面摆放着著名艺术家蒂姆·夏普的作品。

※

似乎突然之间，我们的生活就充满了各种绝佳的机遇。詹姆斯·莫顿提名蒂姆为2006年澳大利亚杰出青年候选人，蒂姆最终在众多候选人中胜出。昆士兰州州长在国会发表了一篇关于蒂姆的演讲，称赞了他取得的成就，认为他是青年人的楷模，尤其是他还战胜了如此多的困难。蒂姆还上了《澳大利亚名人录》（*Who's Who in Australia*），那上面全都是极具影响力的澳大利亚人。《人物周刊》（*Who Weekly*）刊登了关于我们家的一篇文章。我们的全家福照片正好在演员乔治·克鲁尼和布拉德·皮特之间，这让我很开心。

2007 年，我们收到了澳大利亚国家博物馆的邀请。澳大利亚国家博物馆位于堪培拉，他们想让蒂姆的作品入驻永恒画廊展览。永恒画廊是一个美丽的地方，那儿展出的作品表现了人类的不同体验和经历。它通过澳大利亚知名人士的真实生活，展现快乐、机遇、奉献、希望、孤独和恐惧。博物馆的人告诉我，蒂姆的故事将被命名为“隔离”。博物馆的馆长是一位名叫萝万的女士。她说，他们想向人们展示自闭症是怎样将蒂姆与社会隔离开，而艺术又是怎样将蒂姆带回来。萝万女士为蒂姆选择了这么一个词，我对此产生了兴趣。这个词对我来说具有很重要的意义，因为自从蒂姆出生以来，我一直都在同这种隔离做斗争。我很高兴她对蒂姆的故事的定位是正面的、积极的。我们真幸运，蒂姆发现了他身上的这种天分，从而能够将他带回我们的世界。

这个展览包括了相关的视频、照片和蒂姆的一幅画。蒂姆的故事非常积极向上，并且组织得当。展馆很漂亮，周围都是大块的玻璃。走在展馆里，可以看到蒂姆故事的旁边还有罗伯特·孟席斯[1]、林迪·张伯伦[2]、威格尔斯乐队和本·李[3]等人的故事。和蒂姆比肩的都是些响当当的大人物呢。

因为我们和澳大利亚国家博物馆的关系，一个出版商找到了我们。他想用蒂姆的一幅作品作为一本出版物的封面。他们打算出版一部名为《澳大利亚学校的教学价值观》（*Teaching Values in Australian Schools*）的书，并将其发放到全澳大利亚的公立学校。他们选了蒂姆的作品《甜蜜的梦》。这幅画表现出了奇异而美丽的景象，它所反映的观点是人们应当通过话语散播友善。出版方想要强调的正是这一点。

不久之后，另一个因看了博物馆展出而知道我们的人也给我们写了信。他叫作吉尔斯·波力，是一个自闭症学校的教师助理。他的学校在伍伦贡，他写信是想告诉我们他有多喜欢那个展览，他被蒂姆的故事深深鼓舞。我们收到的所有信件蒂姆都会去读，但他把回信的任务都交给了我。我在回信中写道，我很感激他抽出时间来给我们写信，并且很希望将来有机会去伍伦贡。吉尔斯很快就给我们回了信，他在信中说，他的学校将举行一个年度艺术展，他邀请我们参加。我们当然要去，为

---

1 澳大利亚政治家，也是在任时间最长的澳大利亚总理。

2 1982 年被指控谋杀自己的幼儿，后证实为冤案，至 2012 年才由法院作出判决，洗刷冤屈。电影《暗夜哭声》即根据此案改编。

3 澳大利亚著名歌手及演员。

什么不呢?

吉尔斯把我介绍给专为自闭症儿童设置的南海岸学校的校长。校长名叫布鲁斯·劳尔斯。布鲁斯邀请我们参加他们于2007年举办的展览。承办这次展览的画廊位于伍伦贡南岸的一个冲浪俱乐部内。那个地方环境非常优美，那儿的人们愿意用它来办艺术展，他们真是一群可爱的人。这次展出不仅仅是为了布鲁斯学校的孩子们。当然，孩子们的作品也非常棒。整个地区的自闭症艺术家都来展出他们的作品，并且这些作品都是上乘之作。

蒂姆和我提前了几天去伍伦贡。我们接受了一些媒体的采访，见了一些当地的知名人士，然后就去参观南海岸学校的所有班级。这个学校有一个中心基地，然后把所有的班级都安插到普通学校和特护学校里。班级里的学生都由受过专业培训的老师照顾。南海岸自闭症学校覆盖了自闭症患者从托儿所、幼儿园到小学、中学甚至是成年后的阶段。这是我见过的最成功的项目之一。这儿的员工都非常具有奉献精神，看得出来，他们很爱自己看护的孩子们。

我们去参观那些班级时,班上的孩子们都对蒂姆非常仰慕。看到这样的情景，我不由得感慨万分。刚开始的时候，老师们还预先提醒我们，孩子们可能不会对我们感兴趣。但当我们来到班级里，孩子们都非常高兴能够见到蒂姆。他们中的一些人才刚刚被诊断出自闭症，需要很高级别的看护。孩子们都跑向蒂姆，牵着他的手，爬到他的膝盖上坐着，而蒂姆则鼓励他们画画。看着蒂姆对孩子们的鼓励，我感动得落下了眼泪。

有一个参观了南海岸艺术展的人非常喜欢蒂姆的作品，他提出为蒂姆提供一次免费的跳伞机会。我们几个小时后就要离开悉尼了，但那位先生坚持说时间足够了。他是这家公司的老板，可以优先安排蒂姆跳伞。我一遍又一遍地问蒂姆是否愿意去，问了上百次，但每次他都很确定地告诉我，他要去。他和跳伞队的人去了机场——没有多余的位子，所以我去不了。这是他第一次离开我，并且身边没有任何熟悉的人。但他却那么自信、那么快乐，我简直不敢相信自己的眼睛。可同时，我又着急得心如乱麻，眼泪都快掉下来了。我给萨姆打电话说："我都做了什么啊？我觉得我会让你哥哥送命的！"

一个小时以后，蒂姆开心地回到了地面上，脸上带着大大的笑容。他安全、稳当地双脚着地了。这是我一生中最漫长的一个小时。他立即问我能不能再跳一次。我说："我的神经绝不能再忍受你再来一次了。"

2007 年，我们在伍伦贡度过了美妙的时光。我们都乐意明年再来这儿，并且以后每年都来一次。蒂姆捐赠他的作品给南海岸学校，表示对他们的支持。他捐赠的作品包括一幅激光嘴超人的画，这幅画被印在了一个冲浪板上。后来，这个冲浪板被当作奖品进行抽奖出售，共筹集到了几千澳元。校方为了表达对蒂姆的感谢，给他提供了一些很棒的体验，例如骑着摩托车在公主高速公路上行驶，或者乘着直升机鸟瞰整个南海岸。蒂姆很喜欢那儿，我也在那儿玩得很开心。我们交到了许多知心朋友。看到那儿的孩子们在南海岸学校项目的帮助下成长进步，是我收到的最好的礼物。

※

在接下来的几年里，我们定期去全国各地旅行，见不同的人，展出蒂姆的作品。我们并没有什么特别的计划，但是总有人会找到我们，所以我们从不缺少机会。人们喜欢蒂姆的作品，并且愿意跟朋友们分享。同时我们也会被邀请谈论身体残疾和心理障碍，如何融入社会，还有蒂姆能够表达自己的重要性。他受邀在慈善机构、公司和学校发表演说，讲他从幼儿园到中学期间发生的所有事情。刚开始去中学做演讲的时候，我很紧张，因为中学的学生们大都处于青春叛逆期，对一切都满不在乎，我担心他们会对蒂姆的经历不屑一顾。但让我意外的是，这些孩子都成了蒂姆的粉丝，十分仰慕他所取得的成就，并且爱上了他的作品。

蒂姆毕业后，很快有了稳定的成年生活。如果没有展览或者演讲，我们就待在家里，按部就班地做着一切日常事务。每天，蒂姆都有自己的安排。他喜欢用他的游戏手柄跟着视频做运动，看看电影，写写字，读读新闻，然后就和我们新养的两条狗，可可和糖块，一起到院子里晒太阳。有时，他还会做饭以及其他一些家务，例如晾衣服，但他总是没搞清楚衣服甩干了没有就直接拿去晾了。当然，他的心意我还是领了。

蒂姆决定画画的时候，就会知会我一声："我要画画了，妈妈！"

他就在我们的餐桌上作画。这张餐桌有 4 英尺长、2.5 英尺宽[1]，它对我有着特殊的意义。妈妈在我离开前夫的时候，把这张餐桌给了我，那是她和爸爸结婚的时候买的。这张桌子是松木的，已经用了七十多年了，上面的油漆刷了又掉，掉了又刷，但我就是舍不得把它丢掉。我们要吃饭的时候，就把蒂姆的画移到车库的旧乒乓球桌上去，蒂姆重新开始画画时再把它们拿回来。蒂姆不需要去画廊或者工作室，他只需要坐在他最喜欢的那张椅子上，面对着最习惯的那个方向，就能够开心地画画了。

从他在克利夫兰我们租住的房子里第一次拿起笔开始，我就在他画画时陪着他。我的陪伴对他而言是一种习惯，是他日

1 约为 1.22 米长，0.76 米宽。

常的生活方式。如果他开始以某种方式做事，那么这种行为模式就会深深印在他大脑里。直到现在，我们过马路时，他还会紧紧抓住我的手，就像他小的时候握住我的手指在后院学走路一样。他现在仍然用小学时就使用的那种蜡笔作画。每年，他都要用掉几百支蜡笔。这也是他的作品独具魅力的原因之一。

他长大一些后，我试着不陪在他身边，让他自己画。“你自己画吧，我正在做饭呢。”我说道。但是没有用，蒂姆需要我坐在他身旁，需要我看着他画。如果我拿起一本书来读，或者打电话，他就会把笔放下。唉，算了吧，我笑着摇了摇头，蒂姆已经把我的陪伴视作理所当然的了。虽然我有很多其他事要忙，但是看着蒂姆画画真的是一种享受，他的画非常漂亮。蒂姆有一双很好看的手，就像他出生时，为他接生的医生说的那样。他的手在纸上优雅地划过，你会看一条线奇迹般地变成了一个形象。我怎么也看不够。但是提起涂色，唉，真不想提这个，那实在是大费周章。人们告诉我们，他们看蒂姆的作品时，能够感觉到每一笔涂色都显得很紧张。但是如果不是凑近了仔细看，你不会发现这一点。他越到快画完的时候，我就越紧张——这是自然的，我担心他会出差池……看着他画画，就像看着他在尼亚加拉大瀑布上走钢丝一样。等他画完，我的整个神经都快绷断了。

这种高度集中精神的工作也让蒂姆很疲劳。他每次只能持续画半小时，然后就需要休息。当他为国旗涂色的时候，常常搞不清颜色，会拿错蜡笔。这是我唯一能够提供帮助的时刻。“你需要红色还是绿色？”我会这样问。

我只是确保蒂姆拿的是他自己想要用的那种颜色，而不是给他提建议。有一次我给他提了建议，结果画出来的效果很糟糕。那次蒂姆正在画一个晴天的海滩，我告诉他可以在水里面加一点紫色，结果很难看。萨姆回家看到这幅画时，问道：“怎么上面溅了点紫色的污渍？”

蒂姆说：“我知道该怎么画，妈妈。”

他很少出错。他跟我说，他能够想象出那些画面，所以他很清楚具体该画些什么。

※

中学毕业后，蒂姆每周有十个小时由政府提供的护工照顾。但我仍然得减少在圣布兰登小学的工作时间，留在家里照顾蒂姆。在他今后的生命中，只要我还跟他生活在一起，他就需要我的照顾。尽管他在艺术上很有天分，但他仍然不能自己过马路。如果你告诉他你出生的日期，他能够在一秒钟内算出你多大年纪，但他却不会计算钱数。他不会自己订披萨。我不能让他一个人待在家里。

感到压力或者害怕时，蒂姆会特别焦虑。那个时候，如果他手里拿着笔，画出的线条就会像遭受了大地震那样跳跃。他需要系统的、持续的安抚和帮助。别人对他的提问和对话常常让他感到困扰，感到疲倦。他仍然非常脆弱。

我不介意为蒂姆付出，我是那么爱他，但是一个年轻人这么依赖自己的母亲也不是一件好事。我担心自己离世以后，他该怎么办。我把他画画挣到的钱都存入了一个信托基金，我们仍然靠我的补助和兼职工作的钱生活。在我不能为蒂姆提供帮助的时候，银行里有些钱可供蒂姆生活，这对我来说算是小小的安慰。我担心那些钱不够，但至少我们开始有了一点积蓄。

※

2009 年，我们受邀再次在布里斯班发电厂艺术中心举办画展。蒂姆画得很卖力，所以这次我们有很多作品可以展出。还有另外一家布里斯班的画廊也邀请了蒂姆。虽然这两个展览在时间上有部分冲突，但我们绝不会错过去最喜爱的发电厂的机会。

还有一个展览在南岸，当时的昆士兰州州长安娜·布莱参与了开幕仪式。几天后，蒂姆和我就回到了发电厂，我们同那些来观赏蒂姆作品的人亲切地打招呼。蒂姆很喜欢徜徉在展厅里，看着他的作品挂在艺术中心的墙上，那么的完美无缺。他很喜欢探索这栋建筑的各个地方，跟老朋友聊聊天，认识认识新朋友，听听大家对他的称赞。他在这儿非常放松，就像在自己家里一样。看到他如此快乐放松，我很欣慰。他喜欢跟欣赏他作品的人聊天，展厅里到处都是这样的人。展出的作品很快就卖掉了，全国乃至海外的艺术收藏家都想收藏蒂姆的作品。

有一天，我正跟几个参观者聊着，突然听到两位女士激烈的争吵声。她们都想要蒂姆那幅名为《吸鸡磁铁》[1]（没有任何讽刺的意思）的画。事态发展得越来越严重，我感觉其中一位女士甚至像是要把那幅画从墙上拽下来带走一样。不过，后来就变成了两位女士为这幅画展开的竞价大战。最后的赢家当然是蒂姆。

在这里展出的作品还包括一幅叫作《我喜欢阳光普照的国家，那儿有扫地的飞机》的画。这幅画是蒂姆受到了多萝西娅·麦凯勒的诗句启发而创作的。[2]这幅画的背景是澳大利亚著名的乌卢鲁巨石，激光嘴超人站在一架飞机上，手里拿着一

---

1 *The Chick Magnet*，字面上翻译是“吸引鸡的磁铁”，口语中指的是“吸引少女的人”。

2 画名为 *I Love A Sunburnt Country, A Land of Sweeping Planes*。原诗句是“I love a sunburnt country, A land of sweeping plains”，译为“我热爱阳光普照的国家，那里有一望无际的平原”。

把扫帚。[1] 蒂姆还有一幅作品叫作《疯狂之夜》，上面画着激光嘴超人开着敞篷汽车在城市里四处跑，他的周围则是狮子和长颈鹿。[2] 还有一幅叫作《我们，我们，我们快回家》的画，上面画着三只小猪住在三个厕所里。[3] 蒂姆的另一幅画叫作《我们去俱乐部》，画面上激光嘴超人和几位漂亮的女郎站在一起，手里拿着一大把高尔夫球杆。[4]

《幸福双响》是我最喜欢的一幅画。这幅画很明显是一个双关语[5]，虽然它的本意并不是搞笑，却能让人会心一笑。激光嘴超人站在画面的正中央，两手各拿了六把枪。枪里射出的是两朵由笑脸、爱心和音符组成的美丽的云。这是我看到过的最令人身心愉悦的东西。这幅画真的让我感到很开心，因为蒂姆不会撒谎——如果他画了如此快乐的景象，那么他的心里也一定是这样认为的。

---

1 sweep 又有“扫地”的意思。

2 *Wild Night Out*，*wild* 既有“狂热”之意，又可指“荒野”。

3 out-house 从字面上看是“房屋外面”的意思，但口语中指的是“厕所”。

4 *Let's Go Clubbing*，*club* 既可指“俱乐部”，也可指“球杆”。

5 *A Double Shot of Happiness*，double shot 既可指“双响”，也可指“双份浓缩”。

※

我们在发电厂艺术中心有一个用于卖画的小摊位。有一天，我正坐在摊位前，两位先生从楼梯上下来，进了排练室。其中一个人很高，留着较长的黑头发，眼睛深邃，若有所思。另一位则身形矮小，看起来像是个舞蹈演员，他的眼睛非常明亮，神采奕奕。

他们进去几分钟后，又从排练室出来了。很明显，他们是因为特定的目的来这儿的。他们看到蒂姆的作品后就停住了，然后又凑近了一点仔细欣赏。那两位先生从一幅画到另一幅画，认真地往下看，还不时露出微笑。我很高兴看到参观者如此欣赏蒂姆的作品。

蒂姆站在画廊的中间，那两位先生走过去同他交谈。我很乐意人们跟蒂姆说话，他大部分情况下也很喜欢这样，但有时人们的话会给他带来一些困扰。有人会提一些荒唐的要求，尤其是涉及费用的时候。有时，蒂姆为了逃避跟这些人说话，会什么都答应，而我不得不事后跟他们解释我们无法这样做。

一位女士走向我的摊位，我一边尽可能地为她提供帮助，一边竖起耳朵听蒂姆跟那两位先生的谈话。似乎那两位先生在努力说服蒂姆。他们把蒂姆带到他的一幅画前，然后指着那幅画，我看到蒂姆好像对他们的问题回答了一个单词。那位女士离开后，我径直走了过去，然后自我介绍说是蒂姆的母亲。但是那两位先生似乎对我并不感兴趣，他们仍然在问蒂姆每幅作品背后的故事。他们想知道“为什么这样”“为什么那样”，解释这些对蒂姆而言非常难。问题一多，他很快就搞糊涂了。他的大部分回答就是他喜欢那个，那能让他感到开心。他是让作品自己说话。但令我印象深刻的是，那两位先生并没有催促蒂姆给出解释。他们很耐心地等着蒂姆搜索着合适的词来表达，尤其是当他们看出这对蒂姆比较困难的时候。

我退了回去，静静地等着他们谈完。我很确定，他们不是要强迫蒂姆做什么，或者对他提出过分的要求。我的责任是保护蒂姆，但感觉告诉我，这个时候他并不需要我保护。这两位先生跟蒂姆一起待了很久，仅仅只是观赏他的画。他们看完画后，就走过来自我介绍。矮一些的那位先生叫作谢尔登·利伯曼，高一些的叫伊戈尔·科里奇。他们是动画制作人。他们想知道蒂姆是否愿意跟他们合作。

谢尔登开了一家数字制作公司，名叫大鱼 TV，伊戈尔为他工作。他们是非常成功的动画制片人，曾得过各种奖项，并且制作过很多商业作品，包括发电厂艺术中心的宣传片。ABC 电视台要求他们为台里新推出的儿童频道 ABC3 台，挑选四个能用于制作动画系列节目的创意。他们觉得激光嘴超人很适合作为电视动画人物。

蒂姆听到这个的时候，眼睛都亮了，我也激动不已。蒂姆从开始画激光嘴超人的时候，就一直希望能让他出现在电视上。他常常问我什么时候才能让激光嘴超人上电视，我无法回答他，因为我也不知道激光嘴超人什么时候能上电视，怎么才能上电视。突然之间，机会就从天而降，来到我们面前。我觉得我有些激动过头了，似乎让对方有些尴尬，但这真是千载难逢的好机会。他们提供的机会可以让蒂姆实现他最大的梦想。我简直乐坏了，蒂姆也一样，当然，他看起来比我要平静得多。

那天下午，伊戈尔和谢尔登是来发电厂艺术中心寻找创作灵感的。事实上，伊戈尔是刚从他的祖国塞尔维亚直接飞过来的，这样他就能和谢尔登一起更好地为他们的 ABC 电视台提案展开工作。这对他们来说也是个巨大的机会，他们想要在这次提案中展示最好的作品。他们也非常急于在新频道播放他们制作的动画。他们发现蒂姆的时候非常兴奋，当然，也许不像我那么兴奋。他们离开后，我乐得跳了起来，给了蒂姆一个大大的拥抱，并且跟他解释道，不久后激光嘴超人就要上电视了。我忽视了所有可能出现的问题，也没有去想万一电视台不接受这个提案怎么办。我没有跟蒂姆提起这个。我完全相信谢尔登和伊戈尔会把提案做得很棒，ABC 电视台一定会喜欢的。我确信这整件事就是命中注定。

※

让激光嘴超人上电视的工作很快就开始了。伊戈尔和谢尔登从展览的画中选择了一些作品，在附近的一家摄影棚里对这些作品进行高清拍摄。他们从一开始就要保证作品的完美。这些照片被送往大鱼 TV。在那儿，制作团队会将每幅画中的每件东西都切割开，从而保证每个物品或人物都能够单独制作成动画。他们切割的是电子照片，而不是实际的画。切割电子照片非常费神，这个过程需要花很长时间。伊戈尔忙着给动画写台词和脚本，谢尔登则负责配音和音乐。每次他们想到了什么点子，就会把蒂姆请到工作室去，问他是否喜欢。

我们每周都会去那儿一两次，查看他们的进度，学习动画制作的流程。蒂姆对大鱼工作室很好奇。他们的工作室在一个改造过的教堂里，到处都是复古的玩具。那儿的工作人员看到我们就会笑着打招呼：“你好，蒂姆！”我很高兴看到蒂姆成了这儿的大红人，他是整个项目背后的创作中枢。

这个项目的制作过程比我想象的要细致得多，大鱼工作室的团队非常勤奋，离 ABC 电视台要求的时间只有几个星期了。这部动画只有四十五秒钟，在两档半小时的节目之间插播。但整个系列需要做八部动画，现在他们只是在试水。

谢尔登和伊戈尔说，每幅画的笑点都非常明显，但当你仔细观察这幅画，就会发现深层的含义。他们会根据画面引申出一些动作，然后问问蒂姆的想法。大部分情况下，蒂姆都非常赞同他们。谢尔登和伊戈尔很尊重蒂姆，我也非常信任他们。谢尔登跟我以前遇到过的任何人都不同，他非常聪明，说的每句话都很谨慎，但他的想法总是很明了，很有趣。他看待世界的方式非常奇特，这让蒂姆十分着迷。他们的紧密联系使得这个项目进展得非常顺利。

※

《吸鸡磁铁》是激光嘴超人系列动画的第一部，它真是完美极了。蒂姆作品中的每个元素都活了过来，演出了一个小故事。一只愤怒的母鸡看着激光嘴超人用一块磁铁吸它的小鸡，把它们弹到路上。小鸡和它们的妈妈气冲冲地离开后，激光嘴超人把磁铁对准自己，然后飞出了屏幕。

谢尔登和伊戈尔并没有试图把激光嘴超人打造成一个跟罪恶对抗的超级英雄，他们只是让幽默自然地呈现出来。他们甚至在制作演职员表时用了蒂姆的手写字体，从而确保整个风格的统一。真正让蒂姆的画活起来的还是音乐和配音。蒂姆从一开始就很明确，激光嘴超人是不会说话的，所以谢尔登问蒂姆激光嘴超人会发出什么样的声音。蒂姆发出了一种声音，有点像鼻子哼出的笑声，于是那就成了激光嘴超人的声音。我们都知道蒂姆如何挣扎着摆脱语言对他的束缚，所以他笔下的英雄不需要用语言表达自己也很正常。不过激光嘴超人有自己的出场主题音乐，那是一段非常明快的邦戈鼓乐，恰到好处地表现出了激光嘴超人的个性特征。

动画制作完成后，蒂姆说道："这个不错。"我听到这句话就足够了。

大鱼 TV 提交给 ABC 电视台四个动画提案，但他们最终选择了激光嘴超人。我们还没来得及庆祝，就又投入到制作整部系列剩下几集动画的工作中。那些人会先问蒂姆的意见，蒂姆告诉他们自己的想法。那儿的工作氛围非常好，整个团队都相互帮助，相互合作。我们会集中在后面的剪辑室观看动画片段。观看的时候总是有很多人，于是有的人站着，有的人干脆坐到地上。大家看完后，都会去观察蒂姆的反应。因为那儿的每个人都知道，如果蒂姆看完后被逗得哈哈大笑，那么这集动画就一定能够成功。那也是我们所有人的成功。

谢尔登竭尽所能地节省制作经费，从而让蒂姆能够从电视台支付的费用中得到尽可能多的钱。我想，他一定是知道蒂姆自己挣钱的能力很有限，所以决定尽自己所能帮助蒂姆。这部激光嘴超人的系列动画从一开始就写的是蒂姆·夏普的名字，并且最终的大部分收益都给了蒂姆。尽管预算很紧，但整部动画的效果仍然非常精彩。大鱼公司制作的每集动画都让蒂姆的作品活了过来。有一集动画的名字叫作《肥皂剧》。在这集动画里，激光嘴超人坐在浴缸里面，各种经典剧照在他周围缓慢上升，许多肥皂泡从浴缸里一直飘到天花板上。另一集叫作《热辣老妈》，激光嘴超人正把一桶热水浇到一个抱着孩子的女人身上。《快捷飞行俱乐部》讲的是一群鸟落在机场休息室的沙发上，激光嘴超人就坐在旁边，它们将会拍打翅膀，把飞机抬到空中。这些动画情节非常滑稽，还有一点古怪。蒂姆每次看到这些动画，就会露出大大的笑容。

※

2009 年的节礼日[1],《激光嘴超人》动画在 ABC3 台试播时播出了。萨姆、蒂姆和我一起坐在起居室里观看他的电视首秀——一集四十五秒钟的动画短片《家里的黑羊》。我们都被这集动画深深吸引住了。尽管我们之前已经在剪辑室看过很多遍了，但真正看到它作为电视节目的一部分，由两位主持人进行介绍，的确感觉像是在做梦一样。我们安静地坐在一起，享

1 Boxing Day，圣诞节次日，是英联邦部分地区庆祝的节日。

受着梦想实现的喜悦。

2010 年 2 月 8 日星期一，《激光嘴超人》开始正式播出的前一天晚上，我在发电厂艺术中心对面为蒂姆和大鱼工作室的制作团队举办了一个大型的派对。这个派对是为了感谢谢尔登和伊戈尔，感谢大鱼 TV 公司，以及我们所有的朋友和支持者。我们播放了所有的动画，制作团队赢得了经久不息的掌声。听到大家热烈的掌声，我开心极了，我感到整个屋子里充满了浓浓的爱意。

谢尔登制作了激光嘴超人的面具，我们每个人都带着那个面具拍了照片，体验了一把成为激光嘴超人的感觉。接着，他又发表了精彩的致辞。他说他和蒂姆相处得非常棒，还说蒂姆对他的影响很大。他解释道他并不是一个相信缘分的人，但他觉得是冥冥之中上天指引着他遇到了蒂姆，并且一起完成了这么棒的工作。我知道他指的是什么。那是一种无法用言语说明的力量，正是这种力量使我们走到了一起。我觉得激光嘴超人就是蒂姆送给我们所有人的礼物。

派对结束之后，我收到了伊戈尔写来的感谢信，他的信让我深受感动。他写道："我一直都把蒂姆当作我心目中最棒的英雄。我从未想到他曾经克服了那么多困难，并且生活中还有那么多的障碍。所以看到他独自一人站在我们所有人面前时，我的整个人都被他改变了。"那年下半年，谢尔登和伊戈尔制作的动画片《睾丸》获得了澳洲短片电影节动画短片奖。谢尔登在整个活动过程中都穿着他那件印有激光嘴超人的T恤，他想让全世界的人都能看到蒂姆的作品。

※

蒂姆的动画在ABC3台首播时，他才二十一岁。他是世界上第一个作品被制作成电视节目的自闭症患者，他为其他患有自闭症的艺术家和动画制作人开创了一条路。2011年1月，这部动画系列片出售给亚太卡通频道。整个亚洲、新西兰和澳大利亚都能看到这部动画。激光嘴超人成了国际知名的动画人物。

这对蒂姆而言真是难以置信的成就。即使对没有自闭症的人来说，也是非常了不起的。蒂姆在患有自闭症的情况下还能做到这一切，实在是太不容易了。说实话，看着激光嘴超人飞遍全世界并不是让我感到最骄傲的地方。真正让我感动落泪的，是看到蒂姆周围围满了赏识他、热爱他的艺术家。谢尔登和伊戈尔都是非常慷慨的人，他们完全没有任何私心或者自私的想法。他们不仅帮蒂姆实现了将激光嘴超人搬上电视屏幕的梦想，还让他跟自己的团队一起工作，去创造他独自一人无法完成的更大的作品。这种经历是无价的。他们的行为让我对整个世界发生了改观。

第十七章
凯特·布兰切特和QPAC[1]

2009年12月月初的一天，我正打算修剪后院的草坪。修剪到一半的时候，割草机卡住了，嗞嗞几声后就停住了。我重新启动了一下，它工作了几秒钟后就又停了。我气得踢了几脚它的轮子，这时家里的电话响了。蒂姆跑出来告诉我说，电话是找我的。我想在天黑前把草坪修剪完，而且这个时候会打电话来的除了电话推销员没有别人。这个电话来得真不巧，我郁闷地走进门。

"你找我干什么？"我对着电话那头不客气地说道。

"噢，你好，"一个声音紧张地说，"您是蒂姆的妈妈吗？"

电话那头是位声音非常好听的女士，她的名字叫作罗斯

1 即昆士兰州表演艺术中心（Queensland Performing Arts Centre）。

玛丽·迈尔斯，是布里斯班儿童艺术嘉年华（Out Of the Box Festival）的艺术总监。她打电话来是想问问蒂姆是否有兴趣在2010年的艺术嘉年华上进行一次作品展。

“您好，很高兴接到您的电话。”我的声音立马软了下来。

布里斯班儿童艺术嘉年华每两年举办一次，主要面向八岁以下的孩子，这次嘉年华将在昆士兰州表演艺术中心举行。此次儿童艺术嘉年华活动期间，南岸的整个艺术界都会参与其中，还有世界各地的艺术家和剧团前来表演。萨姆和蒂姆小的时候，我带他们去看过一两次。蒂姆很难忍受这些外出活动，但是萨姆很喜欢，我也对这些艺术活动的专业水准留下了深刻的印象，它们真的是世界级的表演。我们的确很喜欢发电厂艺术中心，但昆士兰州表演艺术中心是国际巨星表演的地方，对我们具有非常大的吸引力。我很高兴蒂姆能够在这样一个特殊的地方举办画展。

※

嘉年华的宣传团队组织了一些媒体对蒂姆进行报道，从而促进对本次活动的宣传。他们在《信使报》（*The Courier-Mail*）上刊登了一篇关于蒂姆的新闻特写。一个叫佛琅茜丝·怀汀的记者来我们家做采访。我喜欢这个记者很多年了，她是位聪慧机灵的女士，很容易引起人们的情感共鸣。当然，她最大的特点就是幽默。我相信她一定很懂蒂姆的幽默感，但我并不希望她对蒂姆的背景轻描淡写。

我的这种担心是多余的。就像许多采访蒂姆的记者一样，佛琅茜丝对蒂姆的描述非常准确，并且饱含情感。她同蒂姆一起喝茶，吃烤饼，他们俩很快就成了朋友。蒂姆甚至邀请她去参观他的房间，这让我倍感意外。他想向佛琅茜丝展示他最珍贵的藏书、DVD 和 CD。

更让我意外的是，蒂姆还想给佛琅茜丝看他的笔记本。他随身带着一个 A4 纸大小的笔记本，上面记满了各种他感兴趣的东西和他的艺术灵感。有时，他一天就能写满一个笔记本。我偶尔偷瞄了一眼他的笔记本，结果发现蒂姆的思维竟然那么活跃，真是让人着迷。他的笔记本上没有重复的东西，每一页都写得满满的。他记录了音乐、电影、世界领导人、世界大事、电视节目、历史事件、著名人物、莎士比亚名句、地理方位和网站。他做了相当多的研究!

蒂姆为《信使报》拍的照片非常出色。拍照的时候,造型师、服装设计师、艺术总监和摄影师都围着他转。他换了好几身衣服，但表现很自然，就像是习惯于拍照的超级模特一样，在镜头前摆出各种姿势。看到他这么自信，我不由得露出灿烂的笑容。别人要求他做什么，他就做什么，没有任何怨言。他甚至在这个过程中找到了一些乐趣。

佛琅茜丝的报道也正好在嘉年华开始前刊登出来，就登在《Q 周末》（*QWeekend*）杂志上。这篇报道足足有四页，里面还穿插了蒂姆和他作品的彩照，以及我和蒂姆的一张合影。这篇报道写得非常好，就像《澳洲故事》纪录片一样，记录了真实的蒂姆，并对他表示了真诚的祝贺。因为佛琅茜丝对蒂姆的关爱，她的同情心，这篇报道的好几个地方让我感动得潸然泪下，她的确能看到蒂姆内心的美。

蒂姆读了这篇报道后说，这篇报道很好。他并没有对此表现得过于关心。他一直以来都是这样，不会在已有的成绩面前流连。但有一两次我发现他在看我的剪贴本，看里面那些关于著名的蒂姆・夏普的文章。

※

蒂姆为这次嘉年华创作了很多新的作品，这次他一共要展出二十幅画。其中一幅画叫作《如何制作朋友》[1]。画中，激光嘴超人正弯着腰，手里拿着几个身体部件和工具箱。他正准备用锤子和电钻把这几个部件组装起来。旁边还有一个大大的爱

1 *How To Make A Friend*，字面意思是“如何制作朋友”，实际上指“如何交朋友”。

心和友善的笑脸，这正是一个完美的朋友所必备的品质。另一幅画叫作《别离开我》[1]。这幅画中，激光嘴超人站在秋天的树下，叶子纷纷落在他的身上。《街区派对》[2]画的是一群积木玩具人正在开派对。还有一幅画叫作《我为你开门》[3]，画的是激光嘴超人正在为一个长相平凡的女孩子开门。我最喜欢的一幅画是《划呀划，划船呀》[4]。这幅画中，激光嘴超人坐在一条小船上，一个金发女郎划着桨，小船在湖面缓缓移动。激光嘴超人哼着那首儿歌——“生活不过是黄油梦”，脑袋里正在想着一块黄油。蒂姆一定是把这首歌的歌词听错了。[5]

蒂姆的画取得了巨大的成功，他展出的所有作品几乎被抢购一空。一位非常漂亮的女士购买了一幅名叫《聪明人的裤子》[6]的画。在这幅画中，激光嘴超人把几百万个自作聪明的人扔到空中，地面上有三个人把裤腰撑开去接这些自作聪明的人。这位女士告诉我们，她上学的时候因为很聪明，所以经常被同学排挤，别的孩子都叫她 Smarty-pants（自作聪明的人）。她说

---

1 *Don't Leave Me*，Leave 既可指“叶子”，也可指“离开”。

2 *The Block Party*，block 既可指“积木”，也可指“街区”

3 *I A Door You*，A Door 字面意思为“一扇门”，谐音“Adore（喜欢）”

4 该画名字取自一首著名的英语儿歌 *Row, Row, Row Your Boat*。

5 这首儿歌里面有句歌词是“Life is but a dream”，本意是指“生活不过是一场梦”。这里蒂姆把“but a”误认为发音相近的“butter”[黄油]。

6 *Smartie Pants*，pants 本意为裤子，但在这个短语中指“自作聪明的人”。

蒂姆的画让她看了很开心，因为这幅画把那个绰号变得有趣，并且让它带上了积极的色彩。另一幅画叫作《吃掉它》[1]，画的是激光嘴超人坐在桌子前，盘子里放着“It”这个单词。这幅画被妇幼医院进食障碍科买走了。让有进食障碍的患者看这幅画似乎有些残忍，但我想也许每个人都需要偶尔通过自嘲来放松一下。

艺术创作是一项孤独的工作，蒂姆也不能每天都得到人们对他作品的反馈意见。他喜欢在展厅里四处闲逛。每天都有成百上千的孩子和家庭涌进昆士兰州表演艺术中心，进进出出观看各种表演。许多人都读过关于蒂姆的那篇文章，于是都想跟蒂姆聊上两句。甚至一位90岁的老奶奶也爬上台阶来说：“我要在入土前看看这下一位伟大的艺术家！”她说得很真诚。

活动的举办方曾经在某些宣传上说蒂姆可以为人们现场画画。刚开始，我们觉得可以让蒂姆在大家的旁观下，画一幅激光嘴超人的素描，但是每个在场的人都想要一张。三四十个小孩子和成人排起了长队，都想要属于他们的激光嘴超人画像。甚至有一整个班的孩子想一起要一张！就像往常一样，蒂姆很乐意为大家画画，但是要画这么多实在太累了。我必须时刻关注他，确保他能够抽空休息一下。

1　英文是“Eat It”。

组织方委派给我们的负责人叫作塔拉和亚当。他们是两个非常有活力也很有激情的年轻人，比蒂姆大不了多少。他们非常友善，总是带着蒂姆去看看这个节目，看看那个表演。蒂姆的画展就设在剧场演出大厅外面的门厅。剧场里有很多儿童剧上演，塔拉和亚当常常带蒂姆去看剧。我就站在门外，跟那些来看展览的人们聊天。

一天早晨，蒂姆又跑到剧场里去了，我仍然站在门厅里。我发现 QPAC 的工作人员有些骚动。每个人都在窃窃私语，但又装作很忙的样子。空气中隐隐透出一股兴奋，似乎是什么大人物来到了这儿。突然，这次嘉年华的重要人物都走向了门厅，有罗斯玛丽、QPAC 的主任、一群工作人员，他们旁边是一个非常面熟的金发女郎。噢，哇，那是凯特·布兰切特！我不得不控制自己不要一直盯着她看。后来我才知道，凯特是来这儿参加活动的。她当时是悉尼戏剧公司的艺术总监，他们公司在这次嘉年华上有一个节目。她还把三个儿子也带来了。

凯特走进来的第一件事就是看蒂姆的画，那些画就挂在她的眼前。她从一幅画走到另一幅，一直看了下去。这些画逗得她大笑不止，我暗自为之高兴。真遗憾蒂姆不在这儿，如果他在这儿，一定会高兴得跳起来的。他是个电影迷，尤其喜欢指环王系列电影，凯特是他最喜欢的演员之一。

QPAC 的一个老板走过来告诉我说，凯特想要见一下蒂姆。

“他在剧场里！”我说道，“我马上去找他。”

“恐怕她没时间等了。”对方说道。

“给我两分钟就够了！”我坚持道。

我立即就离开去找蒂姆。这大概是我十岁之后跑得最快的一次。剧场里挤满了妈妈和孩子们，我不得不在他们中间穿行，就像牧羊犬穿过羊群一样。我得爬上三层楼梯才能走到演出室的门，于是我一步三个台阶地跨了上去。我使劲地捶着门，然后让引座员帮我把蒂姆带了出来，又拉着他飞快地跑下楼梯。我们就像一列疾驰的马车冲向凯特·布兰切特，然后猛地停在她面前。我从没见过蒂姆的眼睛睁得这么大。

“你好，凯特·布兰切特。”他说道。

我退到一边，留下蒂姆跟凯特交谈。她人真不错，愿意等着蒂姆。蒂姆记得她演过的所有电影，他一定告诉了凯特她每一部电影的上映时间。他们一起绕着门厅看蒂姆的画，我悄悄地观察着他们，不知道凯特在跟蒂姆说些什么。凯特的肢体语言给我留下了很深的印象，她非常尊重蒂姆。当蒂姆跟她说话时，她认真地注视着蒂姆，耐心地听他说话，从不试图替他说出来。她非常优雅。他们转了一圈回来，又走向我，凯特问她能否买下画着威格尔斯乐队的那幅画。那幅画在每个展览都展出过，是我们唯一没有出售的画。如果不展出，我们就把它挂在餐桌的上方。

“真抱歉，”我对凯特说，“那幅画不卖。但是蒂姆可以再为你画一幅。”

蒂姆并不过分珍视他的作品。如果有人想要他再画一幅跟已有的画一样的作品，他会很乐意去画的，如果这人对他很友好，并且愿意花时间了解他的话。蒂姆重新画的作品会和原本的有些细微的差别。他曾经为一个人画过《幸福双响》的另一版本，新版本的 Happiness 中间只有一个字母 p。我为此感到十分尴尬，于是问他们能否多等一会儿，让蒂姆重新画一幅。但是拿到那幅画的买家反而很高兴，因为那个小错误让那幅画更加特别了。凯特很高兴能拥有一个属于自己的威格尔斯乐队画作，而且蒂姆也很乐意为她画画。

“我想你是知道的，”我跟凯特接着往下聊时说道，“蒂姆一直想让激光嘴超人成为一个活生生的角色。我觉得这些故事如果制作成话剧一定很好看。”凯特也觉得这是个不错的主意。

※

我拍了一张蒂姆和凯特·布兰切特的合影，我们把这张照片传到了蒂姆的 Facebook 主页上。“大艺术家旁边这个苗条的金发女郎是谁啊？”有人这样评论道。这些评论很有趣。蒂姆甚至开始把凯特称为他“永远最要好的朋友”。他很认真地为凯特画那幅画。几周后，我们把它寄给了凯特的工作室。我们以为和这位大明星的交集就到此为止了。

很快我们就收到了凯特回复的电子邮件，她很感谢我们。

“我的几个孩子都高兴坏了。”她在邮件中写道。她说她一直在想激光嘴超人，想问问我们能否去悉尼跟她面谈一下将激光嘴超人搬上舞台的事。我们当然乐意之至！蒂姆更是兴奋地答应了。

我们直到 2010 年 8 月才动身到悉尼去见凯特。这个时候，我才慢慢进入了一点状态。我总是坚信，激光嘴超人一定会变成一个完整的故事，走上银幕或者舞台。激光嘴超人是一个高于生活的角色，色彩鲜明、滑稽搞笑，总是让自己陷入很多稀奇古怪的事情中。他有自己独特的故事，他总以幽默的眼光看待这个世界。不管我们去哪儿，人们都会问道，激光嘴超人什么时候能制作成电影或者舞台剧，很多人都觉得这一定会实现。我只是没想到机会就这样通过一次偶然的相遇从天而降。我一直都觉得自己有责任将激光嘴超人变成电影或舞台剧，但我不知道该怎么做。这件事实在是超出了我的能力范围。但现在不一样了，不仅因为凯特·布兰切特是好莱坞的巨星，还因为悉尼戏剧公司是我们能够联系上的最大、最有实力的公司。我告诉自己，现在我们就是要尽量抓住机会。我印制了很多蒂姆的作品，并且制作了一张在 ABC3 台播放的动画的 DVD，剩下的等我们到那儿了再随机应变。

悉尼戏剧公司位于道斯角的一个旧码头仓内，旁边转角的地方就是悉尼海港大桥。我们到那儿的时候是中午，附近没有什么人。我很意外凯特·布兰切特在这样一个低调的地方工作。

当我们被带进她的办公室时，我最先注意到的就是激光嘴超人的卡片挂在她桌子后面的墙上。这间办公室的布置非常朴素，但窗外的风景很好，可以看到海港。办公室里有几张非常舒服的沙发，她让我们坐在她身边，旁边还有公司的几个工作人员。蒂姆给了凯特一个大大的拥抱，但我看得出来他很紧张。我们刚坐下他就说要去上厕所。凯特马上站起来说："我带他去。"凯特为人真的很好。

会议开始前，蒂姆拿起桌子上的一副黑框眼镜玩。他把眼镜戴上，作出严肃的表情——也许他想要看上去更聪明、更专业。我着急地给他暗示，想让他赶快把眼镜取下来。但当凯特看到蒂姆的时候，她大笑着说："嘿，那是我的！"大家都笑起来，我也松了一口气。这次会议就在这种轻松的氛围中开始了。

我们不是到这儿来推销激光嘴超人的，大家已经非常喜欢他了。很明显，凯特是这里的头儿，她非常想把激光嘴超人推向舞台。她有很多的想法，并且决定选出最好的员工配合我们工作。如果说有什么能让凯特说服我们的话，那就是她真的很理解这个角色。她认为激光嘴超人是一个典型的城市超级英雄，有点像《超人总动员》里面的角色。凯特很高兴成年人和孩子都能欣赏蒂姆作品中的幽默，而且这些作品一点儿都没有说教的味道。我对凯特非常有好感，因为她很照顾蒂姆，并且向我保证蒂姆一定会得到很好的照料，没有人会忽视他所创造的角色。看到凯特这么热情，对这个项目这么有信心，我感到很兴奋，也很放心。我知道我把蒂姆交到了正确的人手中。办公室的其他人都很年轻，他们思维活跃并且非常聪明，跟凯特一样充满激情。他们讲的东西我完全听不懂，但我也受到他们的感染，兴奋不已。

这次会议最让我感动的就是凯特的所有问题都是直接向蒂姆提出的。她并没有把我当成蒂姆的翻译，而是让蒂姆自己说出自己的想法。如果他需要很长时间回答，或者问题有些复杂，凯特会耐心地等待直到他找到合适的词。凯特的直觉很准，她也非常值得人尊敬。我觉得当时我一定说了很多傻话。凯特非常体贴，她没有让我们直接做决定，而是问我们需要花多少时间来准备合作的事。我回答道："只要你愿意和我们合作，就算是让我横穿整个辛普森沙漠我也会照做的。"事实上，整个会议中我说了好几次这句话了，这让我非常尴尬。

离开凯特的工作室时，我们感觉好像跟做梦一样不真实。我们马上就要和凯特·布兰切特还有悉尼戏剧公司一起进行一项伟大的工作了。我带蒂姆到街对面的酒馆，给他点了一杯热巧克力（我自己也需要一杯苏格兰威士忌定一定神）。让激光嘴超人走上舞台的主意真是棒极了。但更让我高兴的是我们和凯特之间的联系，我们又找到了一位保护天使，就像谢尔登和之前的许多人一样。他们都认为蒂姆非常宝贵，非常难得。

※

我们在昆士兰州表演艺术中心举办了展览，跟凯特开始了合作，还得到了《信使报》的报道，2010 年对我们来说，真是极具戏剧色彩的一年。我真不知道接下来还会发生什么。就在我们和凯特在悉尼开完会后不久，我就接到了令每个妈妈都揪心的电话——萨姆住进了医院。

蒂姆从小就喜欢游泳，而萨姆却非常讨厌水。如果把萨姆放在游泳池里，他的两只胳膊会像老虎钳子那样牢牢抓住我的脖子。他很担心我会把他扔在水里。当然，他后来慢慢喜欢上了游泳。他是个天生的游泳能手，在水里他就像海豚一样灵活。从他最开始参加游泳嘉年华开始，他就一步一步积攒力量，从俱乐部到州级比赛，然后到国家级比赛。他十六岁的时候就成了本州 200 米仰泳最快的选手。他正在向奥运会进军。

2010 年，萨姆二十岁，他每个上午训练两小时，下午训练两小时，每周训练六天，一年到头都是这样。他从不需要我叫他起床，强迫他去训练。他总是早早准备好，且非常愿意跳下泳池开始练习。他读完中学后，就在一所非常有名的女子学校担任游泳教练。

萨姆全力以赴为2012年在阿得莱德举办的奥运会资格赛做准备。他从没缺席过一次游泳训练，并且进行更多的体能健身，塑造更好的体型，为此他严格控制自己的饮食。他不去参加夜总会的活动或者朋友们的派对，而是尽可能把所有的时间都用来提升自己的技能。

经过六个月的艰苦训练，萨姆参加了一个游泳竞赛，取得了他在200米仰泳中的最好成绩。那天晚上，他和同伴一起去了佛特谷的一个夜总会。没想到这次外出给萨姆带来了无妄之灾。他们在夜总会待了半个小时后，萨姆去上了个厕所。他出来的时候，一个家伙就冲向了他。后来萨姆才知道，那个人的女朋友告诉他，萨姆想约她跳舞。她撒了谎，但她的男朋友心生嫉妒，非常生气，于是冲向萨姆，把他向后推了三米远。萨姆试图撑住自己，但那个人推得太用力了，结果萨姆的两个手腕都骨折了。

第二天，我们在警局备案的时候，警察告诉我们这样的事情太常见了，有些还造成了更严重的不可恢复的伤害。他们说找到那个袭击者的机会非常渺茫。夜总会的摄像头没有拍到他的脸，而夜总会的老板也没有记下他的名字。那个袭击者就这样大摇大摆地离开了，根本没意识到他对别人的人生造成了多么大的影响——也许即使他知道也并不在意。

萨姆整个人都崩溃了。他的两只胳膊都从大拇指到手肘绑上了夹板，他再也不能回到水中进行训练了。

萨姆不能做的事太多了。他拿不了刀子，我得帮他把食物切好。他不能开车。他竭尽所能地尝试着他能够做的事，但大部分事情对他来说还是不可能。但对萨姆而言，更糟糕的并不是身体上的病痛，而是精神上的折磨。

一天，在胳膊上还带着夹板的情况下，他决定到商店去试试能不能自己买东西。他还没有走远，这时一个身材高大、看起来有些粗野的年轻人走近了他。他马上就转身回家了。他觉得自己受到了威胁。还有一次，我们在打闹的时候，我轻轻地推了萨姆一把。他一反常态，变得非常不高兴，并叫我以后别这样了。

最糟糕的是，由于两个手都打着夹板，萨姆不能训练了。这对他来说是个沉重的打击。如果他想通过奥运会资格赛就得不停地训练，但是现在他什么也做不了了。这种情况真是考验人啊。但萨姆没有放弃，他每天都去游泳馆，坐在泳池旁边，双脚踢来踢去。即使不能下水，他也要待在水边，耐心地等待骨折的地方慢慢恢复。

他胳膊上的夹板足足绑了三个月。他取下夹板的第二天，我们要飞去美国，到得克萨斯州的奥斯汀参加一个影视节，因为活动期间要放映激光嘴超人系列电视短片。我们一到达目的地，萨姆就直奔奥斯汀大学的游泳馆，想要参与他们的游泳训练。一周后，我们去了纽约，萨姆又是这样，他去了格林威治村的纽约大学，每天都参加当地游泳队的训练。

我们一回到家里，萨姆就立即全身心投入到训练中。几个月后，他就取得了州冠军，后来是全国冠军，然后就进入了奥运会资格赛。蒂姆和我去阿德莱德观看了萨姆的六场资格赛，尽管他最终没能入选参加奥运会，但在我眼中，他已经是一个冠军了。

※

有时，生活会出其不意地给你出个难题，这是我们在萨姆的经历中学到的教训。最终，类似的情况也发生在凯特·布兰切特和悉尼戏剧公司的身上，而我们不得不勇敢地面对它。

2011 年 2 月 1 日，激光嘴超人的舞台剧获得了批准。十九年前的这一天，我带着两个孩子逃离了痛苦的婚姻。那时我们一无所有，然而看看现在的我们！但并不是所有的事都朝着我希望的方向发展。凯特说，她一直都想和另一家戏剧公司合作。那家公司在另外一个州，致力于残疾人戏剧的发展，所以凯特认为他们一定能够把激光嘴超人的舞台剧做好。那家公司的艺术总监有很高的声望，并且为他的公司设计了宏伟的目标，可惜他的目标与蒂姆的想法相左。

在接下来的一年里，蒂姆和我定期往返于那个州，参加激光嘴超人舞台剧的工作。看着人们集思广益，尝试用各种不同的东西让蒂姆创作的这个角色变成活生生的人，是一件非常有趣的事，但结果并不尽如人意。最终，剧本被改得很悲观，跟激光嘴超人的个性完全相悖，蒂姆也觉得很不高兴。我从没看到他这么沮丧过，即使他还是小孩子时也没这样拼命地想向别人表达自己的想法。这真是让我伤心透了。

我们离开了悉尼戏剧公司和面向残疾人的戏剧公司。他们最后仍然排成了一部舞台剧，但那跟我们心目中的激光嘴超人已经完全不一样了。这件事虽然很遗憾,但也给我们上了一课。一个人的生活中也许会出现很多机会，但不是每个机会都适合你。最终，你还是得真诚地面对自己。蒂姆就是这样，他始终坚持自己的创作目标。

第十八章
幽灵芭蕾乐队

我们收到了世界各地人们的来信。有人在网上看到了蒂姆的作品，然后找到了我们的网站。有人从各种新闻中听说了蒂姆，还有人在 Facebook 上看到了他。我不由得感叹，世界真是小啊。即使蒂姆的故事传播到了那么远的地方，我们也只是平凡的人。

许多人跟我们分享了患自闭症的经历，他们都想让蒂姆知道他的事迹多么鼓舞人心。我们非常乐意与他们交流。蒂姆看到其他国家的人喜欢他的作品，感到非常高兴。我也被他们那充满善意和鼓励的话语所感动。他们的话都非常温暖。

经常有人邀请蒂姆参加各种活动，或者请他为慈善活动捐赠作品。有时，还会有人提出非常特殊的要求，例如澳大利亚西部卡尔古利的一对夫妇，希望蒂姆能为他们的结婚请帖作一幅画。

我们收到的最令人兴奋的一个请求是在2011年9月，美国田纳西州纳什维尔的一位先生写来的：

蒂姆：

我在田纳西组建了一支名叫幽灵芭蕾的乐队。我偶然发现了你的作品，非常喜欢。我想知道你能否为我们即将发行的新专辑制作封面。

我们的新专辑名字打算叫“在路上演奏”或者“幸福过度”，这两个名字都是专辑里歌曲的名字。你有兴趣跟我们合作吗？你的作品《幸福双响》跟我们这张专辑搭配起来非常完美。或者你能否再创作一幅新的画？请听听我们的音乐吧。你可以从网上免费下载我们的第一张CD专辑。

我们的新专辑很快就要发行了。我们需要尽快把封面定下来。所以如果你想跟我们合作的话，请尽快回复。

非常感谢！

乔纳丹·布里特

幽灵芭蕾乐队

我给乔纳丹回复说，蒂姆非常喜欢音乐，他很乐意跟他们合作。蒂姆在YouTube上看过幽灵芭蕾乐队的音乐视频，非常喜欢他们的声音。他为自己的CD收藏感到很骄傲，所以很高兴自己的作品能够成为专辑的封面。

我们同乔纳丹通过电子邮件交流了几次。他是乐队的经理，他跟我讲了乐队主唱卡梅农·伯奈特的故事。卡梅农跟乔纳丹的女儿是恋人，他们交往好几年了。卡梅农生下来就只有一只耳朵。上学的时候，他发现大家都比他聪明，于是他很想知道自己什么时候才能变得那么聪明。他的故事非常感人。

蒂姆一同意为幽灵芭蕾乐队的新专辑画封面，乔纳丹就又提出了一个请求。

蒂姆有没有可能来美国一趟，看看乐队的演出呢？我知道目前我们还不熟，但蒂姆本身就是一个很棒的故事，我想打破常规，让他也参与进来。我们的音乐就是关于建立关系的。我们喜欢“交往”，只要值得我们做，我们就去做。

他们就像我们一样，我们做过的最值得的事就是认识朋友，去交往。我已经预感到乔纳丹和幽灵芭蕾乐队是我们的同类。结果真是如此。如果有这个机会，我们当然要去田纳西试一试。

乔纳丹希望在蒂姆创作专辑封面之前为他提供尽可能多的信息。他通过电子邮件告诉我们关于四个乐队成员的信息，包括他们对音乐的态度，对这张专辑的期待。几天之后，乔纳丹和卡梅农给我们打了一个电话。听到他们浓厚的美国南方口音从电话那头传来，我兴奋极了，我还从来没跟那个地方的人说过话呢。蒂姆平时很少接电话，但这一次，他和卡梅农通过电话聊了半天，就像老朋友一样。他很高兴能够跟一万五千公里以外的人对话。

我问乔纳丹是怎么知道我们的。他说，他在网上搜索“快乐、色彩鲜艳的作品”，蒂姆·夏普的名字就跳了出来。我跟卡梅农说话的时候，他异常兴奋。他说，跟蒂姆交谈就像是跟一个真正的大明星交谈一样。他见过好几个音乐界的明星，而蒂姆是他觉得最有缘的一个——我们也有同感！我们的合作充满了积极向上的氛围。我们都知道，我们会创作出非常特别的作品。乔纳丹和蒂姆的第一个电话持续了近两个小时。

幽灵芭蕾乐队要为蒂姆的作品付钱，但我们不想接受，因为我们之间产生了非常奇妙的联系，已经不再只是一次有偿的工作关系了。乐队和蒂姆相互尊重对方的艺术，并且他们非常在意蒂姆的感受。我们想要支持他们，就像他们想支持我们一样。

我们打完电话后不久，乔纳丹拍摄了一段乐队成员向蒂姆介绍自己的视频给我们。他们觉得这种可以看到真人的介绍会更直观——他们的确非常体贴。让我们惊喜的是，这段视频里还有一个特别的礼物。乐队正在创作一首新歌，是关于蒂姆和激光嘴超人的，他们为我们演奏了歌曲的开头部分。这首歌还没有写完，但听上去非常不错。

乔纳丹和我每天都互通电子邮件，我们之间的电话也越来越多。我们之间越相互了解，关系就越亲密，越牢固。

我听到乐队名字叫作“幽灵芭蕾”的时候，就觉得它既古怪又迷人。当我了解到它背后的故事时，就更喜欢这个名字了。美国内战期间，南部有许多古老的大房子被用于芭蕾舞培训。天气炎热的时候，房子的门窗都敞开，路过的人们可以看到那些练习芭蕾的女孩子优雅的舞姿。战火燃起，许多房子都被摧毁了，很多人死在了战争中，包括那些跳芭蕾的女孩子。战争结束后，人们说，经过那些老房子的废墟时，可以看到幽灵舞者在跳着芭蕾，听到音乐在古老的房子中飘荡。据说，这些女孩子的幽灵会永远跳下去，她们在等待自己的恋人从战场回来。读到这个故事的时候，那些画面清晰地浮现在我的脑海里。

我们告诉了朋友们和其他合作伙伴关于幽灵芭蕾乐队的事。他们都很惊讶那个乐队是怎么找到蒂姆的。他们深深感叹，友谊竟然能够漂洋过海，有缘分的人即使相隔如此遥远，也能够心意相通。

蒂姆完成他的画时，还有一些担心乐队是否会喜欢。他以前从来没有过这样的担心！他自己发送了一封电子邮件，附上了他的作品。

乔纳丹、卡梅农，还有乐队的其他成员，你们好。

非常感谢你们送来的音乐。我很喜欢。你们很棒。你们是很好的朋友。这是我为你们画的画。希望你们喜欢。我希望有一天能够去纳什维尔，去看看你们，现场听听你们的演奏。你们让我很开心，因为我们是朋友。

非常感谢！

蒂姆

蒂姆根本无需担心他的作品。乔纳丹和卡梅农对这幅画的看法明明白白地写在了他们的回复邮件中。

蒂姆：

太太太太太棒了！！小卡简直爱死你的画了！！！！！

简直完美！他今天会给你发信息的。

我们昨天工作到很晚。大家决定今天晚上练习的时候一起看。我就知道他们一定会喜欢的！！简直帅帅帅帅帅呆了！！真是好得不能再好了。

你真是棒棒棒棒棒极了，蒂姆么么么么么！！！

用小卡的话说就是："酷毙了！！！" :) :) :)

爱你！

幽灵芭蕾乐队

我们以为蒂姆寄去为他们画的作品之后，我们和幽灵芭蕾乐队之间的关系会慢慢淡下来。但大家都不愿就这样结束。他们在即兴演奏会上表演了我们听过的那个关于激光嘴超人的曲调。不过他们并没有就此停止，而是继续把这首有趣的歌完成。这首歌将会放进新专辑里。乐队成员们把这首歌用电子邮件发给了我们。蒂姆听到的时候，脸上露出了大大的笑容。这首歌的歌词里包含了九幅蒂姆作品的名字。

我见到了真正会飞的超级英雄
让他们疯狂，他会让你疯狂
捡起小鸡，他在路上
他拥有双倍幸福，那个幸运的人[1]

我想像激光嘴超人一样
我想做所有他能做的事
因为我们可以拥有另一个，拥有另一个
超级英雄，就在今天晚上

---

1 原文：He's a double shot of happiness, the lucky one。其中“double shot of happiness”双关蒂姆的作品《幸福双响》。

来吧，大家，让我说出来
他跨过七片海，他来到你家乡
他是个有计划的人，他有个朋友名叫蒂姆
所有的单身女郎都想跟他约会

他想像激光嘴超人一样
他想做所有他能做的事
因为他可以拥有另一个，拥有另一个
超级英雄，就在今天晚上

你知道的，宝贝，他把你放在心上
他记挂着你
他牵起你的手，飞翔在空中
你是他的热辣妈妈，他是你的乖男孩

我们想像激光嘴超人一样
我们想做所有他能做的事
因为我们可以拥有另一个，拥有另一个
超级英雄，就在今天晚上

乔纳丹和我们继续通过电子邮件交流，他跟我讲了很多他自己还有乐队的事，他们计划环球演出，交朋友，与各地的人交往。他相信幽灵芭蕾乐队的未来大有可为，他想要帮助他们，但同时他也认为乐队能够帮助其他人。我非常喜欢他的想法，他真是一个好人。

乔纳丹和他的家人对自闭症并不陌生。他的女儿索菲亚陪护过自闭症儿童，他们的朋友中也有孩子患有自闭症，所以他们非常理解我们。乔纳丹看到蒂姆的作品后，当他得知这是一位患有自闭症的画家画出来的时候，他感到非常高兴。他觉得这对他有重要的意义。我们也觉得他的支持对我们有重要的意义。对抗自闭症的共同经历将我们联系了起来。

正是生活中人与人之间的联系以及机缘巧合让乔纳丹和乐队成员决定去支持自闭症患者。有一天，乔纳丹兴奋地给我打电话说，他们要做一场慈善音乐会。事实上，这并不只是一场音乐会，而是一整个音乐节，一个因受到蒂姆事迹鼓舞而举办的音乐节!

乔纳丹是个雷厉风行的人，所以一旦乐队决定去做，这个音乐节的计划就开始成形了。他不知疲倦地为这个计划做着准备。这个音乐节的专业水准很高，会邀请很多才华横溢的知名音乐人。他寄给我们一份音乐会的音乐小样，乐队和音乐家都是美国人。他还组织了洗车以及其他募集资金的活动。为了推动音乐会计划的进行，他还联系了各大媒体进行宣传，并且进行市场推广。他希望这个音乐节能够真正地振奋人心。他将这个音乐节命名为“我就是我”音乐节。这个名字来自卡梅农的一首歌。

“我就是我”音乐节非常精彩，非常吸引我们。但我很犹豫，要不要到美国去参加这个音乐节。如果去参加，蒂姆和我的花费要几千美元。我没有从任何政府机构那里得到资助。想要得到政府的资助实在太耗时间了，我干脆放弃了。而且这个音乐节才刚刚开办，没有什么名气，所以不可能有资金赞助我们。我不想再借钱了，也不应该再这样做了。我也不想为这次旅行动用蒂姆的钱。我知道参加这个音乐节对蒂姆的事业会有帮助，但也许他将来需要这些钱做别的事。此前昆士兰州艺术处曾经为蒂姆拍摄过一部短片，这部短片于 2012 年 4 月在纽约的大都会艺术博物馆播出，但我们并没有去看。我们身边有太多这样宝贵的机会了，如果我们每一个都抓住，很快就会把钱花光的。

一天，我在整理蒂姆的画时发现许多画都有一些旧了，或者在运来运去的过程中出现了轻微的破损。我们不能再把这些画拿去展出了。在此之前，我还没有想好该如何处理它们，但我从没想过把它们扔掉。我数了数,这些画比我想象的还要多。这时，我忽然意识到尽管这些画有些微破损，但它们的价值仍然是很高的。这些画仍然是蒂姆的原创作品，画作本身仍然非常棒。一个念头闪过我的脑海，我找到去美国的办法了。我们举办了以帮助蒂姆·夏普去田纳西为主题的作品低价处理拍卖会，为期一天。我把这个消息发布在 Facebook 上，引来了无数的支持者。

拍卖会那天，我们打开家门，把蒂姆·夏普的粉丝们请进来。这次拍卖吸引了许多人，包括一对叫作大卫·马里纳和蓓可·马里纳的夫妇。他们带着漂亮的小女儿珠儿一起过来。珠儿患有自闭症，他们正在跟自闭症做抗争，而蒂姆给了他们信念。我们跟这对夫妇聊得非常投缘。大卫出乎意料地提出，他会帮我们支付来回旅程的费用。大卫和蓓可认为这次音乐节是非常有益的活动，不仅对蒂姆有帮助，也对许多寻求希望和鼓舞的家庭有帮助。他们非常开心，也非常愿意支持我们，因为他们希望自己的女儿将来也能够像这样融入正常的社会生活。这也是许多其他自闭症患儿家庭对孩子未来的希望。

当然，我激动得流下了眼泪。我还能做什么呢？他们的慷慨大方让我倍感温暖。蒂姆只是笑着说“谢谢你”。知道自己能够去田纳西，他感到非常满意。

※

飞机晚点还有中途换机的不顺让我们到纳什维尔的旅程花了近三十个小时。这比以前我要蒂姆做的任何事都要难受，而他却像经常旅行的人一样习以为常。我们比预定的时间晚了五个小时才到达目的地。我们下飞机时已经很晚了，所以我打算叫个的士去酒店，等到早上再给我们的朋友打电话。坐了这么久飞机，我们都疲惫不堪。

我们慢慢地走到行李区去取行李。当我们走下自动扶梯时，蒂姆和我同时看到了一样东西：一件激光嘴超人的 T 恤！蒂姆马上跑过去——他平时很少这样跑。蒂姆扑向了他的朋友们伸出的双臂。整个幽灵芭蕾乐队、卡梅农、贾斯廷，AJ 和乔什都在等着我们。当然，我们的好朋友乔纳丹也在。还有许多其他人，包括他们的朋友和家人都来到机场迎接我们。他们在机场举着标语等了好几个小时。他们手中的标语写着：欢迎来到田纳西，蒂姆、朱迪和激光嘴超人。见到他们，我们真是太高兴了。这个欢迎仪式让我喜出望外，我感动得热泪盈眶。

我很意外，我们这些美国南方朋友比蒂姆高不了多少。在我的印象中，南方人是很高大的。我对他们的口音非常着迷，简直不敢相信我们已经到了世界上的另一个地方。但对蒂姆来说，来到这里就跟回到家一样。他跟着乐队的男孩子一起走的时候，看起来就像他们经常一起玩一样。他们完全把蒂姆当作了自己的伙伴。

※

第二天清晨，我们在离纳什维尔大约三十分钟车程的默夫里斯伯勒醒来，这儿离乔纳丹的家很近，离举办音乐节的地方也不远。我拉开窗帘，窗外是挺拔的木兰树和碧蓝的天空。酒店的对面有一个标志，蒂姆看到了一定会很开心。那是一家 IHOP 餐馆[1]。他就在大嚼巧克力饼，大喝巧克力枫糖汁中开始了这一天，而我也美美地喝了一杯乐啤露。我们简直就像来到了天堂。

回到酒店后，我们发现房间里堆满了礼物。有贾斯廷妈妈亲手缝制的被子，印有田纳西州标志的 T 恤和帽子，还有当地自闭症患者团体送来的礼物，装在一个大篮子里。篮子里面最棒的礼物就是幽灵芭蕾乐队的新专辑，封面正是蒂姆的作品。

我们的主人非常慷慨。贾斯廷和他的妈妈肯德拉特意请了一天假，带着我们去附近的郊区玩，我们参观了杰克·丹尼酒厂，还去了一个叫作林奇堡的小镇。这个小镇就像风景画一样

1 International House of Pancakes，美国著名连锁餐厅。

漂亮。老人们坐在咖啡馆前的长椅上，跟当地的警察聊着天。古老的建筑旁有许多美丽的小花园。这儿还有一个古老的监狱遗址，乡村音乐歌手约翰尼·卡什曾经去那儿参观过。著名的小提琴手查理·丹尼斯就住在小镇的街上。小镇周围环绕着起伏的山峦和翠绿的植被。我们可以看到每栋房子前面都飘着美国国旗。

他们还带我们去了举办音乐节的地方，谢尔比维尔镇的集会场所。谢尔比维尔镇也充满了独特的风情，那儿有一个巨大的骑士中心广场。每年美国马术锦标赛田纳西分赛就在这里举行。举办锦标赛的时候，将会有盛大的开幕仪式。我们看到大门下方还有猫头鹰倒挂着。

我们参观这个地方的时候，一个看上去很强硬的老妇人操控着一辆骑式割草机向我们开来。这是海伦女士，她一整个上午都在忙着把这里所有的事情都安排到位，争取为音乐节的举办做好周全的准备。她很高兴能够在自己能力范围之内帮助所有患自闭症的孩子。她是位严肃的女士,大家都对她印象深刻。如果有人经过，说了一句略有不敬的话，海伦女士就会马上责备他们："耶稣不希望我的耳朵听到那样的话！不要再让我听到那样的话。"

我从来没听过有人像那样说话。她的口音和说话的方式对我而言像音乐一样美妙。我们真的到了美国南部。

※

音乐节终于来了，我们被美国南部人民的热情深深打动了。我们都很喜欢这里的建筑、风景还有美食，但最让我们喜欢的还是这儿的人们。我从没见过这么热情好客而又温柔体贴的人。我简直爱上了这个地方。

星期六早上，当我们到达集会地时，已经有很多活动开始了。不到一个小时就有一百位左右的摩托车手骑着摩托车前来助兴。他们都买了门票进去，然后又把摩托车骑到广场上，接着又骑到山外，去吸引人们的关注，为自闭症患者筹集善款。他们会及时赶回来欣赏乐队的演出。这些大块头的摩托车手穿着棉布衬衫或者皮衣，身上文着各种文身，看起来不怎么友善，但当他们骑车离开的时候，大家都起身欢送他们。

同时，人群开始慢慢聚集到一起。音乐节上有三个舞台，有五十多个乐队和表演者将在白天或晚上登台演出。当地的小商贩摆好了出售食物的摊位。装扮成超级英雄的演员在人群中走来走去。有一个舞台叫作“激光嘴超人舞台”。一个当地的艺术家手工制作了一个巨大的横幅挂在舞台的背景墙上，横幅上画着蒂姆和激光嘴超人。这个横幅太漂亮了，可以看出那位艺术家花了很多心思。我再次感动得声音哽咽。

音乐开始前，人们做了祷告，接着演奏了美国国歌。听众都把帽子取下来，放在胸口。然后蒂姆被邀请到舞台上，他受到了人们的热烈欢迎。他向台下的人群挥手，大家都兴奋得为他欢呼。

那天，蒂姆结识了一些非常棒的朋友。一群孩子围着他，拉着他去看了一个又一个的乐队。音乐节开始时演奏的都是非常激烈的摇滚乐，蒂姆听了很高兴。我在厨房里帮忙，一群志愿者在为摩托车手和其他前来帮忙的人们准备食物。田纳西州历来被称为志愿者之州，这种志愿者文化是融入人们的日常生活中的。

蒂姆见到了很多乐队成员，有些人还邀请他上台参加表演。他试着演奏了鼓和吉他。尽管他完全不会演奏，但他玩得很尽兴。乐队成员们带着他一起演奏，听起来似乎还不错。蒂姆的梦想之一就是拥有自己的乐队，他甚至还为自己的乐队取了一个名字，并在他的 A4 笔记本上写了歌词。所以，这次蒂姆跟这些新朋友一起在舞台上表演，也算实现了自己的另一个梦想。我照了一百张摇滚明星蒂姆·夏普的照片，因为我觉得没有人会相信的。

终于，我们期待的时刻到来了。轮到幽灵芭蕾乐队表演了。乐队的成员们表演激光嘴超人之歌时，安排了一些舞蹈演员上台表演。蒂姆就坐在舞台上，坐在乐队的旁边，他笑得前仰后合。

一个患有自闭症的年轻人在为一首歌打鼓。他很有才华，演奏的时候很投入。幽灵芭蕾乐队的演出让大家感到非常震撼。

“我就是我”音乐节的开场表演者是一个名叫大斯莫（Big Smo）的乡村说唱歌手。他是开着一辆白色的加长凯迪拉克出场的，挂车牌的地方写着“祈祷改变一切”。我对乡村摇滚并不熟悉，也不喜欢饶舌说唱，但是大斯莫的表演征服了我。观众都很喜欢他的说唱词中提到的南部风情和值得当地人自豪的事物。我的脚开始不受控制地在地上跳动。大斯莫非常受欢迎。演出间歇，他把蒂姆叫到台上——大家认为蒂姆是整个音乐节的灵魂人物。看着台上的蒂姆和台下欢呼的人们，我的心里满溢着自豪。

那天最后一个节目登台的时候，已经是深夜了。幽灵芭蕾乐队又回到台上，宣布音乐节结束。他们是那么活力四射，激情满怀，他们的表演实在是太精彩了。乐队成员们在舞台上撒上锯木屑打扫舞台时，蒂姆把鞋子踢掉，就在锯木屑上跳起舞来。我注视着他，心中充满了自豪、幸福和快乐。

※

音乐节取得了巨大的成功。乔纳丹和他的乐队在那天募集到了三万美元，且整个活动都进展得非常顺利。这次音乐节是不提供酒精饮料的，但这也不能阻止大家尽情地享受。音乐节的欢乐一直从早晨持续到深夜。

让我印象深刻的是，音乐节上，那些患有自闭症的年轻人和寻常的同龄人一起玩乐。他们做着普通年轻人喜欢的事，听乐队的演奏，参加音乐会。以前许多患自闭症的孩子根本没有这样的机会。这里的环境非常安全，人们都相互帮助。不管他们的行为多么怪异也没有人来打扰他们，或者盯着他们看。我知道，这样的环境可以让他们的家人轻松地把他们带出来玩，就跟其他普通家庭一样，没有人会对他们评头论足。音乐节的氛围充满了宽容与和谐。

第二天，我们去了乔纳丹的家，那是一栋非常漂亮的砖房，旁边延伸出一个大花园。我们在报纸上看到了有关音乐节的报道。表示感谢和祝贺的电话不断打进来，乔纳丹应接不暇。我们都对音乐节上精彩的演出表示了称赞。蒂姆和我很快就要回家了，但我们俩都不想走。我们想要再感受一下美国南部的温暖和热情。

离开纳什维尔的前一天晚上，乔纳丹和幽灵芭蕾乐队带我们去了市中心的录音棚。他们就是在那儿制作专辑的。我们见到了那儿的器材工程师和制片人。蒂姆还到录音间里面去看了看。他甚至还和卡梅农一起唱了一段。接着，我们和乐队成员以及他们的家人一起共进晚餐。乔纳丹美丽的妻子玛丽安娜、卡梅农的女朋友金波丽，还有许多朋友都来了。他们又为我们带来了礼物。我不得不再买一个箱子才把这些礼物都装下。

离开乔纳丹和玛丽安娜，还有田纳西的亲人般的朋友们，我们感到很难过。我们回家以后，每天都说起他们。蒂姆总是说，在他做过的所有事、去过的所有地方中，纳什维尔的音乐节是他最喜欢的。

※

患有自闭症的年轻人一旦从学校毕业，就很难再有融入社会的机会了。他们被国家忘记了，被遗留在了孤独的角落，不能或者很少跟同龄的人交流，也不能去参加同伴的活动。这次音乐节以及与幽灵芭蕾乐队的友谊帮助蒂姆打破了这种限制。他们一起证明了，自闭症患者和普通人之间是可以相互交流联系的。只要人们愿意努力，就能够帮助自闭症患者融入社会，正常生活，正常交往，甚至还能够产生真诚的感情。

我想每年都在全世界举办像田纳西州那样的音乐节。这次美国之旅回来后，我希望建立一个幸福双响基金，鼓励其他年轻人每年邀请患自闭症的年轻人参加一次社会活动。他们可以交朋友，这种友谊会改变自闭症患者的一生。想象一下，年轻的自闭症患者可以从完全孤独的状态到每年参加大约六次社会活动。他们完全有机会做同龄人做的事。我希望每个年轻的自闭症患者都有这样的机会。

我自己亲眼见证了艺术是怎样打破各种藩篱，带给人们欢乐的。艺术的力量一直为我带来惊喜。它让一个画家和一个乐队跨越了八千英里相聚到一起。我希望艺术能够将世界上的人们都团结起来。

第十九章
访　谈

2013 年，蒂姆二十三岁了。从他开始画激光嘴超人到现在已经十年了。如果那时候有人说我们会遇到多么棒的事情，会有多么难得的机会，会结识多么著名的人物和多么知心的朋友，我一定不会相信他的。

这一年开始的时候，蒂姆入选了《星期天邮报》（*The Sunday Mail*）的“快乐清单”。这个清单列举了为人们带去快乐的五十位昆士兰人。他们“用自己的善良、关爱、仁慈、努力、无私和温暖让这个世界变得更加美好”。我想不出比蒂姆更适合获得这一荣誉的人了。

这几年，蒂姆在布里斯班有了一点名气。2012 年自闭症关爱月的时候，他的画被选中用来装饰威廉·乔里大桥。由于展出大受欢迎，2013 年 4 月，他又被邀请去那儿。威廉·乔里大桥是一个非常著名的地标建筑，它有500米长，横跨布里斯班河，将西区与主城区连接起来。蒂姆的画铺展在整座桥上，桥上的灯光亮起时，看上去美极了。我们邀请了许多自闭症患者和他们的家人朋友，一起手牵着手站在桥上，展示他们的支持与相互之间的联系。桥上每隔一米就有一个人，共有五百多人参加了这个活动。

有些专业的摄影师为桥上蒂姆的作品拍摄照片，这些照片都非常漂亮。每天都有很多摄影师来到这里，架好三脚架，装好相机和长镜头。看着他们用手中的相机向人们传递着关爱自闭症患者的信息，我的心里感到无比温暖。一个朋友建议我们下次来个大动作。他制作了一张蒂姆作品铺展在悉尼歌剧院外面的图片。那幅图片看起来妙极了。我想，这绝对值得尝试。

我发现越来越多的团体邀请我参加公众活动或者发表公开演讲了。我照顾了蒂姆这么长时间，有痛苦也有快乐，有太多可以跟大家分享的事了。但这样的邀请总让我感到自己何德何能，受到人们这样的推崇。每次去参加这些公开活动，我都非常紧张。

2013年，莫顿博士和他的妻子露易丝邀请我出席琳恩·怀特纪念基金的年会午宴。这个基金是用来纪念露易丝的母亲琳恩的。在安迪·莫顿同自闭症做斗争的日子里，琳恩是最支持他的人之一。她对自己的外孙抱有极大的信心，并且时刻准备着为他做任何事。我很难过再也没有机会见到她了。

这个基金为那些同自闭症做斗争并且经济困难的家庭提供资金支持。尽管有政府的资助，但每个自闭症孩子每年还需要自费将近两万澳元。我的孩子被诊断出自闭症后，我们遭遇了严重的经济困难，所以基金会的这一善举让我觉得特别难能可贵。如果因为没钱而不能帮助自己的孩子，我会非常难受的。

著名作家凯茜·雷特也受邀在琳恩基金午宴上讲话。那天我们俩的座位挨在一起。凯茜像我一样，家里有个年轻的自闭症患者需要照顾，所以我们有很多话题可以聊。尽管我们两个人的生活在其他方面完全不同，但她完全能够理解我的感受。跟凯茜分享我生活中同自闭症进行的斗争，让我的情绪得到了极大的安慰和释放。凯茜和我身份悬殊，但我们有着同样的恐惧和担心，我们都在为被社会遗忘的年轻自闭症患者抗争。

这是两位母亲之间的贴心交谈，但是我们找不到解决办法，也没有任何答案。我们能做的就只有互相支持对方。凯茜和我都决心改变这种情况，但我们不知道该怎样做。我们年纪越来越大了，常常感到疲劳，头脑也越来越不清醒。我们忧虑该怎样让我们的孩子过上最好的生活。我们意识到，我们两人的孩子都比别的自闭症患者拥有更多的机会与社会正常交流，但是如果没有我们的帮助，他们自己很难做到这一点。他们会像其他自闭症患者一样，孤独地待在自己家里，被社会遗忘。

凯茜首先发言，她的睿智和女性特有的敏锐观察力赢得了大家的赞许。她很风趣，不时逗得大家哈哈大笑，然而她讲起孩子的事，却又非常真诚感人。轮到我发言时，我决定增加一些平时没有跟大家分享的事。我提到了自己的婚姻，虽然并没有涉及很多细节。我讲述了当年我们艰难的生活，也分享了我们生活中的快乐，还有发生在蒂姆身上的令人难过的事，以及他最终怎样成功的。

克莉斯汀也在现场，为 ABC 电视台的《澳洲故事》拍摄跟踪报道。她告诉我，台下的女观众听了我的演讲都被感动得泪流满面。她想要在我结束演讲时到台上给我拍照，但很难穿过人群挤过去。所有的观众都站了起来为我喝彩。

※

2013 年 4 月，ABC 国家电台的一个节目制作人联系了我。他制作的节目叫作《理查德·费德勒访谈》。如节目名字所示，这个节目的内容就是理查德·费德勒与嘉宾之间的谈话，每天播出一小时。这个节目非常精彩，从国际巨星到平民英雄都上过这个节目。

当制作人米歇尔向我说明她的来意后，我问她蒂姆上这个节目是否需要戴耳机。看着你谈话的对象就坐在对面，而他们的声音却从耳机里传出来，的确会让人感到不舒服，蒂姆非常不喜欢这样。我想知道还有没有其他方式，能够让蒂姆更适应一些。

“但我们并不是要采访蒂姆，”米歇尔说道，“我们想采访的对象是你。我们想听听你的故事。”

我完全被搞蒙了。我们在全澳大利亚接受过数百次的采访，大家想要采访的人都是蒂姆。当然，他表达不清的时候，我会代替他说话，帮他说明许多有关他生活的情况。但那都是蒂姆的故事，不是我的故事，我只是一个讲述者。

“没人想要知道我的事！”我笑道。这是事实，除了问我的年龄、另外一个孩子的名字，注意到我是一个单身母亲，其他的事没有人想知道。只有《澳洲故事》的克莉斯汀对我的事有些兴趣，但她是个非常特别、很有深度的女性，这样的人并不多。我想，如果我接受了采访，我们的采访一播出，米歇尔的关注度就会下降的。我建议她把谈话的内容改为蒂姆。我们原本应该在半小时内就结束谈话的，结果一聊就聊了两个小时。她向我保证，我的故事非常精彩，我不是一个一无是处的人，我的生活也并不无聊。她说我的故事可以帮助其他人。

我跟米歇尔提起我的婚姻时，恐惧渐渐弥漫了我的身体，我变得非常紧张。我已经离开我的前夫二十一年了，但我仍然很怕他。

“我不能在电台里说这些，万一孩子们的父亲听到了呢？”我说道。

我感到胃里面像有东西堵着，非常恶心。我也对自己感到很失望，经过了这么多年，他仍然能够控制我的生活。我很害怕说出他对我做的事后会引起的反响。他仍然可以让我退缩。

※

米歇尔采访了我好几次，我们聊了很久，讨论了我做的事，但我觉得在广播中说这些并不合适。她从不勉强我说一些我不想公之于众的东西。但我们聊得越久，我就越觉得我应该谈一谈自己的婚姻。婚姻问题是我的人生故事中至关重要的部分，它影响了后面发生的所有事情。我跟萨姆谈了这件事，他现在已经长大了，对他的父亲有了自己的观点。在他的支持下，我决定应该勇敢、诚实地把这些事说出来。我并不想在全国性的广播中诋毁孩子们的父亲，但我要站出来说清楚：这一切都发生过，并对我的人生产生了非常大的影响。这点对我很重要。

我坐在广播台的播音室里，对面坐着理查德·费德勒。他是位彬彬有礼的绅士，也很善于交谈。他问起我前夫的事，我感到胃部绞成一团，好像脑后传出一个声音，让我小心点。如果孩子们的父亲正在听这个节目，我该怎么办？如果我对我们之间生活的只言片语激怒了他，他想要报复我，我该怎么办？我感到非常害怕，但这就是我的生活，是我真实的人生。是时候走出来，亲口承认这一切了。

一个小时很快就过去了。跟理查德的谈话就像是跟深交多年的老朋友谈话一样自然。就在结束前十分钟，我飞快地扫了一眼时钟，这才意识到我的故事才刚刚讲到蒂姆五岁的时候。最棒的部分还没有开始呢！我迅速地在剩下的时间里把所有值得关注的事情说了一遍，希望听众们了解我能够拥有现在的生活是多么幸运。

采访一结束，我的电话就响了。我收到了全国各地朋友们的电话和短信，他们说我“棒极了”，对我表示祝贺，并向我表示了他们的关爱。那天，当我们回到家时，数不清的电子邮件正等着我，估计有几百封。蒂姆的 Facebook 主页上，点赞的人数激增。激光嘴超人的网站也被订单淹没了，很多人想买蒂姆的作品，以及激光嘴超人的 T 恤和卡片。访问网站的人实在太多，以至网站一度陷入瘫痪。

很多人都被我的故事打动了。此次采访之后，跟我联系的人不是受自闭症困扰，就是有严重的婚姻问题，或者是单亲家长。有人听了萨姆出生的故事，跟我分享了他们类似的经历。还有许多人是被蒂姆的成功所激励。数不清的人对我们这个家庭表达了无尽的赞美。

这次访谈实在是太受人们欢迎了，于是理查德·费德勒的团队把它放到了播客上。他们与澳洲航空公司（QANTAS）合作，将这个播客列为飞行期间机上娱乐设施的播放内容之一。理查德还把这次访谈收录进了他年度最佳访谈合集里，圣诞节期间在全澳大利亚的ABC商店出售。这些支持让我深受感动和鼓舞，也增强了我的自尊。它给了我力量，让我能够正视镜子中的自己，并且知道我做的事是对的。

第二十章
幸福双响

只要有时间，蒂姆就会创作。他的公众活动占据了很多时间，但只要我们一回到家，他就开始创作新的作品。对他作品的需求量实在太大了，许多人排着队等着他的新作。我们很难存到足够的画作来进行展览。实际上，直到 2013 年，我们已经有三年没有进行过大型个人画展了。这个时间太长了。

布里斯班发电厂艺术中心第三次邀请我们，蒂姆也很高兴能够回到他的总部办画展。距离画展开幕的时间越来越近，我们也整天讨论着这件事。发电厂艺术中心来了一个新的艺术总监，叫作托尼·阿姆斯特朗。他的大脑就像是快速旋转的陀螺，每分每秒都在向外抛出新点子。

蒂姆在艺术中心展出了三十二幅画，卖出了二十八幅。他的激光嘴超人 T 恤和贺卡实在太受欢迎了，很快就被抢购一空。

每天都有人对画展大加赞赏。就像我们以往每次办画展的时候一样，我可以看到蒂姆的自信随着人们的称赞日益增强。我还能看出这种自信在他的作品中表现了出来。每举办一次画展，他的构思就更加清晰，色彩更加大胆，构图也更有力。看到他的艺术才能仍然在不断发展，我感到非常惊喜。

蒂姆欢迎所有来看画展的人。

“你好，我是蒂姆。你叫什么名字？”他会这样问，并伸出他的手。

他会写上自己的亲笔签名，并且在自己的作品前摆好姿势方便别人拍照。他表现得出人意料的优雅和彬彬有礼。长时间的对话和复杂的问题对他而言很困难，但他毫无怨言。他用自己的方式去应对这一切，别人要求他做的任何事，他也都乐意去做。在这里，他不断地见到新的参观者，结识新朋友，充分享受着友谊的快乐。在参观者中，他尤其喜欢跟自己年龄相仿的年轻人。他很高兴看到年轻人前来观赏他的作品，并且愿意花时间来了解他，就像凯蒂那样。凯蒂和她的弟弟威廉姆成了蒂姆的朋友，威廉姆还请蒂姆喝过热巧克力。

一天，一位年老的妇人来到了这里，拄着行走助力架慢慢地在展厅走动。她走向蒂姆和我，大声说着：“爱，爱，爱，爱！”从她的声音里可以听出，她非常激动。我以为她指的是她爱这些画，对此我很高兴。但是照顾她的护工解释道，她的话还有更复杂的意义。

这位女士生下来就有智力障碍。在她十五岁的时候，她的父母就因为照顾不了她把她送到了教堂。她被修女们安排在一家医院的洗衣部工作，生活过得非常艰辛、非常孤独。直到六十五岁她才住进了自己的房子，由护工带她外出，帮助她寻找生活的快乐。

护工告诉我，这位女士从没有学过任何单词，她唯一认识的就是“爱”这个单词。蒂姆展出的画中，有一幅是受到披头士的歌《你所需要的就是爱》（*All You Need is Love*）启发而产生的灵感所创作的。画中，激光嘴超人有点歪歪斜斜地往前走，拉着一个红色的车厢，车厢里装着“Love（爱）”这个单词。这幅作品看似很简单，但它传递的信息却非常有力。那位年老的女士一定是被这幅画深深感动了。她的反应也深深地感动了我。她站在我面前，脸上带着大大的微笑，不停地说着“爱”。看到蒂姆的作品，她非常开心。这真是美丽动人的画面。

还有一天下午，一个小男孩来到了展厅，他旁边跟着一位女士。我已经对自闭症很敏感了，所以不用问我就知道这个小男孩有这方面的问题。我看着他走向每一幅画，站在画前，头越靠越近，以至于鼻子都快贴到玻璃上了。他就站在那儿，眼睛扫描过每幅画作的每一个细节。在他看画的时候，他的护工在一旁观察着，然后向我走来，我看到她的眼中泛着泪花。“我带他去了所有我能去的地方，看了所有我能想到的东西，”她向我解释道，“他对任何东西都不感兴趣，什么都不看就跑开。这是我第一次看到他这么开心并且这么喜欢一件东西。”

她太激动了，还叫来了那个小男孩的父母，让他们到展厅来看看他们的孩子。这是艺术的力量所带来的巨大突破。这个小男孩平时的行为非常暴力，所以没有学校愿意接受他。他的父母只能请人二十四小时陪护，让他待在家里。然而，他到这里后变得非常快乐非常平静，欣赏着蒂姆的作品。我们为蒂姆和这个小男孩照了一张合影。蒂姆双臂环绕着这个小男孩，他把头靠在蒂姆的肩膀上。我被这个画面感动得热泪盈眶。每次开画展，我都会流下感动的泪水。

※

布里斯班发电厂的画展为蒂姆带来了新的粉丝，他们来自纽约、阿姆斯特丹，还有爱丁堡。有些人本身就是艺术工作者，他们希望把蒂姆的作品带到全国各地甚至是海外进行展览。托尼把我们介绍给一位名叫詹妮·辛普森的女士，她正筹备在澳大利亚西部的国家图书馆为蒂姆办一场画展。ABC电视台的《心理健康》（*Mental As*）特别节目的制作组委派代表跟我们联系，希望蒂姆能够成为心理健康周的宣传大使。蒂姆将被列入参加这个活动的艺术家荣誉名单中，这个名单上还有本·奎尔蒂（Ben Quilty）、瑞格·蒙巴萨（Reg Mombassa）、代尔·卡色林·巴顿（Del Kathryn Barton）和尤恩·麦克劳德（Euan MacLeod）。[1]

很多眼界不凡、才华横溢的艺术家到发电厂艺术中心参观时，都很想跟蒂姆交谈。他们之间的交谈又会发展为新的合作。

死亡木偶社的尼古拉斯·佩恩和大卫·莫顿参观了蒂姆的画展之后，表示希望和蒂姆合作。我们看过死亡木偶社的最新一期演出《巨人阿尔戈斯》，非常喜欢。他们的作品并不是我小时候看过的那种幼稚的木偶剧。他们的木偶剧既滑稽又睿智，非常温暖人心，并且具有原创性。我们跟尼古拉斯和大卫谈了很久。他们说想制作一部关于激光嘴超人的木偶剧，这真让我们喜出望外。蒂姆创造的英雄终于要走上舞台了。

蒂姆的画展结束后不久，尼古拉斯和大卫就跟随他们的制作公司去国外演出，最后在纽约常驻下来。在国外的时候，他们就开始为准备制作的激光嘴超人木偶剧写剧本。蒂姆读了他们写的初稿，常常被逗笑。我被逗得开怀大笑，有时却也触动落泪。他们就像是钻到了蒂姆的脑袋里，完全读懂了蒂姆和激光嘴超人的灵魂。我很高兴他们能够这么了解我的孩子。

1　以上均为澳大利亚当代知名艺术家。

这两个进入我们生活中的年轻人心思细腻，并且表达了与蒂姆合作的强烈愿望。尽管人在国外，但他们非常希望了解蒂姆对他们所做的任何事情的意见。我们通过互联网跟他们进行交流，回答他们的问题，帮助他们寻找素材，讨论他们提出的点子，给出反馈意见。这些事情让我们感到非常愉快。尼古拉斯和大卫的身上充满了年轻人的朝气和激情，但他们在面对蒂姆时，又非常稳重、细致周到。

2013 年年底，这两个年轻人带着激光嘴超人的作品申请参加纽约百老汇新胜利剧场的常驻艺术家演出计划。2014 年 5 月，他们告诉我申请通过了。尼古拉斯通过网络视频电话告诉我们这个好消息的时候，我看到他的眼睛里闪着激动的泪光。蒂姆仍旧露出了像以往一样的美丽笑容，我的心里充满了骄傲和自豪。尼古拉斯二十五岁，蒂姆二十六岁，大卫二十七岁——这群才华横溢的年轻人把激光嘴超人带到了百老汇。我和蒂姆一听说这个消息就定了去纽约的机票。我们要去那儿参与最后的制作，并且出席 2015 年 1 月的首演。接着，我们还听到了更令人激动的消息——吉姆·汉森基金会决定提供资金赞助激光嘴超人木偶剧。不久之后，我们又收到消息，悉尼歌剧院、昆士兰州表演艺术中心和墨尔本艺术中心都将在 2016 年邀请死亡木偶社去表演激光嘴超人木偶剧。

※

我对这一系列的成就和机遇喜出望外。每次我们碰到了很棒的事，我都会想，这已经够好了，不会再有更好的事出现了。然而事实证明我每次都错了，我们的确又遇到了更棒的事，我既高兴又对上天的眷顾感激不尽。

2013 年 11 月，我收到了 TEDx 悉尼演讲的总编辑伊德雯娜·索斯比的电子邮件，她说有些想法想跟我们讨论一下。她说听了我在电台的采访，我的故事给她留下了很深的印象。我对 TED 演讲非常熟悉，因为我在网上看了很多 TED 演讲的视频。甚至蒂姆也成了 TED 的粉丝，他在 YouTube 上关注了 TED。TED 的意思是技术（technology）、娱乐（entertainment）和设计（design）。TED 最早起源于美国，是一个非营利性组织，它的目的是通过启发性的谈话和深入讨论传播伟大的思想。我认为 TED 的演讲有思想深度，非常真诚，且具有创新性。TED 在全世界享有盛名，因为它致力将世界变得更加美好。

伊德雯娜说下一期 TEDx 悉尼演讲将于 2014 年 4 月在悉尼歌剧院举行。想到我们有可能被邀请去那里做演说，我的心怦怦地跳个不停。

我给伊德雯娜打了电话，她对我们的故事非常感兴趣，但她说 TED 的演讲比较复杂，并不是简单的问答就行了。我们虽然被提名了，但名单需要进行公示。我们得等上几周，看看能否获得通过。她跟我联系的目的只是想先了解一下我们是否有兴趣参加。“我们当然有兴趣！”我激动地说道。

接下来的几个星期似乎特别漫长。圣诞节快要到了，我觉得栏目组不可能在节日期间讨论这件事。毕竟大家都要过圣诞节，所有的公司都歇业了。更何况，我也不知道具体的操作流程是怎样的。我看过很多类似的演讲，那些演讲者都很专业，他们讲述的故事都非常有感染力。我们只是来自布里斯班的一对平凡的母子，并且还在自闭症的阴影下挣扎。我不确定我们是否有资格站到 TED 的讲台上。

圣诞节的前几天，伊德雯娜给我们打来了电话。她告诉我们说，组委会一致同意蒂姆和我参加 TED 演讲。我们将加入这个项目。我们太激动了，差点绕着屋子跳起舞来。这是我们收到的最棒的圣诞礼物！我们没庆祝多久，辛苦的工作就开始了。

首先我得写一份演讲稿。TED 的评议员马德琳·霍可洛夫特将会审阅这份演讲稿。我非常清楚自己想说什么，做什么。我非常希望蒂姆有机会发言，我希望能够展示他的艺术才华和独特智慧。我希望讲述他的经历，从而使听众理解这些成就对蒂姆有多么重大的意义。我还希望我能够充分表达出我对蒂姆深深的爱与敬佩。

我问蒂姆他想要讲些什么，他很快就回答了出来，而且语速很快。最开始，他说得不是很清晰，但在接下来的几个星期里，他不断地进行改善，减少不必要的语句，增加一些更合适的内容。在完善演讲内容的同时，他的语速越来越自然，听起来就像是在正常地讲话一样。我很自豪他能够做到这一点。他提起我时，赞誉之词不绝，我听了非常感动。

马德琳对我们的演讲词很满意，她只是做了一点小小的修改，就将演讲词寄回给了我们。

※

四月份的时候，组委会还安排我们通过网络视频接受一位公共演讲老师的排练。那天是我的生日，我感到非常紧张，就像是要参加一场考试。我太焦虑了，以至于前一天晚上根本没有睡着。更糟糕的是，我还不怎么会使用网络视频软件。我不知道自己能不能正确地进行操作。最糟糕的是，我很担心组委会看了我们的演讲排练会改变主意，说："谢谢，不用你们上场了。"最后，我们顺利通过了审核，我大大松了一口气。我们的排练结束后，蒂姆坚持要网络那边跟我们对话的人祝我生日快乐。经过了这场严峻的考验，我的生日总算是在一片欢乐中结束了。

蒂姆和我每天都练习两次。蒂姆一直很害怕麦克风，所以我从一个朋友那里借来一个耳戴式麦克风和一个扩音器。我们每天用 TEDx 演讲“骚扰”邻居两次。渐渐地，蒂姆对这次演讲的兴奋使他战胜了恐惧。他戴着麦克风的时候非常自然，就像没有感觉到它的存在。这对蒂姆来说是个非常大的进步，因为在以前，他对麦克风避之唯恐不及，他很不喜欢听到自己的声音变得这么大。以前，不管我怎么哄，他是绝对不会戴麦克风的。然而现在，他就像是经常使用麦克风一样自然。很明显，TEDx 悉尼对他而言意义重大，于我亦然。

※

4 月 26 日早晨，悉尼港碧波荡漾，几艘船在水面摇晃着。这里的景致非常怡人，天空一望无云，悉尼海港大桥勾勒出壮美的画面。萨姆和他的女友萨曼莎也来到了悉尼，一家人齐聚，我非常开心。

当我们的的士停在悉尼歌剧院门口时，蒂姆很快跳了出来。他的脸上挂着大大的笑容，他向着歌剧院跑去，就像他第一次来这儿一样。我看着这一幕，心中充满了快乐。在后台，蒂姆拿出他的平板电脑，踢掉鞋，躺在长椅上，十分淡定泰然。我们在演讲前有三个小时的准备时间。我不知道我能不能坚持到底。有几次，我问蒂姆紧不紧张，害不害怕。“不，我很激动，很快乐！”他说道。

他让我放松点。

蒂姆在椅子上让别人帮他做头发，帮他化妆，他很开心，而我却紧张得不得了。我知道这次节目的票都已经卖出去了，待会儿会有 2500 名观众来看我们的演讲。我们还被告知，会有 3 万多人通过网络观看现场直播。除此之外，已有 1.3 亿人在网络上观看过 TEDx 悉尼的演讲和内容。我很高兴蒂姆能够这么开心，但这对我的紧张情绪并没有什么帮助。

终于要上场了。我们从一个房间被带到另一个房间，又被带上了楼梯，然后戴上麦克风，走上了舞台的两侧。我突然感到自己心跳得厉害，就像心脏病要犯了一样。实际上，我甚至不知道自己能不能撑到演讲开始。我喝了几小口水，但感觉嘴里好像塞满了锯屑。我的手不停颤抖，心脏剧烈地跳动，我觉得观众都能听到我的心跳声了。我最怕自己在台上忘词，只能呆呆地站在那里。但现在，想着逃避已经太迟了。伊德雯娜在台上向整个悉尼歌剧院的观众介绍了蒂姆和我。

蒂姆和我牵着手走上了舞台，我的神经开始松弛下来。我们走到舞台中间灯光照射着的红毯上时，我突然感到自己完全放松了下来，非常舒服。“这些人想听一听你的故事，”我对自己说道，“放松点，享受这个过程。这可是一生只有一次的机会，你的故事是非常棒的。”那天，我感到一种难以名状的爱意充满了整个演播大厅。

蒂姆坐在我旁边的位子上，我们开始了。

“我和两个超级英雄生活在一起，”我说，“一个是没有戴斗篷的，他是我的儿子。”

蒂姆说：“大家好。我是蒂姆·夏普。我是一个世界著名的艺术家。”

蒂姆说话的时候，我扫视了一眼观众，希望看到萨姆。每一排的每个位子都坐着人，上面的楼座坐满了，左侧和右侧的位子坐满了，大厅后面一直到我视线所及的地方也都坐满了人。萨姆坐在第六排的位置，看到他我心潮澎湃。有他在这里看着我们，我非常自豪，也非常感动。我不能再看他了，不然我就说不下去了。

当我介绍激光嘴超人这个英雄角色时，蒂姆的《幸福双响》出现在我们身后20英尺高的大屏幕上。我忍不住笑出声来，这幅画真是绝妙极了。我从来没有看到过这幅画放大后的样子，也没有看到这幅画在悉尼歌剧院展出过。蒂姆继续介绍他最受欢迎的画，每幅画出现在大屏幕上的时候，大厅里就会爆发出一阵笑声。观众们看懂了蒂姆的幽默，他们非常喜欢。每到蒂姆说话的时候，我都想哭泣——他是那么完美，那么平静。

我继续讲述我的故事。我讲到蒂姆出生的那天，讲到大声尖叫的宝宝，讲到医生让我自己再努力一点。我告诉观众那个冷酷无情的心理学家对蒂姆下诊断后，让我们把他送走。我告诉观众那时我的梦想就是我的孩子有一天会对我说：“我爱你。”我告诉他们蒂姆是怎样开始画画的，以及他的画是怎么改变我们的生活的。

我的演讲部分结束后，我感到非常满意。观众们非常投入，也积极地回应。他们让我感到很舒服，很受欢迎。观众们是真的很认真地听我讲那些故事，我能够感受到他们的支持。他们已经深深沉浸在我的讲述中了。接着该蒂姆讲话了。

尽管我已经听他讲过几百次了，但他那天的讲话仍然深深地打动了我。我的眼泪止不住地往外涌。

“每一天对我来说都是很棒的。每一天对我来说都是开心的。我的妈妈和我是一个团队，”他说道，“她是我的妈妈，还是我最好的朋友。她既漂亮又优秀。我爱我的妈妈。”

观众们都激动地站了起来，我已经泪流满面。我为蒂姆感到无比骄傲。他今天表现得那么完美，我感到自己的心脏都快跳出来了。

很难用语言描述此时此刻的情景。蒂姆和我走过的旅程，从完全绝望到成为舞台上众人的焦点，既充满了令人难以想象的艰辛，也充满了旁人意想不到的美景。能够有机会亲自向观众讲述我们的故事，我非常感激。全世界的人们都能看到我有这么一个杰出的孩子，大家都以他为荣，我感到很自豪。“你所需要的就是爱。”蒂姆说道。我感到自己被爱环绕。

蒂姆和我手牵着手走下了台阶，就跟我们上台时一样，跟我们生活中走过任何地方时一样。

※

第二天早晨，蒂姆在离我们酒店不远的一家小小的法式咖啡馆吃着他的巧克力牛角面包。我就坐在他的对面。我从来没看过他这么心满意足的样子。于是我拿出相机，拍下了许多照片，每张照片都是他美丽的脸庞。他不停跟我说，他多么快乐，多么喜欢演讲，他希望能够再讲一次。

看着他的时候，我回忆起昨天的那些赞誉之词。我想起了我的演讲和观众的反应。我的最后一句话讲得最艰难，因为我得拼命忍住眼泪，声音都颤抖了起来。我实在没办法把内心的感受用短短的几个单词表达出来。

“蒂姆，你是萨姆和我的超级英雄，”我说道，“你就是我的双倍幸福[1]。”

---

1 此处一语双关，double shot of happiness 既指“双倍幸福”，又指蒂姆的作品《幸福双响》。

后　记

蒂姆小的时候，我就决定不告诉他他得了自闭症。我做出这个决定出于几点原因。首先，当时的情况很复杂，我很难跟任何人解释清楚这究竟是怎么回事。我不确定自己能否让蒂姆了解自闭症是什么，并且不因此感到自卑。当时，对自闭症的病因和症状众说纷纭。我不想让蒂姆受到任何负面的影响，也不希望他认为自己有问题，而实际上这些问题并不存在，也未曾影响到他。除非有一天他能够自己告诉我他对世界的感受，否则我不能妄自断定自闭症对他产生了怎样的影响。我不想干扰他对生活的感知，更不希望自闭症成为解释蒂姆各种行为的唯一理由。

那几年，我们去看了数不清的医生、顾问、治疗师和专家。每个人都试图把蒂姆的所有行为归结为自闭症。我简直想拼命地大喊：“那些行为不是蒂姆想做的！蒂姆不是因为自闭症做出这些的！不是他做的每件事都跟自闭症有关系，他不只是个自闭症患者，他首先是蒂姆，他有自己的思想和情感！”看到这么多人对蒂姆妄加判断，甚至直接放弃了他，更加燃起了我的斗志。我绝不会把自己的孩子仅仅定义为一个自闭症患者。

蒂姆也旁听了很多这样的讨论，但他从来没问过我自闭症是什么。仅仅有一次，在他上中学的时候，他问我为什么他要去特护班，而萨姆去普通班。我不知道该怎么回答他。我不想强调其中的区别。

直到蒂姆的艺术天分得到了认可，自闭症才成为我们的话题。每次听到人们说“自闭症艺术家蒂姆·夏普”的时候，我都会有些难过。我知道大家只是想强调蒂姆克服了很多困难才取得现在的成就，但我更愿意人们称他为“艺术家蒂姆·夏普”。我不是想否定蒂姆有自闭症这一事实，也不是为此感到羞耻。我从蒂姆出生以来就在跟自闭症做斗争，所以我很清楚蒂姆自己也在顽强地与之对抗。我只是希望人们在看到自闭症这个标签之前，先认识蒂姆这个人。

因为所有的媒体都这样报道，所以我不得不跟蒂姆谈起这个话题。他十六岁的时候，我决定跟他谈一谈。

“蒂姆，有些人说，”我这样开始说，这样蒂姆也不会责怪某个具体的人，“说你患有自闭症。”

“自闭症是什么意思？”他想知道。

我用尽可能简单的方式告诉他：“就是说，你的语言方面有问题。”

“我说话绝对没有问题，”蒂姆觉得我根本就没必要说这个，“我的语言能力很好。”

“自闭症还意味着你在交际方面有问题。”我补充道。

“我在交际方面也没有任何问题，”蒂姆说，“我有很多朋友。”

他对自己的看法这么积极，这么乐观，让我高兴地松了一口气。我很自豪他对自己这么有自信。

“我对自闭症没兴趣，”蒂姆跟我说，“我没有自闭症。”

我们去学校和各种机构发表演讲时，我常常提到自闭症、能力和接受。蒂姆很乐意参加这些活动，因为他知道这可以帮助别人。但他把所有跟自闭症相关的话题都留给我。他只谈他的艺术。每次提起蒂姆被诊断出自闭症那天医生跟我说的话，我都觉得像是一种背叛。我站在蒂姆旁边，复述那个心理学家说的那些可怕的话，这对蒂姆来说实在太残忍了。但蒂姆知道那个心理学家错了。我想要尊重和保护蒂姆的感受，但同时我也认为人们需要知道蒂姆取得今天的成就是克服了多少困难才取得的。我想让人们知道，蒂姆是怎样藐视那些自以为是的人对他的妄加评断。

让人们看到蒂姆是这样一个文明优雅、适应能力强的绅士是一件好事。不管我们走到哪儿，大家都会被蒂姆迷倒。他打破了人们对自闭症患者的误解和刻板印象。通过坚持自己的本性，蒂姆改变了世界。

对那些自闭症患儿的父母，我想说的是，永远都不要放弃对孩子的期待。不是每个患自闭症的人都有蒂姆那样的创作天分，但是每个自闭症患者首先都是一个独立的人。要相信这世上有独特的东西，可以给你的孩子带来快乐与幸福。

我知道那很难。直到今天，我仍然说不清楚一个自闭症孩子所经历的痛苦。那些哭喊、愤怒和无言的苦痛，都是人在痛苦时的真实反应。对于这些，我们既难以想象，也无法理解，这让这些孩子更加难受，并且使他们与我们隔离开来。这种残酷而又隐蔽的病症夺走了他们的人性，还有他们与人交往的能力。那句话仍然回响在我的耳旁："隔绝在自己一个人的世界。"

我们遇到过很多勇敢坚强的父母，正在坚持与自闭症做斗争。他们来见蒂姆，因为蒂姆鼓舞了他们。这让我变得更加努力，希望帮助他们走得更远，因为我很清楚蒂姆小的时候我有多绝望，多需要鼓励。那个时候，我每天都像是在流沙之中挣扎着往上，不要陷下去。

我多希望那个时候的我知道我现在所知道的一切。我多希望那个时候有人告诉我，不管是三岁还是四岁，或者任何其他年龄，并不存在一个是否患有自闭症的分水岭。我多希望那个时候有人告诉我，没有谁的答案是绝对正确的，没有任何事情是绝对的。我多希望那个时候有人告诉我，耐心等待，那些小小的进步最终会积累起来产生巨大的改变，我做的任何事都是有益的，只不过不会那么快体现出来。我多希望那个时候有人告诉我，这一切都不是我的错，我不需要自责。我多希望那个时候有人告诉我，一切都会好起来的。

我的情绪陷入低谷的时候，常常有人温言善语地鼓励我。他们也许并没有意识到自己对我们生活产生的巨大影响。那些话对我是极大的鼓励，我觉得我们应该将这些善意多多散播出去。

※

我知道我们很幸运。常常有年轻的艺术家问我，他们该怎样开始自己的艺术事业。他们想知道蒂姆是怎样取得今天的成就的，是怎样展开他的人际网络的。我回答不了。人们因为许多事夸赞我，但那并不仅仅只是因为我。蒂姆为我们的生活带来了许多充满爱心的守护天使，是他们指引着我们走到了今天。

我从来没有什么宏伟的计划，也没有规划过蒂姆的事业该如何发展。事实上，对我而言，这整个过程都像是神的启示。

我相信上帝，常常说“上帝是好的”。我相信这一切都来自上帝。但我仍然尝试着去领会，为什么我们这么幸运，可以得到这么多的眷顾。这些超出了我的理解范围，但我愿意敞开胸怀接受这一切。我花了很多时间思考这些问题，并且我每分每秒都对此心存感激。上天的眷顾帮助我为蒂姆在这个世界上找到了一个合适的位置，也帮助我成为我一直希望成为的那个人——深爱着蒂姆和萨姆的母亲。

当然，任何事都不像表面看起来那么简单。蒂姆现在的生活丰富多彩，他不断旅行，跟各种出色的人交往，拥有那些我做梦也不敢想的机会。然而如果没有艺术，我将会很难提供给他那样丰富多彩的生活。从一定程度上讲，蒂姆的生活是我为他创造的。他的一切都依赖我。

当蒂姆还是小孩子的时候，我一直想要见一见成年的自闭症患者。我想知道以后会发生些什么，但我从来没有遇见过。现在我知道为什么了。自闭症患者的父母必须得为孩子做所有的事，其他普通孩子的父母早就可以放手了，他们却必须得一直做下去。一旦每周五天的学校生活结束，自闭症患者的所有生活就都由妈妈或者妈妈和爸爸来承担了。你肩上的责任越来越重，你会意识到，这一切是没有尽头的。我现在已经老了，也累了。

一想到我不在之后将会发生的一切，我就心头沉重，感到绝望和恐惧。我试图为蒂姆的未来做好计划，但变数太多了，而且大部分都要依赖他人对蒂姆的关心和支持。我不能在自己去世之后把蒂姆交给政府或者自闭症机构。我看过太多次他们是怎样管理自闭症患者的。我知道，没有人会像我那样爱他，在乎他。当然，萨姆会保护他的哥哥，但萨姆也会有他自己的家庭。蒂姆需要人全天候照顾。

我很担心把蒂姆一个人留在这个世界上。这件事有时会让我半夜从睡梦中醒来。我没有任何解决这个事情的办法，但我知道必须要解决它。

※

蒂姆看上去很快乐，这是他应该享受的。夏天，他喜欢游泳，喜欢去海滩。他也喜欢看电影，喜欢去商店买游戏光碟、DVD 和书。我们有时骑车或开车去新的地方。每到一个地方他都会跟人交谈，结识新朋友。我们在家的时候，他并不是很需要聊天。他会几个小时不跟我说话，在自己的房间里看书，或者写作，从他的 iPad 里搜集信息，计划着学些新东西。

有时，我想打破他的沉默，想知道他是否感到孤独，或者需要我提供些什么。有时，我控制不住自己的好奇心。

“你怎么样，蒂姆？你开心吗？”我问道。

他立刻回答我说："我一直都很开心，妈妈。我的生活很好，我喜欢我的生活。"

有时，我真希望自己能像他一样。蒂姆说的都是他内心真实的感受。他不需要隐瞒，这对他来说很简单。他有非常敏锐的直觉，可以看到所有事物好的一面。在他身边，你会感到很舒服。他的陪伴不会让你感到厌烦或者疲惫。他会一直让你感到开心。蒂姆很单纯，他活在当下，不去担心还未发生的事。他领悟了生活的真谛。

所以我也试着不去为将来的问题担心。我把精力都放在当下和蒂姆的生活中，一切都宁静祥和。能够静静地坐他身旁，拉着他的手，知道他爱我，并且他也知道我爱他，这一切多么美好。

"我们是个出色的团队，妈妈。"蒂姆常常说。

我绝对赞同。

致　谢

感谢西蒙·乌巴尔迪，感谢你的帮助和无与伦比的写作技巧，没有你就不会有这本书。感谢艾伦-昂温出版公司的汤姆·吉利特给我们提供了如此宝贵的机会。

感谢黛比、大卫和布鲁克·约翰逊，以及凯伊·沃森、温蒂·艾里儿带给我们的真挚友谊。

感谢从 1995 年到 2013 年所有在穆鲁卡的挚友，感谢你们对蒂姆毫不动摇的信念和支持，以及你们为我们所做的一切。朋友们，老师们，同事们，我们爱你们。

感谢《澳洲故事》的克莉斯汀·泰勒。你为我们打开了多么棒的局面！没有你提供给我们机会，许多事情都不会发生。甚至是你，可能也未曾料到之后会发生这么棒的事。真的太棒了。

感谢 TEDx 悉尼演讲的所有成员，尤其是伊德雯娜·索斯比、雷蒙和梅勒妮·吉乌费、米克·加内特、玛德琳·霍可洛夫特。感谢理查德·费德勒访谈节目组的理查德·费德勒、帕姆·奥布里恩和米歇尔·兰索姆，你们对我们的鼓励改变了我们的生活。

感谢澳大利亚和世界其他各地忠诚、热情的激光嘴超人大家庭，还有我们在田纳西的朋友。我们爱你们。

感谢玛吉·劳伦斯，詹姆斯·莫顿博士及夫人露易丝·莫顿，雪莉·怀特，马克·鲁兹，安妮·多德，莱恩·菲利普斯，谢尔登·利伯曼，迈克尔·杜伦蒙德，乔纳丹·贝尔，翠茜·怀特，格伦·罗杰森，格拉汉姆·杨，安·辛德尔，凯丽·罗杰斯，彼特·利斯克，克里斯·德·克勒克，亚瑟·福雷姆，罗丝·皮尔逊和凯茜·克劳福德。感谢你们的帮助和支持。我们会永远记住你们，并对你们的善意心存感激。

永远感激我最亲爱的母亲，米拉·赫尼·昂斯沃思（1925—2005）。她是我生命中最伟大的老师，她教会了我爱与生活。